バイリンガルな夢と憂鬱

西成彦

人文書院

もくじ

バイリンガルな夢と憂鬱

【凡例】

一、引用について
・引用文中の〔　〕内は引用者注を、〔……〕は省略を意味する。
・仮名遣いは原文のままとし、ルビは適宜省略した。
一、漢字について。
・引用も含め、人名を除いて新字体をもちいた。
一、呂赫若『隣居』について
・収録にあたり、『日本統治期台湾文学　台湾人作家作品集　第二巻』（黄英哲編、緑蔭書房、一九九九）所収の復刻版「隣居」を底本としたが、漢字の旧字体をすべて新字体に改めたほか、原文にはないルビを適宜加えた。

Ⅰ　バイリンガルな白昼夢

1　言語死

地球からひとつ、またひとつと言語が消えていく。今日、これを「言語死」と呼ぶ社会言語学者は少なくない。日本語使用者にとってアイヌ語は何より身近な絶滅危惧種のひとつである。日本語がアイヌ語を絶滅の危機へと追いこんだ。

地球上、言語に死が訪れるその訪れ方はかならずしも一様ではない。日本列島北方域における和人とアイヌとの接触・交渉を遡れば、有史以前まで達するだろう。べつに隣人の言語に精通しあっていたということではないとしても、隣接言語の存在（や気配）について、一円のひとりひとりが認識を共有し合っているという状態を考えるならば、である。エミシ（「愛瀰詩＝蝦夷」）にはエミシ、シャモ（アイヌ語の「隣人」sisam の変形）にはシャモの言語があるということは、おのおのが隣人をそう呼び合っているかぎり、いわば常識だったはずである。

もっとも、本州（島）から北へと渡った者の多くが交易にたずさわる商人層であったことを考えると、そのバイリンガル化は部分的で、一時的なものにとどまった可能性が高い。反対に、和人商人への経済的な依存を深めたアイヌ系先住民族のバイリンガル化は段階的・不可逆的であったにちがいない。松前藩がアイヌによる日本語習得（とくに読み書きのそれ）をタブー視したのは、アイヌの同化が一方的な搾取のさまたげになるのを危ぶんだせいだろう。この政策はアイヌ系バイリンガルの圧倒的な存在感を物語ると同時に、アイヌ系バイリンガルに対抗できる和人側通詞の力量を恃《たの》めるだけの下地が、その当時には存在したことをもあらわしている。

ともあれ、北海道開拓使設置（一八六九）の時点で、かりに「蝦夷地」におけるアイヌ語の危機が深刻化していたとしても、それはアイヌ自身のアイヌ語離れによるというより、むしろ江戸期の「蝦夷地」における、それこそジェノサイドと呼ぶ以外にないような和人による虐待・凌辱、そして疫病の流行がアイヌ語人口の激減をもたらした結果と捉えるべきだろう。

ところが、明治日本による一方的な統治とともに事態は急変する。和人の組織的入植と、南下するロシアや外国人宣教師の脅威からの保護の名を借りた同化政策は、アイヌ語の存続を可能にする環境そのものに致命的な打撃をくわえた。もちろん、同化政策だけがアイヌ語の威信失墜に手を貸したわけではない。土着の言語と外来の公用語とが共存・並存している地域は、現在でもフィリピン、アンデス高地、パラグアイなど、少なくない。旧「蝦夷地」（＝北海道）のバイリンガル状況をアイヌ語の生存にとってきわめて過酷な状況へと劣化させた何よりも大きな原因は、陸続として内地各地から押し寄せた入植者がアイヌ語に対して何ら興味や関心を示さなかったことにある。[1] それまでであれば、アイヌ語を覚えることは和人にとっても愉快で有益なことだったはずだ。ところが、明治に入ると、英国人宣教師ジョン・バチェラーのようにアイヌ語習得に熱意を示した宣教師がそれだけで危険分子かと怪しまれるほど、アイヌ語に対する関心は、言うなれば物好きのレベルへと後退した。アイヌの存在を目障り・耳障りに感じることはあっても、アイヌ系の労働力に依存しようとなど思いつきもしない入植者は、和人だけで自足・完結する傾向にあり、歴史的に言語接触の地であった「蝦夷地」は、いつのまにかアイヌにだけバイリンガルであることを求めるという不均衡な言語空間と化したのである。そのうち、モノリンガルであることに何ら不自由を覚えない和人の専横を横目に見ながら、アイヌはバイリンガルである自分に誇りをいだけなくなっていった。旧土人特設学校の教員にアイヌ系のバイリンガルが登用されるケースがないわけではなかった。しかし、それとて一時的・便宜的なものすぎず、アイヌ系の教師は、児童に対して誇り高いバイリンガルたれと促すよりも、アイヌ語から日本語への迅速な切り替えを強いる使命を帯びた[2]。

いかにその民族語に愛着を持っていたとしても、バイリンガルの話し手によって話される民族語の方が、その言語しか使わない話し手によって話される民族語よりも、危機におちいる度合が大きい[3]。

フランスの社会言語学者アジェージュは、モノリンガル話者のマジョリティ化が、バイリンガル話者のマイノリティ化を助長する傾向をとらえて、こう書く。この環境のなかで、稀代のアイヌ系バイリンガルとしてその名を後世に残すことになる知里幸恵が、かりにそうしたアイヌ系バイリンガルのなかで恵まれたエリートの部類に属したとすれば、それは彼女がアイヌの口頭伝承を日本語に置き換えられるだけの言語能力を備えていたからというよりも、そのことに誇りを持て、と金田一京助から力強く背中をおされた、アイヌのなかでも別格的存在だったからである。この誇りをかりにすべてのアイヌの児童に植えつけることができたなら、そのときは知里幸惠ばかりではなく、アイヌ文化を背景に持つ児童のすべてが知里幸惠程度には幸福でありえただろう。しかし、知里幸惠はバイリンガルであることの誇りと喜びを享受できる特権に浴しながら、しかし、ウタリ（＝同胞）とともにこれを分かち合うに十分なだけの人生の残り時間が与えられなかった。その代わり、『アイヌ神謡集』（一九二三）という小さな一冊が、誰というのでもない、アイヌ系バイリンガル全員の墓標のような書として私たちの手に残されることになった。

北海道旧土人保護法の制定（一八九九）までを「前近代」として年代区分することを提唱した歴史家の河野本道は、それまでの「半異風文化」が完全に近代日本文化に制圧されていく保護法以降を「近現代」と呼んで「前近代」とは切り分け、この新時代の文化状況を次のように記している。

おおよそあるいは全く近代国家の国民化し、基本的な生活様式が和風化したアイヌ系の者が、過去の文化を局面的に無意識に持ち続けたり、あるいは、それを局面的にこだわりを持って半ば意識的に保持したり、あるいは、それをある種の必要性（研究者への対応のためなど）から意識的に維持し続けたりするといった段階[4]〔……〕

河野は、アイヌ系先住民族が同化するプロセスの跛行性を意識しながら、可能なかぎり幅広くアイヌの文化的アイデンティティの様態をくくろうとしている。アイヌにとって、「近現代」とは、意識的であれ無意識であれ、もはや「局面的」にしかアイヌ文化の継承者ではありえない時代だった。知里幸恵や、その祖母モナシノウク、あるいは伯母金成《かんなり》マツのように「ある種の必要性」からアイヌ伝承を「意識的に維持」できたアイヌ人が一方の極にあったかと思えば、「無意識」レベルで、しかも「局面的」にしかアイヌ文化と向き合えず、アイヌ語の効用を実感できない無数のアイヌたちが反対の極を占める。後者にとって、アイヌ文化とはそれこそ気の迷いや気の病い程度でしかなくなる。モナシノウクや金成マツや知里幸恵らは、金田一京助によって、アイヌ文化を保持することを精神障害ではなく、民族的知性の健全さの証とみなされた例外的な近代人だったのである。

　ここでは、二〇世紀初頭、知里幸恵の書き残したものを読み返しながら、アイヌ（もしくは日本列島北方域の和人）にとってバイリンガル性とは何であったか、またそれが何でありうるのかを考えてみたい。

　いまなおアイヌは滅んでなどいない。『アイヌ神謡集』の「序」のなかで、「愛する私たちの先祖が起伏す日頃互に意を通ずる為に用ひた多くの言語、言い古し、残し伝へた多くの美しい言葉、それらのものもみんな果敢なく、亡びゆく弱きものと共に消失せてしまふのでせうか」（二頁）[5]と自分に問いながら、知里幸恵は、あやうく言語文化の滅びと民族の滅びとを混同しそうになったが、生きたアイヌたちは、いまなお私たちのまわりで日常を営んでいるし、ごく普通の日本人と見えた人間が、ある日突然、「アイヌ」を自称する場面を私たちはいつどこででも予想できる。むしろ、ひとよりも確実に危機的状況にあるのはアイヌ語の方だ。アイヌ語の現状はほとんど標本としてのそれで、これを生きた言語としてあやつり、この言葉を用いることの誇りや喜びを人びとが分かち合える機会や契機は、それこそ局地的・断片的である。

もちろん、絶滅の危機に瀕した言語がふたたび蘇生するケースは皆無ではない。イスラエルでヘブライ語に起きたような奇跡がアイヌ語に訪れないとはかぎらない。言語再生の実現には茨の道が待ち受けているだろう。しかし、忘れないようにしよう。バイリンガル状況が「言語死」の前段階であるというアジェージュの説が多くの場合に本当だとして、言語再生が実現する土壌もまた、同じバイリンガリズムを足がかりとしないかぎり、開かれてはこないのである。アイヌ語の未来は、バイリンガリズムの未来である。

ここでの考察は、べつにアイヌ語の再生を正面きって目標に掲げるものではない。しかし、アイヌ語の影響力が低下しつつあった時代に、その低下を食い止めようとする数々の努力が、その未来を保証されないまま潰されていった過程を考えることは、それとは別の未来がアイヌ語にありえた可能性に広く目を向け直すことに他ならない。いったん潰えた希望、そして未来だからといって、それらは実現不可能性が一度で決定的に証明された希望や未来などではない。

2　バイリンガル・テキストとしての『あいぬ物語』

知里幸恵編の『アイヌ神謡集』がことさらにそうなのではない。金田一京助の著書には、アイヌの伝承者や表現者を前面に押し立て、逆に自分自身は一歩引いて産婆役に徹するといった「共著」的な体裁をとるものが複数ある。アイヌ系の伝承者をネイティヴ・インフォーマントに立てた著作はすべて共著だといってもよい。なかでも、若き日の金田一が企画した『あいぬ物語』(一九一三)は、和人アイヌ語学者、金田一京助(=編者)と樺太アイヌ、山邊安之助(=著者)[6]のバイリンガルな対話の積み重ねから生まれた、すぐれてハイブリッドなテキストである。

ロシア帝国の辺境であるサハリン中部に生れた山邊は、千島樺太交換条約(一八七五)後、北海道への移住を強制され、対雁《ついしかり》の「土人学校」で日本の教育を受けたなかのひとりで、サハリンに戻りはするが、日露戦争において日本軍と行動をともにしてからは、白瀬中尉の南極越冬隊に樺太犬の世話係として参加するなど、日本人とのコラボレーションに貪欲だった。そんな山邊の言語能力に関して、金田一は「日本語が上手で、日本語で物語をする際には、語彙も豊富〔……〕句法も自由で、可なりよく事件を描写する」が、「アイヌ語で話すとなると〔……〕語彙も貧弱であり、句法も単調であるから、話し振りが〔……〕普通のアイヌ」だったという言い方をする(「凡例」一頁)[7]。それくらいなら、「山邊安之助伝」を出版するとしても、『福翁自伝』(一八九九)のように日本語による語り下ろし形式にした方が、はるかに自然だっただろう。ところが、若き日の金田一は、テキスト自体のバイリンガル性に執着した。

一、けれども、其では、アイヌの著作とは信ぜられまいといふ憾がある。少くとも日本人の筆を入れたものと取られ、もつと甘い、日本固有の文章家の文章などへ比較されるやうではつまらない。一、それで、著者山邊君には、比較的不得意なアイヌ語をわざと選んで、これで話して貰つた。こ

れならば一言一句、純粋なアイヌの口から成つた文章であるといふことに、誰一人疑を挿む人があるまいから。(一～二頁)

金田一が山邊にその生涯を語らせたのは、山邊が南極から帰国した直後の一九一二年夏だった。越冬隊に同行している期間は、樺太犬とともに内地日本人を主力とする探検隊に奉仕する日々の連続だった。そんな日々をまで含めて、いきなりアイヌ語でふり返れと言われても、もたもたするのがあたりまえだろう。

山邊がアイヌ語を「母語」とするバイリンガルなら、大学に入ってからアイヌ語学者たらんと志すにいたった金田一もまた、日本語を「母語」とする、いっぱしのバイリンガルであった。しかし、同じバイリンガルでも、アイヌ語であれ、日本語であれ、それを文字に書き取る記述を身につけていたのは、もっぱら金田一の方である。『あいぬ物語』の「著者」を名乗りうるのは山邊であって、金田一はあくまでも「編者」にすぎなかったはずなのだが、本書の成立にあたって金田一の権限は絶大であった(稗田阿礼に対する太安麻呂の優位とでもいうのだろうか)。

その後、書物完成までの紆余曲折に富んだプロセスを金田一はこう記している。

一、まづ色々の事を話さして、それを編者が速記をした。そして得た厖然たる材料の中から、重複した分を省き、似寄りの話を一所へ集め、時代に由て順序を立て、そして章節を分つた上で、成るべく著者の言葉通りに日本文の安之助伝を作成した。そして、それを安之助にアイヌ語に口訳さし

た。（二頁）

アイヌ語で語らせた回想の速記、そして編集、日本語バージョンの完成――ここまでが編者＝金田一の仕事であり、つづいて、金田一版の「自伝」をアイヌ語ネイティヴの山邊があらためてアイヌ語に逐語訳する。この流れ作業が順調に進むなら、金田一はこれを書き取るだけで終わらせられるはずだった。

一、所が、アイヌ訳は梗概に止まり、二三行を一口に云つてしまふので、甚だ簡単なものになり、私の書き下した日本文とは釣合はなくなつた。それ故、其日本文は全く棄てて安之助の口から流れ出たアイヌ訳を原文とし、新規に私がそれを邦訳して、一語一語対照するやうに書き並べた。そして出来上つたものは、上編である。（二～三頁）

こうして、山邊にはアイヌ語で語らせ、それを金田一が日本語訳するという、サハリン・アイヌと内地人学者の合作として最も自然だと思える形式が、最終的には日の目を見たわけである。しかし、ここにたどりつくまでの試行錯誤を思うと、これは途方もない荒療治だった。アイヌ語と日本語を往復しながら、ひとりのアイヌが生きた過去を言語化する涙ぐましい共同作業のなか、金田一よりも誰よりも山邊がアイヌ語での語り口を探し当てなければならなかった。そして、それは「普通のアイヌ」の「話し振り」を卒業して、日本語への逐語訳に耐えられるアイヌ語の語り口を獲得することに他ならなかった。手本はどこにもなかった。同じバイリンガルでも、金田一が同じことを試みていたら糞飯物のアイヌ語テキストが仕上がっていただろう。そのことを誰よりも弁えていた金田一は、ひたすらアイヌ語話者、山邊安之助の成長を待ったのだった。

一、日露戦争のあたりへ話が進んだ頃には、話者が漸う談話に馴れて来て、すぐ始からアイヌ語で筋を伝つて話すことが出来た。故に私は、只管にそれを速記してあとで邦訳をつけて、一語一語相対するやうに浄書して見た。下編は即ちかうして出来た。（三頁）

金田一の粘り強い叱咤激励の結果として山邊が身につけた「アイヌ語で筋を伝つて話す」能力が、その後、安之助が後半生を生きていく上での糧になりえたかどうか、そこはあやしい。しかし、次のように言うこともできる。もしも旧「蝦夷地」でアイヌ家庭に生まれた子供たちに公教育が授けられるなか、こうした二言語間を自由自在に往復させる作文教育・発話教育が日常的に実践されていたら、北海道はアイヌ系日本人にとってずいぶん違った北海道＝アイヌモシリたりえていたことだろう。ところが、一九一二年の東京の密室でくりひろげられたパフォーマンスは、「アイヌ教育」(8)にまるで関心を抱くことのなかった金田一の一人相撲だった。このときの金田一を突き動かしていたのは、語彙録つきのバイリンガル・テキストを「樺太アイヌ語」の語学教材として世に送ろうという名誉心や、山邊に対する義侠心ではあっても、教育者としての情熱ではなかった。一度かぎりのバイリンガル指導が虚しく実践され、それはいかなる遺産を後世に残すこともなかった。

時を経て、同じアイヌ系バイリンガルでも、若きユーカラ伝承者として並外れた才能の持ち主であった知里幸恵を起用して、第二のバイリンガル・テキストの編纂を思い立った金田一は、もはや知里幸恵にアイヌ語作文を要求しなかった。『アイヌ神謡集』の名高い「序」が、もしも二言語バージョンで(『古今和歌集』がそうであったように)準備されていたなら、その後のアイヌ語・アイヌ文化継承者にとって、どれほど強い影響力をもちえたことだろう。ところが、そうはならなかった。『あいぬ物語』に際しては、「生きたアイヌ語」の痕跡をテキスト中に刻みこむべく、思いつくかぎりの手を尽くした金田一が、『アイヌ神謡集』では、あたかも知里幸恵自身に、みずからその墓標を刻ませようとするかのごとく、その「亡びゆく」側面ばかりを強調させることになったのである[9]。

幸恵がアイヌ語で書き、金田一が日本語訳をつける(バチェラー・八重子の歌集『若きウタリ』のばあいのように)、あるいは幸恵自身が日本語訳をつける(この本のように)ということも可能であった[10]。

丸山隆司のこの指摘は、『アイヌ神謡集』の片肺性を問題にしようという者にとって避けては通れない論点である。論理的な可能性だけをいうなら、あの日本語による「序」を知里幸恵がアイヌ語訳するという、『あいぬ物語』で金田一が進めたような手順だってありえたはずだ。しかし、日本人マジョリティの「旧土人」観にすり寄ったとしか言いようのない「亡《ほろ》び」の強調を知里がアイヌ語でなぞることなど、とても現実的ではない。ありえた可能性は、まさに丸山のあげた二つだけだったろう。

それほどまでに、『アイヌ神謡集』を後押しする段階での金田一は、生きた言葉としてのアイヌ語に対する関心を失っており、知里幸恵もまた生きたアイヌ語で表現しうるような内容を「序」に盛りこむことを、いさぎよく回避・断念しているのである。『あいぬ物語』から『アイヌ神謡集』までのへだたりは途方もなく大きい。

3　バイリンガル詩人の誕生

『アイヌ神謡集』以来、知里幸恵といえば、この小さな対訳本に始まり、そこに尽きる、そんな時代が続いた。それどころか、一般読者にとっては『アイヌ神謡集』そのものが幻の書だった。ところが、一九七〇年代に入ってから、がぜん風向きが変わる。知里幸惠の死を東京で看取り、葬儀を出すことで、遺族とは言わないまでも遺産相続人を自認した金田一京助の大往生（一九七一）が、皮肉にも、その後の「知里幸恵」ブームに火を点けることになる。

一九二〇年六月から東京での急死までの二年あまり、金田一から送られた罫線入りのノートに書き溜められていったアイヌの伝承や、その日本語訳の総量からすると、『アイヌ神謡集』はそのほんの一部にすぎなかった。

『アイヌ神謡集』所収の「小オキキリムイが自ら歌つた謡「此の砂赤い赤い」」に、さらに二つの異文《ヴァリアント》が存在することに最初に注目したのは丸山隆司だったが、(11)『知里幸恵ノート』（刊行は北海道教育委員会、一九八二）として知られるアイヌ伝承の記録ノートが発見されたことで、多くのことが明らかになった。アイヌ神謡の記録ノートは、記録すること自体が金田一の注文に応じたものであり、その強い影響下に書かれたものであった。このことは否定のしようもない。しかし、それらのテキストが、かつて彼女が聞き覚えたがままの原テキストの「暗誦」や「復唱」などではなく、「伝え聴いた物語のあらすじだけをもとに、自身の創り出す詩句によって即座に謡い出されたもの[12]」だというようなことは、異文《ヴァリアント》の発見がなければ、明らかにはならなかったことである。つまり、知里幸恵は「採話者」兼「翻訳者」ではなく、即興的な「再話者」兼「翻訳者」だったのである。

しかも、東京時代の知里幸恵は、これら数冊に加え、手控え的な帳面二冊をひそかに愛用していた。伝承ノートと同じく金田一の死後に発見されたものだが、「日記帳」および「おもひのまま」と表紙書きされた二冊のうち、六月一日から七月二十八日まで、日々の経験が日録風に書かれているのは「おもひのまま」の方で、「日記帳」は日付のない断片が無造作に列なる、むしろ雑記帳である。

◆

知里幸恵を論じようとするとき、私たちはいったいどこまで『アイヌ神謡集』に重きを置くべきなのだろうか。『アイヌ神謡集』は人間ひとりの創作といった枠には収まらないアイヌ民族の遺産を書き残す偉業であったし、知里幸恵がみずからの仕事のうち、活字化することに合意を与えたのは、この一冊きりであった。したがって、私たちは彼女からこの一冊だけしか受け取るつもりはないと強がってみることもできる。しかし、こと「近現代」を生きたアイヌのバイリンガル状況にとりわけ関心を持つ私たちにとって、『アイヌ神謡集』という、アイヌ語と日本語が見事なまでの対称性を示す形式に仕組まれた書物だけを手がかりにして、この問題を考えることは、どう考えたって誤りだろう。偶数ページ（見開き左）にローマ字書きのアイヌ語を配し、奇数ページ（右）に横書きの日本語で応じる。このバイリンガル形式が、日本語のみの「序」や金田一によって書かれた日本語の跋文（「知里幸恵さんの事」）にサンドイッチされたことによって一貫性を欠く結果となったことは措くとして、はたして偶数ページのアイヌ語は、多少なりとも、生きたアイヌ語として読まれるべく文脈化されていたと言えるだろうか。

『アイヌ神謡集』のテキストを知里幸惠の「暗誦」に基づくと考えることで、その創造性や即興性に目を向けなかった金田一に北道邦彦が批判の目を向けるときのポイントはここにある。そこに集められたテキストが「幾千年の伝統を持つ美しい父祖の言葉」であったならあっただけ、そのアイヌ語テキストは過去のアイヌ伝承へと時代を遡ることを読者に強いる。それどころか、それはもはや日本語に翻訳されることによってしか同時代に根を下ろすすべがないかのような錯覚を、読者に対して植えつけるのである。金田一が「一管の筆に危く伝え残して種族の存在を永遠に記念しようと決意した乙女心」の表出としてこれを提示したとたん、それこそアイヌ語表現として生き延びられたかもしれない残された命までがとどめを刺され、同テキストはアイヌ語の「標本」へと死後硬直を起こしてしまう。

『アイヌ神謡集』に付与されたこの特徴は、『あいぬ物語』の形式と対比したとき、なおさら顕著である。縦書きの日本語にアイヌ語でルビをふるという形式は、日本語を追いながらもオリジナルのアイヌ語音を意識するよう、あやまたず読者を誘導する。(13)しかも、これこそが金田一の功績だと言うべきなのだろうが、金田一は樺太アイヌに対して、その半生を一貫したアイヌ語で語らせるというほとんどアクロバットにも等しい離れ業を強い、それを完遂させた。かりにそれが一回的に終わったのだとしても、一九一二年の東京で、山邊のアイヌ語は生きた言語として語られ、それどころかアイヌ語の未来を期待させるような発話実践でさえあった。しかも、それは即興的なライフヒストリーとして、金田一という生ける他者の耳を通して聴かれ、書きとめられたのである。私たちが『あいぬ物語』を読みながら思いを馳せるのは、そんな涙ぐましいコラボレーションの現場風景だ。

ところが、『アイヌ神謡集』の場合、未来に繋がる現在時を生きるのはどこまでいっても日本語で、アイヌ語はつねに遠景へと追いやられる。アイヌの口頭伝承が語り継がれた長い歴史、そしてそれが明治生れのひとりの少女へと伝授された時代が、『アイヌ神謡集』の訳稿に先行する偉大なる伝統として、その歴史性を主張しつづける。そのかぎりにおいて、右ページをはぐって裏返すたびに、左ページは歴史の力によって過去へと封印され、アイヌ語の音と響きはその場からかき消されるのである。

この『アイヌ神謡集』の様式美と比べたときに、同じ知里幸恵の遺稿でも、死後半世紀以上を経た後に明るみに出された二冊の帳面は、圧倒的な実験性・前衛性を誇っているかに見える。

◆

「日記帳」には、アイヌ語で書かれた現代版の「防人歌」とでも呼びたくなるような歌が書きこまれている。しかも、『アイヌ神謡集』とは打って変わり、ここではローマ字ではなく片仮名が用いられている（下段の和文は知里幸惠自身が施した日本語訳）。

ハイタヤナ　　　　おお
クトㇾ　シポ　　　我　妹子よ
クコㇿ　オペㇾポ　我　愛してめよ
ネイタ　エアナ　　おんみ　何処に
〔……〕
モシリ　ピㇼカヤ　汝がゐすむ国は国豊か
コタン　オイㇼカヤ　村はゆたかなりや
〔……〕
オロ　ツナシノ　　早く早く
エン　エカノクワ　私をむかへに
エン　コレヤン　　来ておくれ[14]

かと思えば、「秋風がひょう〳〵」とざわめく秋口の東京（ということは一九二二年の初秋ということになる）で「軒燈の美しさに見とれてゐたやもり」が身を焦がすさまに心を打たれた彼女は、なんとその姿に「アイヌの女」の姿を透かしみる。「今の私たち」は「ちやうど同じこと」をしているというのである。「さもないものは世の片隅の薄暗い所に住まつた」ままだという。

美しくも尊いみ代の光に
幻惑されて
やもりが
白い葉裏を出て
みにくい骸を残すやうに
ほろびてゆきます(15)

『アイヌ神謡集』で見せる知里幸恵の顔が、どこまでいっても「金田一のアシスタント」という「よそゆき」でしかないのに比べて、ここには金田一の思惑を超えた烈しい情念と、それを日本語で表現しようとする高い詩人性が、「裏の顔」として露出している。

しかも偶然だろうか。同じページの余白には、ローマ字書きのアイヌ語の書きつけがある。幸恵が当時金田一から任されていたアイヌ叙事詩の復元・清書に関わる作業の名残りか、それとも、彼女の内面をすくいとる何らかの自由連想か。

atoid ronnu/ranma/korachi/atek/aeshi/shinai/mompok/tushimak kane/kiaineno/ukon rorunpe(16)

これを「葦丸」や「虎杖丸《いたどり》」などの邦題で後に日の目を見ることになるアイヌ英雄叙事詩の断片として考えれば、戦争状況を思い起こさせる「ズタズタに殺す」atoid ronnu というような血腥い語彙の多さにも納得がいくわけだが、はたしてそれだけか。

十九歳の少女の日常が悪夢のあいだの綱渡りのような日々からなりたっていたとして、これもまた不思議ではない。北海道から東京へと急激な環境の変化をともなう移動を経験し、金田一一家や家政婦ら、一般日本人との同居生活になじんでいかなければならなかった知里幸惠の日々が、大量殺人の予感や、反射的な打ち消し、人を出し抜く先まわりのような強迫的な衝動と無縁であったとは言いきれない。金田一が速記したアイヌ叙事詩の清書や、『アイヌ神謡集』の校正に多くの時間を費やし、慣れない環境のなかでの体力の消耗や睡魔と闘いながら、彼女はまさに叙事詩に謡われた「われらが戦ひ」(17)を、東京の夏から秋にかけて強いられていたかもしれないのである。

4　バイリンガルな白昼夢

知里幸惠が東京に滞在したのは五月十三日から九月十八日までの四ヶ月あまりであった。この期間、金田一からの頼まれ仕事以外にも、彼女は東京市内の教会を訪ね歩いたり、英語の手ほどきを受けたり、金田一家の長男（＝春彦）や体調不良を訴える夫人の相手をしたり、ゆっくり休む暇もない日々を送っていたようである。金田一夫人が不眠や頭痛に悩まされる姿に同情を寄せる幸惠ではあったが、彼女もまた夜の安眠を保証されていたとはかぎらない。ぽっかりあいた昼食後の時間に、ついうたた寝することも少なくなかった。

前掲「日記帳」と対をなす日録形式の「おもひのまま」に収められた「六月十二日」の項には、たとえば次のような白昼夢が書き留められている。

頭の工合が少し変だ。寝不足の故為だらう。胸の鼓動も此の頃少し急な様……。ゐねむりをしてしまった。そして種々な夢を見た、何うしてあんな夢など見るかしら……。登別の家でお引越し。みんなが荷物を背負って搬ぶ。フチと浜のフチがおんなじ格好でサラニプを背負った。行ってみる。私もあとからブラ〳〵と行く。彼処は何処だらう。深い〳〵谷をめぐる山の上を私たちはあるいてゐた。そして谷へ下りるかなり傾斜の急な馬車道がある。そこを下りるとオンネシサムが薪を積んでゐた様だった。そしてその翁さんが知らせたのか何うか、私は、何だか「此の道を下りてゆくなら、今直ぐに下りてゆかねばならぬ。もう少しおくれれば大へんだ。谷の底からエンユクが飛び出す……」といふ事を思って恐怖の念が私の心にみちてゐた。と、フチも浜のフチも姿が見えなくなった。「ああ、私は一人とり残された」といふ感じが私をおそふて、ずいぶんいやあな気持がした。

お父っあんもハボも見た様な気がするが、ハッキリわからない……。

またねむった。やっぱり前とおなじ様な沢道を通った――見渡す限り濃緑の――一つの大樹のそばを通った……何だか黒いかたまりがあった――私はぞっとした。何かしら、それが大きな黒い蛇が

グル〳〵アカムになって、そこにゐる様な気がして……。（一四三～四頁）[18]

『アイヌ神謡集』の編者、かつ訳者であった彼女が、日本語詩人でもアイヌ語詩人でもありえたかもしれない可能性。生前の金田一が門外不出とした知里幸恵晩年のノート群は、アイヌ詩人の誕生の現場に立ち会っているのかもしれないという錯覚と興奮を読者にかきたててやまない。しかも、「おもいのまま」の諸断片は、知里幸恵というかけがえのない個性がもった可能性の大きさとは異なるもうひとつのことがらについてもまた、私たちの注意を向かわせる。生れてこのかた、バイリンガルに育った人間が、いざ表現者であろうとしたときに、特定の一言語使用だけではすくいとれないノイズに心を乱され、しかもその言語的なゆらぎにこだわろうとすればするほど、言語の不自由さが拷問のようにのしかかってくる、そんなバイリンガルな言語体験に、である。

日記を書く知里幸恵は、たしかに白昼夢の印象を日本語でなぞろうとはしているが、だからといってかならずしも夢が日本語によって支配・統御されていたことを意味することはない。彼女は夢を見た直後に、金田一夫人や家政婦のおきくさんと日本語で会話している。それどころか、おきくさんとは「幽霊の話」など「ほんたうに子どもらしい、らちもない様なお話」でひとしきり盛り上がったほどである（一四四頁）。夢から覚めていく時間のなかで、ひょっとしたら無音であったかもしれない白昼夢は反芻され、言語化され、日録として書き留められたバージョンは、要するに数知れない変奏の、ひとまず最終形であったという言い方もできる。

この夢が日本語、アイヌ語、どちらの領分に属するものなのかは分からない。ひとつ言えることは、このような夢のなかでは日本語とアイヌ語が、無音の岸辺から浮上しては消え、消えてはまた浮上しながら、たがいに拮抗、衝突、反転しあうということだ。登場する「フチ」（知里家の祖母、加之のこと）や「浜のフチ」（母方の祖母、モナシノウク）は無論のこと、場合によっては「オンネシサム」（＝老日本人）までがさりげなくアイヌ語を話してしまうのが、夢である。また、「ヱンユク」（＝人食い熊）[19]としか呼びようのない猛獣の切迫感や、日本語の擬態語（＝「グル〳〵」）だけでは足りず、アイヌ語風に「アカム」[20]を補わずにはおれない気にさせる「黒い蛇」の気配は、意識をとりもどしてからも、幸恵の脳裡にひそみ、その奥でとぐろを巻いていたにちがいない（ちなみに「サラニプ」は「編み籠」のこと）。

こうした夢を彩る多言語性は、二言語が左右に整然と配分された『アイヌ神謡集』によって視覚的に示される二言語性とは似て非なるものだと考えなければなるまい。日本語に秀でるばかりか、アイヌ語能力にも長《た》け、金田一によってその言語的多産性を言祝《ことほ》がれる知里幸恵がいたとして、それとは異なるもう一人の知里幸恵が確かに存在する。それは東京にありながら郷里や郷里の人々に恋焦がれる、そんな知里幸恵にとどまらない。金田一のあずかりしらない時間のなかで、アイヌ語に拠り所を見出し、夢の作業のなかでもまたアイヌ語との逢引きを頻繁にくり返していた、そんなもう一人の知里幸恵である。

早すぎた死さえなければ、日本語・アイヌ語のバイリンガル詩人でありえたかもしれない知里幸恵と、白昼夢のなかで二言語と親しく戯れあった幸恵とは、一九二二年の東京においてひとつに結び合っていた。

5　アイヌ系バイリンガルの晩年――「風に乗って来るコロポックル」

「おもひのまま」の初日（六月一日）の項には、中條百合子（後の宮本百合子）の名前が前触れもなく登場する。

幸恵との出会いをふり返った金田一のエッセイ「近文《ちかぶみ》の一夜」（初出、一九三二）で広く知られることになる一九一八年夏、北海道各地は開道五十周年の記念行事で騒がしかったようだが、金田一は札幌の宣教師バチェラーから金成マツとその母モナシノウクを紹介され、マツが指揮を執る旭川近郊、近文の伝道所を訪ねた。その後、金田一は北海道各地を転々として、八月末にふたたびバチェラーの許を訪ねるのだが、じつは、この夏、バチェラー宅には少壮の女性作家中條百合子もまた、一人の客人としてやってきていた。アメリカ留学前に英語を覚えようという魂胆があったかもしれないが、それよりも何よりも「貧しき人々の群れ」（一九一六）の作家が執着したのは、北海道アイヌの現況だった。バチェラーの養女八重子を道案内に、アイヌの集落を渡り歩いた彼女は、静内《しずない》で知り合ったアイヌの古老に取材して、短篇をひとつ書き残している。その後、一度も活字にならないままお蔵入りとなって、第二次世界大戦後の全集の中でようやく日の目を見ることになる「風に乗って来るコロポックル」である。同じ秋に百合子は単身渡米し、そこで日本人学者と結婚。知里幸恵が東京に滞在した時期は、この最初の結婚が破綻してそれが巷間の噂になる、そんな時期だった。知里幸恵の日録から該当箇所を引いておこう。

〔……〕朝食の時、中條百合子さんの文章から術」芸と実生活、金持の人の文章に謙遜味のない事などを先生がお話しなすった。

芸術と云ふものは絶対高尚な物で、親の為、夫の為、子の為に身を捧げるのは極低い生活だといふのが百合子さんの見解だといふ。（「おもひのまま」一二三頁）

この回想は、「私は書かねばならぬ、知れる限りを、生の限りを、書かねばならぬ」と自分自身を鞭打つような高らかな宣言へとみずからを煽る、一種の助走を構成している。

かたやアイヌの集落から学校に通う名もない女学生、かたや東京の女子大生で「貧しき人々の群れ」で文壇の話題を攫ったばかりの俊英。十九歳にして夭折した知里幸恵の残した業績は、後の宮本百合子のそれと比べてあまりにもかよわく、それこそ点でしかない。しかし、ひょっとして、金田一の頭のなかで、一九一八年の北海道旅行を忘れがたいものとして彩った二人の才女は、ひとつの星座を構成する好一対だったかもしれない。金田一が「風に乗って来るコロポックル」に目を通した可能性をまったく退けることはできない[21]が、かといって読んだという証拠も痕跡もない。したがって、これを偶然の一致と呼ぶ以上のことは難しいのだが、「風に乗って来るコロポックル」は、アイヌ人古老の晩年を描きつつ、読みようによっては、河野本道の時代区分でいう「近現代」を生きるアイヌのバイリンガル状況に肉迫を試みた、きわめて先駆的・実験的な小説だとも読めるのである。

主人公のイレンカトムには子どもがなく、最愛の妻をも亡くして失意の底にある。そんな彼にとって内地生れで、旧士族の血を引く少年、「豊坊」を養子にとる話は背水の陣を敷くようなものであった。息子を猫かわいがりにしたイレンカトムは、先祖から受け継いだ家宝の品々（アイヌ語でikor）をその手に委ねる日を夢見ながら日々を過ごしている。どうやら父子はアイヌ語と日本語を併用しながら日々を送っていたらしく、物心ついて父を父とも思わぬ放蕩を始めたあたりでも、「豊坊」は父親に対してアイヌ混じりの日本語で金策を申し出たほどである。

「売っ払うだてお父《と》のこったむん、また、父親《ミチ》にすまねすまねで、オ、アラ、エホッ、コバン、だから（心底《しんそこ》から売りたくない）俺は売ってくれべえ。ふんだら、祖父《エカシ》だてお父《と》を引叱《ひっしか》らしねえ。な、よろしと、そうすべえと！」（三五二～三頁）(22)

イレンカトムをとりまく言語環境のいかにバイリンガル的であったかについて、百合子が同時代の誰にもまして強い関心を寄せていたことは、このあと、「豊坊」に見捨てられ、毎日毎日、その子の帰還を待ちながら心身を病んだ主人公が幻覚に苛まれるようになる後半部分からも明らかである。

畑で、草雀《むし》りをしていたイレンカトムは、何だか、妙に頭がグラグラするような心持なので、炉《ろ》端《ばた》に引込んで、煙草《たばこ》を烟《の》んで居た。すると戸口の後で人声がする。何か小さい声で相談でもするように、ボソボソと云っている。

まだ若そうな女の声が、一言二言何か云うと、元気のあるのを漸々小声にして居るような若い男の声が、それに答える。声の響きで見ると、アイヌ語を使っている。

何を喋《しゃべ》っていることやら……（三五九頁）

バイリンガルなアイヌは、その無意識もまた多言語からなりたっている。アイヌの孤立が深まり、その日常生活が日本語中心になればなっただけ、アイヌ語は無意識のなかに活動の場を求めようとするかもしれない。そして、妄想から醒めたイレンカトムの記憶のなかでは、バイリンガルな夢を見たという大雑把な印象だけが残るだろう。

「近現代」のアイヌは、日本語やアイヌ語、それぞれの運用能力はまちまちでも、耳元でアイヌ語を囁いてくる不可思議な存在とともに生きる日々を強いられていたという意味では、大差なかったはずだ。日常生活は、むしろそういった「局面」を抑圧・隠蔽することで、たいていは、つつがなく営まれていったはずなのだが、となると、この「局面」がむきだしになるのは、なおさら夢想のなかなのであり、さらには金田一のような学者の要望に応える形で、アイヌ伝承の記憶を掘り起こすという徹底操作のなかにおいてだったはずである。

この日を境にして、イレンカトムの許には、毎日のように姿もなく声だけが送り届けられるようになる。イレンカトムからすれば嫌がらせにしか思えない。「夜眠ろうとでもすると、寝させまいとして、途方もない悪戯をする。喉をメ《しめ》に掛ったり、息もつけないように口を閉いだりして、叱りつければ一寸遠のいて、又始める」（三六〇頁）。しかも、幻聴の主はアイヌ語ばかりで語りかけてくるわけではない。アイヌ語かと思えば日本語だったり、逆であったり、気まま放題である。老人《エカシ》は、いつしかこれが昔話でおなじみのコロポックルとだと確信するようになるのだが、相手の正体をつきとめたところで、嫌がらせが止むわけではない。

イレンカトムは、隣人とのつきあいにも支障を来たすことになる。妄想から逃れたい老人《エカシ》は「医者にも通い、薬も飲」む。「親切に、魔祓いのお守やら、草の根、樹の皮などを持って来て呉れる者」もある。そして、こうした周囲への依存性の高まりとともに、彼はコロポックルとやらに悩まされているのか、腹黒い隣人たちに悩まされているのか、まったく分からなくなってしまうのだ。

特に、一番近所に住んで居る或る和人《シサム》の態度に対して、彼は非常な不安と警戒を感じる必要があった。

一日に幾度かの見舞いと、慰めの言葉の代償として、彼の土地を貸して欲しいということを、山本さんに云って行ったのを知ったイレンカトムは、つくづく浅間《ママ》しい心持がした。

自分も他人も疎《うと》ましい。何にも彼にもが、彼には重荷になってきた。（三六四頁）

彼は和人《シサム》のなかでも「山本さん」に対しては全幅の信頼を置いているが、和人《シサム》一般が信頼に値すると思っているわけではない。コロポックルによって心の平和を乱されながら、老主人公は「浅間しい」隣人たちにもまた日々悩まされて生きる。寝ても醒めても心休まる時のないイレンカトムの日常とは、まさに知里幸惠の晩年そのものでもあったかもしれない。

　イレンカトムの孤独は、その悪夢を、客観性をもって解釈し、治療法を選び出してくれるような、つまりアイヌ共同体が無疵であったらそういった肉親や隣人がかならずその晩年において孤独を癒してくれたに違いないような、そんな頼れる存在を失った老アイヌの孤独であった。しかも、コロポックルのいたずらに手を焼いた彼は、信頼できる数少ない和人のひとりである「山本さん」から豆を用いる内地式の「禁厭《まじない》」を教わると、さっそくそれを励行するのだ。そこまで彼は先祖伝来の民間医療[23]から遠ざけられてしまっていたというわけである。その意味では、北海道に残ってさえいれば、かりに病床にあろうとも知里幸惠が孤独に苦しむことはまだまだ少なかっただろう。ところが、東京の本郷で発病した彼女にとって、悪夢や疲労感はもはや伝統的な民間医療によって克服可能な何かではありえず、それを「幽霊の話」として受け止める以上のことを金田一家の女たちに期待することはとうていできなかった。しかも、彼女にとって金田一という存在は、悪夢ごときに付き合ってくれるような、要するにイレンカトムにとっての「山本さん」などではありえなかった。

　もちろん、知里幸惠が先祖から受け継いだ知的財宝を譲り渡すべき後継者さがしに悩むことだけはなかったと思う。彼女の宝物《イコロ》は、「私の為、私の同族祖先の為」ばかりか、「学術の為、日本の国の為、世界万国の為」（「おもひのまま」一二三頁）、要するに、金田一京助を媒介者として、アカデミズムという名の殿堂に向けて差し出されようとしていたのだから。しかも、彼女は当の金田一が不祥の息子であったり、得体の知れない妖精の類であったりするとは思いもしなかっただろう。

　しかし、自己犠牲を払うに値する大義を示されれば示されただけ、金田一の要求に応えまいとする抵抗心がバイリンガルな胸さわぎとなって彼女を苦しめた可能性はある。東京時代の日記類が私たちに思考を促すのは、こうした胸さわぎについてである。若き日の中條百合子はこの種の胸さわぎに言葉を与えようとするのが文学の務めであることにすぐれて自覚的だった。(24)「風に乗って来るコロポックル」はまさにそのような小説であった。だが、知里幸恵のバイリンガルな胸さわぎを気遣う、いったい誰が、そこに寄り添えたというのだろうか。

6　バイリンガリズムの未来

アイヌ系日本人の大半がバイリンガルであった時代が遠い過去になろうとしている今、もはやひとはアイヌ語を自然状態で習得できる環境にはない。アイヌ語を覚えたければ教則本や辞書を用いながら、自発的・自律的に学習する以外に方法がない。生き字引といえる古老の数も減る一方だ。大谷洋一は、こうした境遇を「現代アイヌ」の境遇として引き受けながら、自分らにとって「「異言語」とは何をさすことになるのだろうか」と、まず自分に問うた上で、次に「異言語」という概念の自明性が忽然と消え去る瞬間を描き出している。

バイリンガルであれば、日本語とアイヌ語のどちらかを選ぶことも、あるいは両方とも自分の言葉だとも答えることも可能であろう。しかし、私のように現実には日本語だけを母語として育てられ

た世代には迷いが生じる難しい問題である。[25]（三七一頁）

大谷にとって、アイヌ語は「先祖本来の暮らしが保持されていたのなら〔……〕母語であるはずの言語」ではあっても「母語」ではない。どこまで身につけようとも「母語」ではありえない。しかも、「異言語」などであろうはずがないのに、しかし、「外国語」を学ぶようにしか習得できない。それがアイヌ語なのだ。

さらに、「アイヌ語を話せる人」をいくら探し歩いても、そういった人間は数が少ないだけでなく、「アイヌ語が話せない振り」をする年寄りが多かったり（三八二頁）、伝統的なアイヌ文化を伝承する人たちでも「アイヌ語と日本語を交えないと、そのすべてを語り終えな」かったり（三八五頁）する。大谷は、アイヌ語使用者のバイリンガル状況に接近しながら、その二重言語使用に親しんでいく以外に、アイヌ語から「異言語」というものものしい鎧を剝ぎとる方法などないことを思い知らされる。

知り合ってから二年以上も「アイヌ語を聞かせてください」という頼み方をしていたが、それは語り手の前にハードルを置いて「こちらへ来てくれ」というに等しかった。語り手自身のことばで語ってもらった方が、神や人間の心理状態や物語の設定されている背景などを詳しく説明してもらえる。（三八五頁）

日本語との隣接性を抜きにしたアイヌ語は、もはやアイヌ語ではない。思えば、一九二二年の金田一は、すでに知里幸恵に向かって、「語り手自身のことば」としての日本語での説明をアイヌ伝承に関しても要求しつづけていた。つまり、『あいぬ物語』や『アイヌ神謡集』を二言語併記で編むことにこだわる金田一は、「近現代」のアイヌのあいだで、すでに後戻りのきかないところまで進行していた二言語間コードスイッチングの現実を、自分では利用できるだけ利用しながら、その現実には蓋をして、書物の上では、どこまでもアイヌ語の自立性・単独性を偽装してみせようとしたのだった。そして、知里幸恵が残した日記帳二冊は、まさにそうした金田一の欺瞞を暴く生々しいバイリンガル・アイヌの抵抗の書である。

知里幸恵が書き残し、しかしながら金田一によって扼殺《やくさつ》・黙殺され、隠匿されたノートの数々は、どれをとっても、彼女にとってバイリンガリズムの何であったか、そして彼女の世代のアイヌ系表現者にとって、アイヌ語の何であったかを考える上で貴重なものばかりだ。もしも金田一が幸恵の死後まもなくにこれらのノート類（の価値）を見出し、『アイヌ神謡集』と肩を並べるようなアイヌ系日本文学の企てとして、世に問う決断を下していたとしたら、きっと何かが変わっていただろう。

みずからを「東京のやもり」になぞらえた知里幸恵は、生身の十九歳、ひとりのアイヌ詩人でもあった。本郷森川町で白昼夢に心を添わせていた彼女は、バイリンガルな環境に生まれ育った生い立ちを引きずる彼女自身であった。『アイヌ神謡集』の「序」というその詩的散文ひとつからさえ多くを学んだ違星北斗《いぼしほくと》や森竹竹市、さらには金田一に弟子入りすることによって姉幸恵の遺志を継ごうとした弟、真志保ら後進に対して、もしもこれらのノートにアクセスできる道が開かれていたとしたら、一九二〇年代、三〇年代のアイヌ文学は、ひょっとして、知里幸恵を糧とし、踏み台としながら飛躍的な発展を遂げたかもしれない[26]。ただ、悲しいかな、カフカにとってのマックス・ブロートが知里幸恵には欠けていた。

◆

北原白秋が「あめふり」を作詞した一九二四年、その脳裡に「Shirokanipe ranran」のフレーズが鳴り響いていたかどうか、いまとなっては想像をたくましくする以外にないが、もしも「東京のやもり」が同時代のモダニスト詩人の目に止まり、「ハイタヤナ」の行分け詩が、和歌でも琉歌でもないオールタナティブな詩歌形式として、若いアイヌ歌人の創作意欲をかきたてていたとしたら、アイヌ文学史も日本文学史も、確実に今とは異なるものとなっていただろう。

しかも、それは沖縄や台湾や朝鮮半島から続々と若い日本語表現者が登場しつつあった時代でもあった。ほんとうの知里幸恵は、いずれ『乳色の雲』[27]の金素雲どころか、『光の中へ』の金史良や『翼』の李箱などの作家とさえ比較しつつ論じられるべき存在だったのである。

あまりにも長いあいだ『アイヌ神謡集』という小さな一冊に封じ込められてきた知里幸恵をそろそろ檻から解き放つこと。そのためには、知里幸恵の切り拓いた可能性、その先駆性はひょっとしたら『アイヌ神謡集』にではなく、最晩年の書きつけの方にあったのかもしれないと、思いきって考えてみること。

彼女が物理的には金田一に最も近いところに位置しながら、しかし金田一の引力圏から最も果敢に身をひき剝がし、偉大なる師の足下からまさに地中へと潜行しようとしていたのは、まさに東京時代であったかもしれない。アイヌ語で考え、日本語でも考えるというバイリンガリズムは、登別・幌別の少女時代でも近文の女学生時代でもなく、彼女が筆を持って生きることを始めた東京時代に、はじめてその捌け口を見出しのかもしれない。

Ⅱ　植民地の多言語状況と小説の一言語使用

「外地の日本語文学」なるタームが定着するようになって久しくなるが、私はこれを試みに「日本語使用者が非日本語との不断の接触・隣接関係を生きるなかから成立した文学のこと」[1]と定義したことがある。概して「植民地」の言語世界は、宗主国の言語と土着の言語とが上下に階層化された二重言語構造《ダイグロッシア》によって特徴づけられる。もちろん、その後、「植民地」地域の「脱植民地化」にともなって、宗主国言語のプレゼンスが格段に低下・失墜する場合があり（旧・日本植民地や、アジア東南部の旧フランス領・旧オランダ領あたりがそうである）、逆に、「脱植民地化」（および旧宗主国との連携再構築）のプロセスの中で二重言語構造が生き延びる場合も珍しいことではない（たとえば、英語圏や、アフリカの旧・植民地地域など）[2]。いずれにしても、植民地支配の途上にあっては、二重言語構造《ダイグロッシア》の上位に「宗主国」の言語が胡坐をかくという事態は、どことて大差がなかったといってよいだろう。そうしたときに、文学の担い手たちは、かりに「宗主国」（＝内地）の出身者であったとしても、「非＝宗主国言語との不断の接触・隣接関係」を回避・度外視することは不可能であったし、まして現地人が「宗主国」の言語で文学に身を投じる場合、その現実認識を抜きにしては、その文学を構想すること自体が難しかった。そして、そうした言語的な背景こそがまさに「外地＝植民地文学」の「ローカルカラー」として機能するのである。すでに北海道の多言語状況に絡めて議論を進めるなかで、私が北海道を「植民地」（＝旧「蝦夷地」）ととらえていることについては、お分かりいただけていると思う。(3)

ここでは、日本植民地期の台湾を舞台とする日本語小説を読むときに、地域の二重言語構造《ダイグロッシア》がどこまで透かし見られるかをさぐってみたいと思う。

1　植民地と多重言語使用――佐藤春夫「女誡扇綺譚」

日本が植民地統治を敷いたアジア諸地域のなかでも、台湾は大陸から移住した華人の末裔ばかりでなく、いわゆる「原住民」の存在が可視的で、日本による統治が始まる以前から、この島は、多言語的な色彩を強く有していた。そして、それは「解放＝光復」後、そして「解厳＝戒厳令解除」後のいまもなお台湾の言語状況を特徴づける一要素となっている。また、華語系の言語のなかでも、ヴァナキュラー言語として汎用性の高い閩南語《ビンナン》（「河洛語《ホウロウ》」とも呼ばれる）と、客家《ハッカ》系マイノリティの言語のあいだには、大きな断絶があり、これに「光復」後に流入して公用語の地位に着いた「普通話《プートンファ》＝北京官話」を加えた華語系諸言語の並存状況も、台湾を見るときに見逃してはならない事情だろう。

こうした台湾の状況は、当然、言語学者たちの関心の対象でありえたし、今後もありうるのだが、文学研究もそこから目を背けたままではいられない。文学作品は原則的に一言語で書かれるものだが、そこで舞台となる社会の多言語状況は「ローカルカラー」として、なにがしかの分析を要請するもの

であるからだ。(4)

たとえば、植民地期台湾の日本語小説のなかでも、傑作として評判の高い佐藤春夫の「女誡扇綺譚」（一九二五）は、当時の台湾の多言語状況を、「ゴシック小説」風の物語の背景として効果的に用いた作品である。佐藤は「私にもし、エドガア・アラン・ポオの筆力があつたとしたら〔……〕「アツシヤ家の崩壊」の冒頭に対抗することが出来るだらうに」(5)（一五〇頁）と、導入部分で着想の発端をさりげなく明らかにしているが、ニュー・イングランドの零落した旧家を描いたポーの作品と、オランダ統治期に栄華を誇り、清朝期にも福建や広東との交易で栄えた安平港《アンピンカン》が、日本統治下に置かれた結果、隣接する台南市の繁栄を尻目に、しだいに廃墟と化していくという時代転換期の風景を描いた「女誡扇綺譚」とでは、「ゴシック小説」としての「頽廃美」の近似性はあるとしても、社会背景に対する目の向け方は大きく異なっている。「女誡扇綺譚」の「頽廃美」は、どちらかといえば、ルイジアナ買収（一八〇三）や内戦（一八六一～六五）後の合衆国南部に見られた種類の敗北感を色濃く漂わせている。それこそ、来日前には英語を用いる南部文学の草分けの一人であったラフカディオ・ハーン（あるいは、二〇世紀の南部を代表するウィリアム・フォークナー）等との比較をさえ構想したくなるような特徴を、「女誡扇綺譚」は有しているのである。つまり、日本から来た新聞記者とは、この比較で言えば「北部人」であり、かつての繁栄がもはやエグゾティスムを醸し出す以上の役割を果たせなくなっている安平港は、かつてのフランス領ルイジアナを彷彿とさせる官能性を「頽廃美」として漂わせている。(6)

しかも、佐藤春夫はそのなかでやたら台湾の言語事情に細かいこだわりを見せている。主人公の日本人新聞記者は、「廈門《エイムン》の言葉」と呼ばれている閩南語ならば、「三年ここ〔＝台湾〕にゐる間に多少覚えてゐた」というのだが、そんな彼にも「解らう筈」のない、つまり歯が立たない言語として、「泉州人《ツエンチヤオナン》の言葉」（一五七頁）が物語の要の位置に置かれるのである。こうして佐藤は、何層もの言語という防護膜に覆われて、生半可《なまなか》なことでは異国人には近づきがたい台湾の奥深さを浮き彫りにすることに成功している。

また、小説の最後に、謎を解明すべく町の新興問屋に乗りこんでいく場面なども、多言語世界の表象という意味ではきわめて巧妙、かつユーモラスである。

まづ第一にその穀屋といふのは思つたより大問屋であつた。又、主人といふのは寧ろ私の訪問を歓迎した位だ。この男は台湾人の相当な商人によくある奴で内地人とつきあふことが好きらしく〔……〕新聞記者の来るのがうれしいと云ふのであつた。さうして店からずつと奥の方へ通してくれた。

「汝来仔請坐《ニライアチンツオ》」

と叫んだのは娘ではなく、そこに、籠の中ではなくて裸の留木にゐた白い鸚鵡である。

〔……〕

「あ、よくいらつしやいました」

思ひがけなくも娘は日本語で、それも流暢な口調であつた。椅子にかけながら私は言つた――

「お嬢さん。あなたは泉州語をごぞんじですか？」

「いいえ！」（一七五頁）

そもそも小説は、日本人新聞記者と現地人の漢詩人（＝世外民）の二人が、安平の廃屋のなかで、ふしぎな女性の声を聞き（それがどうやら「泉州語」＝彼に「解らう筈」のない言葉だった）、さらに怪しげな扇を拾うのだが、理性的な推理能力を万能とみなす文明的な新聞記者と、迷信を拭い去れず、怪談めいた話にあられもなく縮みあがってしまう本島人とが対比されて、最終的に、理性的な推理が迷信に勝利するという組立てになっているのである。そして、まさにこの筋立てを飾り立てるために、台湾の多言語状況が効果的に用いられている。

日本人新聞記者は、たしかに迷信からは自由である。しかし、言語的には不自由で、あたかも夢を見るように、安平の廃墟を放浪し、廃屋内を探検するのだ。そして、最後に「内地人」とのつきあいが活発な新興問屋（「汝《ニ》来《ライ》仔《ア》請《チン》坐《ツオ》」のルビから客家系と思われる。したがって、どうやら佐藤は「客家語」を「泉州語」として認識したようだ）を訪ね、そこの令嬢から「よくいらつしやいました」と「日本語で」迎えられたところで、はじめて溜飲を下げるのである。一方で、文明と理性の勝利を語りつつも、他方では、台湾の多言語世界を「迷宮」のようにさまよった日本人が、最後でようやく「迷宮」の闇のなかから白日の下へと脱出するというもうひとつのプロットが、この植民地を舞台とする擬似＝冒険・推理小説の骨格を形作っている。

一九二〇年夏の台湾旅行に取材する格好で、佐藤春夫は「魔鳥」（一九二三）や「霧社」（一九二五）など、名作を他にもいくつか残しているが、日本語で書かれたこれらの小説のなかでは、台湾の言語

的多層性がそれぞれのやり方で強調されている。(7)

2　日本統治期の台湾民衆とコードスイッチング――呂赫若「牛車」

宗主国の言語を執筆言語に用い、植民地の言語をあたかも点景としてあしらうというエグゾティスムの手法は、それでは、一九三〇年代以降、続々と登場することになる台湾人（＝本島人）の日本語文学のなかで、どのような加工を施されていったのか。

台湾の日本人（＝内地人）の多くは、閩南語をはじめとする台湾諸語に親しむことはあっても、大枠としては日本語を基調とした日常を送っている。彼ら彼女らにとって台湾諸語は、多くの場合、異国情緒以上のものではないのだ。ところが、台湾出身の作家たちにとっては、台湾の諸語こそが「母語」に等しく、日本語がいかに支配的に見えようとも、それは、しょせん、植民地支配の言語以上でも以下でもない。そして、台湾人の作家が「公用語」としての日本語で書こうとする場合、彼ら彼女らの「母語」はしばしば足手まといとなり、かといって、完全に封殺することなどできないまま、最終的に「ローカルカラー」の一部を構成することになるのである。

たとえば、一九三五年、短篇「牛車」によって、日本語文壇に颯爽と登場した呂赫若(8)は、台湾の貧農の一家に展開される騒がしい日常風景から小説を始めている。

「バカ、黙つとらんか。」
癇癪玉が破裂し我も泣きさうになつた顔を歪めて木春は弟の頭を殴りつけた。すると弟は「あーん」と一層咽喉の破れるやうな声を張り上げて地面に寝そべり、ぢたばたと手足を動かして油罐をひつくりかへした。「こいつ……」木春はこぶしを握りしめ上体をかゞみ込んだ。「又ぶつぞ！」しかし急に、振り上げた腕が力を失ひ木春は声を和げて云つた。「バカだなあ。泣いてだうするか。お母ちゃんはすぐ帰へるよ。着物がよごれるゾ。」[9]（九頁）

学齢期前の子どもを交えたこうした兄弟喧嘩がそもそも日本語でなされるはずもなく、これらの会話が何らかの台湾語でなされたということは、ことさらに補足されるまでもないことであった。あたかも日本の兄弟喧嘩を彷彿とさせる光景が、舞台を台湾にしているというだけで、もしもこれを映画化しようと思いたてば、会話文を現地語に置き換えないことにはリアリズムを貫徹できない。本島人作家が、本島人を物語の中心に据えて日本語で書く場合、作中の使用言語を曖昧に暈《ぼ》かすという操作は不可避というより、必然だったのである。

一家の父親はうだつのあがらない牛車牽きで、また母親は母親で、サトウキビ畑やパイナップル工場に出かけたりなどしながら、いざとなれば体を売ってでも生計を立てようとする。これが貧困家庭の日常だ。こんな一家であるから、兄弟喧嘩ばかりか、夫婦喧嘩も絶えないのだが、最後は父親の牽く牛車が自動車の通行を妨げたとして、日本人巡査から罰金を命じられ、万事窮すである。

小説のなかで、日本語がむき出しになるのは、その場面である。

「こらッ。カンニンラウブ！〔……〕車に乗つていかぬことが分からぬかッ」大人は真赤な顔をして呶鳴つた。

「え、俺は――」

何を云つてい丶か分らず口をもぐ〱さしてゐると、楊添丁〔＝主人公の名〕の頬はもう一度ピシヤツと音をたてた。

「この牛車、お前のかッ。」〔……〕

「大、大人。一回、赦す、よろしい――」

楊添丁は泣きさうな顔をして大人を拝む振りをした。鑑札を写されたら、後でどんな処罰にあふか、彼は疾によく知つてゐたからである。

「カンニンラウブ、チャンコロ奴」（三四～五頁。強調原文）

ここに出てくる「カンニンラウブ」とは台湾語（＝閩南語）の「幹你老母（＝fuck your mother）」のことで、こうした罵倒語を「チャンコロ奴」というような内地特有の決まり文句とともに、巡査が面白半分に用いている。これに対して、台湾人の牛車牽きは、目上の人間をあらわす一種の敬称としての「大人」（純粋な日本語なら古風に「うし」と読み下すところかもしれないが、ここはルビがなくとも、台湾語の「トアラン」toa-lang、もしくは客家語で「タイニン」tai-ngin と発音するのが適当だろう）を混じえながら、たどたどしい日本語で応答する。ここには一種のコードスイッチングが生じているわけだが、内地人と本島人の非対称な関係に加えて、巡査と牛車牽きという関係性が基底にあるかぎり、ここでのコードスイッチングは滑稽なまでに捩れている。

そして、このあと、罰金を払うために盗みをはたらいた瞬間をふたたび見咎められた牛車牽きは、もはや発すべき日本語をさがしあてられない。

「大、大人——」

彼は断末魔のやうに一声叫ぶと、後は何もかも分からなくなつてしまつた。（三八頁）

いくら日本語で書こうとしても、本島人の日常は台湾諸語によって彩られており、しかも、そのなかに内地人が片ことの現地語を操りながら、土足で殴りこみをかけるような事態までもが生起する。他方、台湾の本島人はそこそこの日本語なら問題なく理解し、おどおどしながらではあっても、ピジンな日本語をあやつり、なんとか応答できる。このような二重言語状況が現実に存在するとき、小説の一言語使用は、しばしば綻《ほころ》びを見せないではおれないのだが、結果として、小説はそれを「綻び」としてではなく、エグゾティスム、要するに「ローカルカラー」として売り物にするのである。

3　未完の皇民化——呂赫若「隣居」

「牛車」が書かれてから、日中戦争は泥沼に入り、総動員体制の強化とともに、台湾などの植民地では「皇民化」の標語の下での同化政策が暴力的に推し進められた。さらに、日米開戦後は、まさに完全な「決戦」へと事態は推移するのだが、呂赫若は、それでも筆を折ることはなかった。[10]

ここでは、日米開戦後の東京で、空襲に怯えながらも東宝声楽隊の一員として歌手としての修行を積み、しかし、かたときも文学のことを忘れないでいた呂赫若が構想し、帰台後に書き上げた短篇「隣居」をとりあげたい。一九四二年の秋、『台湾公論』誌に発表された作品である。

本島人の幼な子が子どものいない日本人夫婦の独善に屈して「養子」として攫われるというその物語は、究極の「皇民化小説」として受けとめられなくもないのだが、呂赫若は、それを無防備な形では作品化していない。台湾の作家が本島人の養子問題を日本語で取り上げるという実験性は、「皇民化」という時代の趨勢に対して徹底的な異化作用を発揮するのである。[11]

小説の主人公（＝私）は、「陳先生」の名で呼ばれる国民学校（一八九八年から一九四一年まで「公学校」と呼ばれた台湾籍学童に対する教育機関は、一九四一年三月に日本人小学校や蕃人公学校まで含めて「国民学校」へと統合・改称された）の教員だ。陳先生の住む地方都市（台中と思われる）の一角では「市外れとはいつても特にごみ〳〵した界隈で、町民の大部分は人力車夫、飲食行商人、肉丸売り、職工、百姓ばかり」（二〇一頁）である。ところが、彼が住まう二階建てのアパートに、「内地人」の夫婦が隣人として越してくる。

「田中です。どうぞよろしく。」

「はあ。」

「これからお世話になります。」

「はあ、《ママ》」

「色々と御迷惑になることが多いと思ひますが、何卒悪しからず……」

「はあ。」

「先生はここの国民学校ださうですね。」

「はあ。」

とにかく私は夢中になつて、掩ひかぶさるやうに迫つてくる彼の言葉をかはしながら、ただ「はあ」と答へつづけたのである。（二〇四頁）

いくら日本語の達者な陳先生でも、いきなり現れた内地人の前では借りてきた猫である。しかし、隣人同士として生活するうち、田中夫婦には子どもがなく、このことが二人にとっては悩みの種であるらしいことが、陳先生にも漏れ伝わってくる。

そんなある日、夫婦の部屋から子どもの泣き声が聞こえてくる。事情を訊ねると、「実は子供」なのだという。身なりからして「本島人」の子どもだということは一目瞭然なのだが、夫人は「乳母が本島人ですもの」（二〇六～七頁）と言ってはぐらかす。二の句の継げない陳先生は、腑に落ちないまま、「民坊」の名で呼ばれる少年の夜泣きに連夜悩まされる。

そして、まもなく真相が判明する。日曜日の朝、床のなかでまどろんでいた陳先生の耳元で、「おい、健民。帰らう」とか、「民坊、お兄ちゃんよ。兄ちゃん覚えてる?」とか、「聞き覚えのある上手でない国語まじりの言葉」（二〇八頁）が聞こえてきたからである。その「お兄ちゃん」というのが、じつは陳先生の受け持つ国民学校の生徒、李健山で、つまり「民坊」とやらは、同じアパートの一階に住む李培元の五男坊で、健山少年の弟にあたる子どもだったのだ。この子に一目惚れした田中夫人は、ろくに両親の了解もとりつけないまま、一方的に少年を家に連れてきたのである。その後、李夫人が二日とおかず息子の許を訪ねてくるようになり、養母と実母（田中夫人の説明によれば、実母と乳母）のあいだには火花の飛び交う日々が連続することになる。


「健民。健民、母ちゃん、来たよ。」

「……」

「いやねえ。健民ぢやないのよ。民雄つて名前にしたといふのに……ねえ、民坊。さうでせう。」

「……」

「ほら、ほら健民。母ちゃんよ。」

「……」

「ねえ、民坊。この人、母ちゃんぢやないのね。お乳母様なのよ。」

「まあ。奥様にはかなはないわ。」（二〇九〜一〇頁）

その後も「丹毒」で高熱を発した少年を治せるのは「医者」だけだと言い張る田中夫人と、「怪しげな薬草」を試したがる李夫人のあいだで衝突が起こるなど、立場上、両者の間を取り持たなければならない陳先生の憂鬱は深まる一方だ。

そうこうするうちに、突然、田中氏の台北への転勤が決まる。田中夫人に「民坊」を手放す気はさらさらない。田中氏も妻の夢をかなえさせてやりたい。かといって陳先生は田中夫妻の思う壺にはまりたくない。そこでせめてもの抵抗を試みながら、こんなふうに言うのである。

「断りなさいよ。」
〔……〕
「断る？　民坊をかい？」
「いや、転勤のことですよ。」（二一三頁）

田中氏は笑ってお茶を濁すだけで、こんな提案が容易に聞き入れられるはずもない。内地人は本島人の日本語にまともには耳を貸さない。かといって、これ以上、食い下がる図太さは陳先生にもない。そして、最後、田中夫妻と民坊の出発を見送った駅舎のなかで、主人公は李培元氏と短い会話を交わす。


「民坊はもう正式に田中さんにやつたんですか。」

と、私は呆然に立つてゐる李培元氏に訊ねた。李氏は眼を汽車から放さずに答へた。

「まだです。」（同前）

ところで、この会話はいったいどのような言語で交わされたのだろうか。本島人同士である以上、内地人を介在させない二人のあいだの会話は現地語なのが自然である。いくら「皇民化」が真っ盛りであったとはいえ、また「国語家庭」というものが台湾人に対して理想として上から提示されていたとはいえ、こういった局面での台湾諸語の使用が禁じられるほど、事態は深刻化していなかったはずだ。少なくとも、事後的に見て、来るべき「解放＝光復」後の彼らはそうすることで島の未来について議論を闘わせることになるはずだった（そこで島の多言語状況が障害となって「リンガ・フランカ」としての日本語が部分的に生き延びることはあったかもしれないが）。「国共対立」にともなう国民党の支配が台湾の言語地図に「普通話＝北京官話」という新しい要素をもたらすまでは、である。

しかし、自然であるはずのことを例外的にしてしまうのが、最終段階にあったとはいえ、植民地統治下の社会状況だった。そこでは「民坊はもう正式に」という言葉が「本島人」の口から日本語で発せられた可能性を否定できない。そして、もしそうなのだとしたら、「まだです」と断定的に切り返した李培元氏の言葉にはどんな情念がこめられていただろうか。その語調に、国民学校の教師である陳先生に対する不信や怒りが暗にこめられていたと深読みすることもわれわれには許されよう。そして、もしそうだとしたら、陳先生はただちにみずからの過ちを認め、赤面せずにはおれなかったはずである。

ただ、小説の一言語使用という隠れ蓑は、この問いに唯一解を与えない。「まだです」のひとことは、子どもを手放すことに同意していない父親の抵抗をあらわしはしても、植民地統治下台湾における本島人の言語選択上のゆらぎをまで忠実に描くには至らない。少なくとも、彼らの日本語に対する距離感を明示的に語ることはない。しかし、植民地文学の強烈なアイロニーが作動しはじめるのは、まさに小説の一言語使用が隠れ蓑として機能してしまう、この瞬間である。

この作品の映画化が試みられたとして、それが日本統治期であれば、作中の会話のすべてが日本語で演じられた可能性がある。「健民。健民、母ちゃん、来たよ」という本島人の母親から実子に向けられたあやし言葉ですらもである。さいわい、「民坊」は日本語も現地語も話さない乳呑み子同然である（この少年が日本語を話しだすのは、状況からして時間の問題だが、少なくともまだ一定の時間を要するだろう）。しかし、かりに「解厳」後の台湾でこれを原作とする多言語映画が制作されたならば、「民坊はもう正式に」あたりからして、すでになんらかの台湾語に置き換えられた可能性があるし、「まだです」に至っては、より高い確率でそうだろう。

いずれにしても「皇民化」は完了していなかった。「隣居」という小説は、「皇民化」が抜き差しならないところまで推し進められていた植民地台湾の実態を描きながら、李培元氏の言葉を通して、それが「未完」であったことを堂々と語っているのである。

そして、戦後、田中夫妻にとっては「引揚げ」という選択肢しかなかったとして、本島人の少年は、内地人の一群に加わって本土へと渡ったのかどうか。少年の運命はその時点までずっと宙ぶらりんであった可能性がある。

4 呂赫若と台湾人アイデンティティ――『呂赫若日記』より

われわれは、「隣居」が構想され、完成するまでの時期を含む呂赫若の「日記」をいま簡単に読むことができる。一九四一年一月に「東宝声楽隊」の一員として東京宝塚劇場演劇部に入社した呂赫若は、同二月には日劇で開催された歌謡ショー「歌ふ李香蘭」に声楽隊の一員として出演し、「ステージ後、李香蘭とともに記念撮影」したとされている。[12] そして、現存し、現在は写真版の「手稿」と中国語訳との合本として公刊されている『呂赫若日記』[13]は、翌年(昭和十七年)の元日からほぼ三年分をカバーしている(ただし、昭和十八年以降は空白が目立っている)。これを読むと、東京時代の呂赫若が、台北の張文環らとの文通を通じて、作家としての使命感を強くしていき、その読書傾向や執筆活動の範囲を見ても、彼が台湾人アイデンティティをめぐる悩ましい自問自答をくり返していたさまが手にとるように分かる。

それは決して日本語で書かれた「日記」のなかに異言語が混じるというような形ではなく、かりに混じったとしても、それは台北にある芝山岩の恵濟宮(道教、仏教、儒教の三つが一緒になった寺廟)で引いた神籤の中身が「漢文」のまま引かれている程度(昭和十七年九月十六日)でしかない。しかも、「しきりと漢詩の勉強の必要を感ずる。唐詩からせねばならぬ」(同二月十一日)とあるかと思えば、片岡巖の『台湾風俗誌』(一九二二)を読んで、「われ〲は我々の風俗の美点を認識することを忘れてゐたやうである。いかせ！」（同三月六日）と、台湾人意識むき出しであったりもする。また他方では、「昨年来放棄の状態にあった「紅楼夢」の翻訳に手をつけた。やはり十年かかつてもよい。必ず翻訳してこの傑作を世に拡めよう、それが台湾人としての自己の義務なのだ」（三月十四日）とあったり[14]、帰台直前の五月一日には、東京宝塚劇場で、白井鐵造原作、李香蘭主演の「蘭花扇」の「舞台稽古を見」て、「孟姜女の戯曲化は我々の手でせねばならぬ。中国の文化をあんなに歪められることを見るのはたまらぬことだ」と書きつけて、台湾人意識というよりも、中国人意識をむき出しにしたりさえしている。かと思えば、日本語訳の『北京好日』*Moment in Peking*（林語堂 Lin Yutang の原書は一九三九年刊行、日本語訳は一九四〇年の四季書房版か？）に目を走らせながら、作品それ自体に対して、「知的に過ぎるを惜しむ」と咬みついてもいる（七月六日）。こうしたアイデンティティの絶え間ないゆらぎのなかで、彼は「もつと台湾人の生活らしい誇張しない小説が書きたい」（三月十六日）という湧き上がる欲望にせきたてられるようにして、「隣居」を含む小説群（「財子寿」「廟庭」「風水」など）を矢継ぎ早に書き上げるのである。それが一九四二年の呂赫若だ。

　かりに彼が日本語を執筆言語として用いることにさしたる違和感をいだかずにいたとして、彼が「皇民化」の掛け声と歩調を合わせ、台湾を舞台としながら、日本語一辺倒の日常を描こうとしたとは考えられない。

　それに、ちょうど東京から台中郊外へと拠点を移した五月は、妻の（林）雪絨が第五子を妊娠していた時期に重なり、彼女は同六月二日に無事次男を「分娩」するのだが、それからまもない時期の「日記」には、われわれとしては安易に読み飛ばすことなどできそうにないことが、さりげなく書き記されている。

次男、芳苑と命名。叔父に命名してもらつた。いい名前だと喜ぶ。（六月六日）

長男にはすでに「芳卿」（一九三六年生れ）という名前を授けていた呂赫若は、その弟にも台湾人らしい名前を授けることができて、しばしご満悦だった。ところが、時局はこうした上機嫌を束の間のものとして踏みにじる。

出生届を提出した。芳苑の名は内地名にとの要求から「芳雄」として提出した。（六月九日）

「隣居」が書かれたのは、この「日記」によれば、九月二十一日から十月一日の朝にかけてだから、呂赫若は、まさにこの芳雄の泣き声をBGMにしながら書かれたことになるのだが、なにより、「芳苑」という台湾風の名前が、挙国一致体制の強化にともなう圧迫のなかで「芳雄」という名前へと捻じ曲げられていった挫折感をおし殺しながら、この小説が書かれたという事実を、われわれは作品解釈上の枝葉末節として退けるべきではないだろう。

当時の日本による台湾統治は、確実にひとりの「芳苑」を「芳雄」に、ひとりの「健民」を「民雄」に改造するという実効的な権力として作動していたのである。「隣居」の最後の場面に余韻を残す形で発せられた「まだです」は、それが何語で発せられたにせよ、本島人の「養子化」が、いまだ完了していないことを高らかに宣言する台湾人側の痛切な悲鳴であったとしか考えられない。

「隣居」のような小説は、「牛車」がそうであったように、「土着の言語と宗主国の言語が階層化された二重言語構造」を踏まえた上で読まないことには、台湾独自の「ローカルカラー」は無論のこと、台湾人の言語アイデンティティの流動性もまた、決してそこから見えてはこないのである。

隣居

呂赫若

私の間借りしてゐる一帯は、市外れといつても特にごみごみした界隈で、町民の大部分は人力車夫、飲食行商人、肉丸売り、職工、百姓ばかりである。十五米幅の街路をへだてて、二三階建ての整然たる繁華街と向ひあつてゐるのであるが、この界隈だけは一見見すぼらしく、軒のひくい、すすけた陽あたりの悪い家がごたごたとつづき、板の破片やトタンや竹屏などが軒をおほひ〔 〕細い裸道が凸凹をなしてもぐるやうにその中に通じてゐる。その裏町の路地を行くと、鵞鳥や鶏の糞が地面をおほひ、路の両側には、いつもどす黒い泥色の水が、いろんな塵芥を浮べたままメタンガスをぎらぎらと光らせてゐる。一種悪臭が鼻をついてくる。顔の赤銅色な乳房の垂れ下つた女房達の喚く粗つぽい声、青洟をたらした子供たちのわアわア騒ぐ声、自転車の通る音、物売りの叫び声で騒々しい、わき立つやうな下町の雰囲気をつくり出してゐる。「対我生財」と木札を門口にかけた比較的裕福な家、一つの門口に表札が五六枚もかかつてゐて五六世帯の雑居を思はせる家、「××宗布教所」と看板だけきれいだが〔 〕中には古びた仏像と木魚だけがそれと思はせるうす暗い家〔…〕人相手相から八字判断まで一切やれるといふ占師の家、駄菓子を入れた瓶を十箇ばかりならべた家などがひしめき合つて、一つの町をなしてゐる。

私の間借りしてゐる一棟の建物は、この界隈では唯一の二階建てで、丁度東側に位し、恰《あたか》もこの一帯を圧《おさ》へて聳《そび》えたつ殿堂の如き感があつた。市の膨張を見越して建てたものらしく、階下は商店街に階上は間借り向きに建てられてゐて、階上の方は住宅に困つてゐる際とてすぐに満員になつたが、階下は保険代理店とか豆腐屋とか製菓所とか洋服屋などで大した商店街にもなつてゐなかつた。場所が場所だからであらうが、日稼ぎの町民を相手にしてゐたのでは大した商売にもならぬからでもあらう。階下の門口のガラス戸は悉《ことごと》く空色に塗られてあるので一種奇異な感がする。階上へ通ずる梯子段は、階下のガラス戸の隅端にある一枚扉の入口で通ずるやうになつてゐて、階下との交渉がない。屋根は赤い台湾瓦で緑色の田圃と灰色のバラックの間にあるので鮮明な色彩を投げてゐる。喧騒な都市の雑音から解放されて閑静ではあるが、そのかはり裏の田圃からの堆肥のにほひ、腐つた塵芥の饐《す》えた悪臭、バラック街からのどこからともなくにほつて来る黴《かび》のにほひ、嘔吐の出さうな便所の悪臭〔…〕汚れた着物や汗と垢や禽糞の臭ひがむれかへつてゐるのである。

私がここへ間借りしたのは、全く職業上の理由からであつた。この界隈近くの国民学校に奉職してゐる私としては、この新しい建物に宿舎を求める外なかつたのである。もつとも独身者の私には、あまり整然とした宿舎がかへつて苦手で、かうした世話の要らぬ住居の方が気楽であるからでもあらう。その頃市の中心から自転車通勤をしてゐた私は、毎日の往復に建築場の前を通るのでそれが竣工しかかると、とりあへずその二階の一間を塒《ねぐら》に決めた。私がすみ込んだ時は、ペンキの匂がまだ新しく隣室も階下もガラ空きだつた。二週間程して階下は指物大工屋がすみこんだが、隣室の方はどうした理か〔 〕永い間借り手がなかつた。後で家主が私を追ひ出さうとしたことで分つたのだが、隣接の二階は殆ど一世帯ですみ込んでゐるのに、私のすむ二階だけが、一間だけを私が借りてゐるものだから、みんな隣居《ママ》をいやがつて借り手がつかないといふ。家主が私を憎むのも無理からぬことだとは思つたが。私は敢へて動かうとせず、ただつ広い二階に一人で暮した。その二階を少し説明すれば、一段一段と軋み音をたてる階段を上ると、横に幅広い廊下があつて、その左右に薄板だけで区切られた部屋が二つ並んでゐる。それから縦にも長い廊下が裏手の台所につづいてゐる。私の間借りしたのは、右手の八畳の間で街路を一眼に見下せた。左手の間はたしか六畳の二間続きで、台所へ洗面へ行く以外は殆《ほとん》ど通らないし覗いても見ないのではつきり知らないが、夜になると恰も鼠の運動場のやうで激しい音が聞えてくるのだつた。かうした二階の中に私は一人で二箇月も暮したのである。鼠共の騒動があつたにせよ、人間がすんでゐるよりか五月蠅《うるさ》くなくて私は全く伸び〳〵した気持で居れるのを有難がつた。学校から帰ると、みしみしと階段を踏んで部屋に入るなり、私は文官服のまま畳の上に寝ころがつて天井の新しい板の目を眺めるのが毎日の日課となつた。その時だけ、身が世界の掃溜のやうな界隈にゐるといふ意識から解放されてゆくのである。

○

しかし、二箇月程して私の日課は完全に壊はされる破目となつた。左手の部屋に人間がこしてきたのである。

丁度学事視察の出張から帰つた日であつた。すつかり暗くなつてから階段をのぼつてゆくと、明々と電燈がついてゐて人の気配がするので、さては借り手がついたのだなと思つてゐると簡単服を着た三十歳位の女が顔を出して、

「あなたがお隣りの先生ですの?」

と私の文官服に眼をとめて訊ねた。さうですが、といふと、女は急に慇懃に笑ひながら出てきて、

「二日前に越してきた田中です。どうぞよろしく。」

と鄭重に頭を下げた。余りにその言動と物腰が本島人でないので、私は意外さにうたれて、

「え? 田中? さうしたら内地人…」

「え。さうですの。どうぞよろしく。」

女はどうしたのだと言はんばかりに私を見て再び頭を下げると引つ込んでしまつた。恐らく内地人だときいて呆然としてゐる私を変に思つたのだらう。私は我に返つて赤面した。内地人

が別に珍しいのでもないのに内地人ときいて吃驚《びつくり》してゐる自分が可笑しくもあつた。が、考へてみると、田中ときいて私の受けた精神作用は、内地人がこの界隈にすむといふ意外さに外ならなかつたのである。一体にこの界隈にすんでゐる内地人といへば、派出所の巡査と国民学校裏の官舎にすむ教員連中だけであるのに、斯くも身近に田中といふ内地人がすむとはまさに予期せざることであり、しかも本島人と同じ屋根の下にすむことが余計に意外なことで、私の驚きも無理からぬといへよう。が〔 〕かうしたことを神経質に考へ過ぎるのは、或は私が教育者である故からであらうか。何れにせよ、本島人の細民窟であるこの界隈に、そして本島人向の家屋に内地人がすむといふことは、場所が場所であるし〔 〕尚且初めてのことだけに、私が驚きがほで眺めたのは事実だつた。

その夜、田中氏と名のる男が私の部屋にあらはれた。勿論、隣居の挨拶に姿を見せたのであるが、四十歳ちかくの壮年で角刈に眼光鋭く髯の剃跡の青い〔 〕逞《たくま》しい体格の持主である。毛の深い両の腕をニウツと袖口から出して畳の上についた格好が、すごく獰猛に見えたので、体格の貧弱な私はすつかりまごついてしまつて、彼のいふことがはつきりと呑み込めない位だつた。例へばこんな工合である。

「田中です。どうぞよろしく。」

「はあ。」

「これからお世話になります。」

「はあ、《ママ》」

「色々と御迷惑になることが多いと思ひますが、何卒悪しからず…」

「はあ。」

「先生はここの国民学校だそうですね。」

「はあ。」


とにかく私は夢中になつて、掩ひかぶさるやうに迫つてくる彼の言葉をかはしながら、ただ「はあ」と答へつづけたのである。それから田中氏は何かながい話をして帰つて行つたが、彼が去つた後も私の動揺はをさまらず、一体彼が何を言つたか、一つも記憶になかつた。ながい間私は電燈を見つめながら怖い人と隣居した恐怖観念に捉はれたわけだ。

かうして私は田中夫妻と二階で隣居生活を始めたのであるが〔、〕私はつとめて田中氏と顔をあはせないことにした。どうもその怖い顔が苦手だつたのである。さいはひ、田中氏の仕事は悉く夜間にあると見えて、早朝私が出勤する時には彼はまだ寝てゐるし、夕方私が帰つてきた時分には彼はまだ帰つて来ないで大抵私が眠つてしまつてから帰つて来るので、殆ど顔をあはす機会がないと言つてよかつた。ところが田中夫人とは、日に二度顔をあはせなければならないのである。それが又私には苦手だつた。朝夕の二回ではあるが、他人の妻であるといふ意識の下に私は夫人を敬遠して、会ふと、眼を伏せたまま「お早うございます。」とか、「今晩は。」とか型通りの挨拶だけに過ぎなかつたのに、田中夫人は非常な叮嚀さで、やれ先生は独身だからと言つて私にお茶を持つ〔て〕来て呉れたり、お洗濯をして差し上げませうかと親切に言つてくれたりするので、私は、ほとほと閉口してしまつた。何だか時には夫人の好意に甘えたい気も起つたが、その都度、田中氏の怖い顔が思ひ出されてきて私はあわてて現実にかへり〔、〕冷淡に夫人の親切から逃げた。そして遂には、田中氏の不在中に田中夫人と同じ屋根の下に居るのが心苦しくなつて、私はなるべく夜が更けてから帰る日が多くなつた。いはば、私は田中氏の容貌から受けた怖い幻影に絶えず追ひ廻はされてゐたのである。

しかし、それは全く私の杞憂にすぎなかつた。二箇月過ぎ、三箇月過ぎてみると、私にはやつと田中夫妻のことがのみこめたのである。田中氏は、あのおつかない容貌にも拘はらず極めて心の優しい人で、市内の松田商会支店につとめてゐることが分つた。夜の仕事だらうと私が思つたのは実は忠実な田中氏は店が閉つてから帰つてくるからだつた。田中夫人はあまり健康な体ではないらしく、時々ふせることがあるが、それでも田中氏が帰つてくると必ず迎へに起きるのである。夫妻の仲睦まじさは、くどくどしく説明するまでもないことで、独身の私が時々顔をそむけねばならぬといへば想像がつくだらう。夫妻の唯一の欠点は、子供が居ないことだつた。田中夫人が時々自分の体が弱いばかりに子供が出来ないでゐるのを嘆くが、それが哀れであつた。田中氏はといふと、そんなばかな、と言つてとりあはない。ある時、私が階段を踏んで上つてゆくと、夫妻はまたさうした話をしてゐたとみえて、田中氏はいきなり私の同意を求めるやうに声をかけてきた。

「ねえ。陳先生。一体胤《たね》が悪いか畑が悪いか、どうしてそれが分る?共同責任といふ奴だよ。ねえ、さうでせう。」

「はあ。」

突嗟に私は顔を赤らめてどう答へたものかと困つてゐると、田中夫人がすまなさうに、まあこの人はと、夫をたしなめて置いて、

「ご免なさい。陳先生はおひとりですのに、そんな話なんかして――」

これから察すると、田中夫妻は非常に子供のないのを苦にしてゐたと思はれる。田中夫人は体が弱いとはいふものの、別に悪い体格でもないのにどうして子供が生まれないのだらうか。田中氏だつて立派な体の持主であることは前述の通りである。独身の私には非常な謎であつたが、月日が経つとともに、究極のところ田中夫人の男性的な体格に原因があるのではないかと私は勝手な想像をした。それほど田中夫人は気立てが優しいのにも拘はらず、体の線が固くて皮膚が男みたいだつた。それに三十歳年輩の女としては年齢より老けて見えた。それのみならず夫人自身も諦めてゐると見えて〔〕殆ど化粧しないので余計老けて見えた。洋服は時たまにしかつけず、いつも着物で葡萄茶の細帯をだらりと巻きつけてゐる。無造作に束ねた頭髪も少し赤味を帯びてゐる。それでも夫人から受ける感じは非常に母性的なもので、私は時には母のやうな錯覚さへ感ずる程だつた。田中氏が非常に妻を愛してゐることは既に書いたが、この夫婦はまさに好一対の鴛鴦といふべく、夫婦揃つた時の印象は世にも珍しき愛の権化である。

この夫婦に子供があつたらと私はその場面を想像し、田中夫妻のために幾度となく残念がつた。

○

ところがそれから二箇月後である。ある夜、私が帰つていくと、隣りの田中夫妻の部屋から子供の泣き声が聞えてきたのである。来客だなと私は思つて黙つたが、いつまで経つても一向にお客の気配がせず、子供の泣き声を中心に夫婦のなだめすかしてゐる声が響いてくるばかりだつた。をかしいと思つて、私は便所へ行く素振りをしてわざと足音を立てながら、夫妻の部屋の前を通つた。が、夫妻には私の足音が聞えないらしかつた〔。〕相変らず一心に子供をなだめてゐるので、私はとうとう声をかけた。

「田中さん。お客さんですか。」

するとと障子が開いて、田中氏が顔を出した。そして汗を拭きながら、

「いやあ、実は子供でしてね。」

「子供?」

私は障子の中をのぞいて見た。田中夫人が膝の上に三歳位の男の子を抱いてゐて、私と視線があふと、誇らしさうににつこりと笑つた。子供はむづかつて大きな口を開けて泣いてゐる。腹掛ずぼんを着てゐるので、一見して私はすぐと隣り近所の本島人の子供だと分つた。子供の

親らしいものを私は眼で探したが、畳の上には田中夫妻以外に誰も居なかつた。田中夫人はすぐにそれと察したかのやうに、

「うちの子供なの。可愛いでせう。」

と、子供を頬ずりして言ふのである。

「田中さんの子供?だつて田中さんには子供が…」

「里子に出してゐたのよ。知らなかつたでせう。」

「へえ。可疑しいなあ。」

そんな筈がないと私は視線を田中氏に向けると、田中氏はあの怖い顔を崩して笑ひながら、

「さうなんだよ。うちの子供ですよ。」

「さうかな。可疑しいなあ。」

私は頭を捻つた。すると、田中夫人はひどく不興がつてゐるやうに、

「まあ。いやな先生。可疑しいなんて、仰言《おつしや》つて…」

「だつて、田中さんには子供が生まれないつて言つてゐたし、それに、ほら――」

と、私は子供の腹掛ずぼんを指さした。「本島人の子供ぢやありませんか。」

田中氏は大きな口を開けて、ばれたばれたぞ、と笑ひ声をあげたが、田中夫人は真顔になつて苦しい弁解をした。

「これ?」と子供の腹掛ずぼんを指先でつまんで「だつて乳母が本島人ですもの。ねえ、民

坊。」

頬ずりする田中夫人の愛撫を見ると、私は美しいものに接したやうな感激を覚えて、これ以上言葉がなかつた。勿論、田中夫妻の子供であるといふことだけは信じられなかつた。きつと誰かの子供を貰つてきたのに違ひなかつた。すると、それを裏書きするやうに、翌夜から子供の姿が見られなくなつたのである。また乳母にあづけたと田中夫人が言ふのだが、どの程度まで本当か知れたものではない。その間の田中夫人は急にそはそはとしてきて外出勝ちの日がつづき、帰つてきた時には決つてお買物を一ぱい抱へてゐた。それが後で知つたが、みんな子供用品なのである。女のもつ母性愛の強烈なあらはれに、私は驚異の眼を瞠《みは》つてただ黙々と見守つた。

ところが四五日も経つた頃、例の子供が再び田中夫妻の部屋に姿をあらはした。そして一晩中散々に泣いた挙句、翌日には姿を消したが、二三日経つと又田中夫妻の部屋に現はれて一晩中泣いてゆく。それが一月の間にくり返されて行はれたのである。さうしてゐる中に、子供も次第に馴れてきたと見えて、一日二日と帰らぬ日がつづき、遂にはずつと田中夫妻と暮すやうになつてしまつた。民坊と呼ばれてゐるその子供は、眼玉のぱつちりした顔の丸い可愛いい児で、欠点といへば頭のおでき位なものだつた。昼間は玩具の山に埋れた畳の上でおとなしく遊んでゐるさうだが、私の帰つていく頃には、もう泣き虫がついてさんざん田中夫人を手古摺《てこずら》せたものだ。田中夫人は台所と畳の間を幾往復も駈けながら、

「あ、よしよし。お利口ねえ、民坊はお利口だから泣いては駄目――」

と繰り返すのである。

田中氏も思ひなしか、はやく帰るやうになつた。恰も子供との団欒を待ちどほしがるやうな素振りで、帰るなりおみやげを眼の高さに持ちあげて、

「ほら、民坊。おみやだよ。バアといつてごらん。ほら、バア――」

と、舌を出して剃跡の荒い髯で民坊の頬をこするのである。それから着物もそのままで民坊を抱きあげて、私の部屋にやつてくる。

「陳先生にも今晩はしてごらん。ほら、こんばんは――」

民坊はうはの空で田中氏の眼といはず口といはず鼻といはず平気で指を入れてほじくる。田中氏は又それを楽しむかのやうに眼を細めて民坊をしつかりと抱きしめてゐる。見てゐる私までが楽しくなるやうな情景であつた。全く民坊の出現は田中夫妻にとつて、春の連続だといへよう。

が、困つたのは私である。特に民坊の夜啼きは、はじめから私の耐へ難いことだつた。職業柄、絶対に朝寝坊のゆるされない私には、一時間の睡眠不足でも忍び難く教壇に立つ脚がなえてくるのだ。今まではどちらかといふと一睡で夜を明かしてゐるので、真夜中に民坊の泣き声で眼を呼び覚まされ、それから寝つかれないのだから、私はうるさくて腹が立つて、今にも怒鳴り出したい位だつた。しかし、民坊の泣き声の折々に田中夫妻のなだめる低いぼそぼそとし

た声を耳にすると、彼等の愛情の深さに自分が反省されてきて、幾度か歯を喰ひしばつた。さうした夜の明朝は、もう眼の縁に黒い輪が出来て頭がづきん〳〵と痛い。朝、洗面所で顔を合せると、田中夫人は睡眠不足なのにも拘はらず元気な晴々とした顔で、

「御免なさいね。先生の睡眠のお邪魔ばかりして――もうすぐ馴れると思ひますから。悪く思はないでね。」

田中氏は田中氏で、

「昨夜は徹夜同然だ。うるさく泣きやがつてな。先生には本当にすまない。どうぞ悪しからず――」

睡眠不足にひとつの不満もなく、夫婦が民坊を愛しつづけてゐるその根気強さに、私は自分がはづかしかつた。正直のところ、初め頃民坊を憎んだ私さへも次第に民坊が可愛くなつてきた形だつた。

それにしても、田中夫妻はまあ何と物好きだらうと私は思はずには居られなかつた。大体、民坊が他人の子弟であることだけは決定的で、それを田中夫妻は、何を好きこのんで養ひ苦しんでゐるのであらうか。いくら子供が欲しいとはいへ、大きな苦しみを背負ひ、そしてこれに堪へてゆく田中夫妻はまことに奇異であらねばならぬ。民坊の親も同様なん《ママ》物だといへる。第一、民坊が来てから月余にもなるのに親らしい者の姿を見たことがなかつた。それから察するに田中夫人が民坊を自分の子だと主張してゐるのが、あながち不自然でもなかつた。否、私は

次第に民坊が田中夫妻の実子だといふ信念を抱くやうにさへなりはじめた。

○

しかし、或る日曜日の朝だつた。民坊も落ちついてきて泣かなくなつたし、ゆつくりと朝寝坊をしようと床の中でまどろんでゐると、急に田中夫妻の部屋から子供の声で、

「おい。健民。帰らう。」とか、

「民坊。お兄ちゃんよ。兄ちゃん覚えてる?」

とか、聞き覚えのある上手でない国語まじりの言葉が聴えてきたので、諦めて起きて眼をこすりながら戸を開けてゐると、

「先生ツ。お早うございます。」

と、いきなり元気な、そして毎日聞いてゐるやうな声が頭の上にかぶさつてきたのである。

おやと思つて見ると、受持児童の李健山が姿勢を正して立つてゐた。突嗟に私は先頃の子供達の言葉と思ひ合せて、民坊こそは李健山の弟に違ひないと思つた。

「早いね。先生の部屋に入らないか。」

「はいツ。」

私は李健山を部屋に案内して、

「田中さんのところへ遊びにきたの？」

「はい。先生。」

「あ、民坊を見に来たんだね。民坊は誰にあたるのかね？」

「弟です。はい、先生。」

やはりさうであつた。そこで思ひついたのだが、李健山の家庭訪問に行つたことがあるので知つてゐるが、彼の家は一番端の階下に住んでゐる保険代理店だつた。すれば田中夫人は何時の間にか民坊の母親と知り合つて、民坊をもらつてきたのであらう。私は李健山をつかまへて質問した結果、民坊は田中夫妻にやつたのではなくて田中夫人が無理矢理に欲しいと言つて連れてきたこと、今まで月余にわたつて母親と健山等が顔を出さなかつたのは、田中夫人が民坊が馴れる迄面会をとめてゐたことなどが分つた。なるほど、坊民《ママ》はもうすつかり田中夫妻になついてゐるので、そこで健山等が始めて遊びにきたといふ理なのであらう。民坊は五男であるので、田中夫人もその積りで欲しがり、民坊の母親である李夫人もその積りで成行にまかせてゐるともいふ。

その朝、田中夫妻もとうとう兜を脱いで本当のことを言つた。

「でも、うちの子供にするのよ。ねえ、民坊。民坊はうちの子供なのね。」

田中夫人はさう言つて民坊をしつかりと胸に抱いた。民坊は無心に笑ひながら田中夫人の頬を指先でいぢくつて、マンマ、マンマ、と言つたので田中夫人はいとほしさ百倍して民坊に頬ずりし、その顔は幸福に輝きわたつた。

「ほら。ねえ、先生」と、田中夫人は私の同意を求めるやうに嬉しさうに笑つた。「わたしがママなのよ。民坊はもうママ以外誰もいらないんですつて。李の奥さまは、ただのお乳母様だつたのよ。」

　そのただの乳母に過ぎないといふ李夫人が姿を現はしたのはその午後からであつた。さうすると、それから恰も味をしめたやうに二日おきにやつてきた。三十余歳の婦人で、顔が四角で油ぎつてゐて健康さうだつた。手にはまだ一歳の嬰児を抱いてゐて、来ると、階段をみし〳〵と踏んで上りながら、

「健民。健民。母ちゃん、来たよ。」

　と、声だけが先を走るのである。すると、田中夫人は狼狽てそい《ママ》こらで遊んでゐる民坊を抱きあげて、

「いやねえ。健民ぢやないのよ。民雄つて名前にしたといふのに……ねえ、民坊。さうでせう。」

　と、民坊を渡さなかつた。民坊は、しかし、李夫人の顔を見ても別になつかうともせず、むしろ田中夫人にしがみついて離れなかつた。すると、それが李夫人には寂しいらしく手をかへ品をかへて民坊を寄せつけようとするのだつた。そのために、その次ぎに来た時には必ず何かと食べ物を持つてくる。

「ほら、ほら。健民。母ちやんよ。」

李夫人は両手をさし出すのだが、民坊は見向きもしない。田中夫人は愉快さうに勝鬨《かちどき》をあげて、

「ねえ、民坊。この人、母ちやんぢやないのね。お乳母様なのよ。」

「まあ。奥様にはかなはないわ。」

かうして李夫人は悲鳴をあげ、果ては田中夫人と肩を叩きあふのである。田中夫人は呵々大笑して民坊を抱いたまゝ、李夫人の追撃から逃げる。

さうした状景を私は幾度となく目撃した。二人の女の巫山戯《ふざ》けてゐる有様はあまり見られたものではないが、一人の子供を中心に温い母性愛の火花を散らしてゐるのを見ると、私は見ぬ振りをして眼をそむけた。

○

ある夜中、私は民坊の激しい泣き声に眼を覚された。何かつき刺されたやうな火のついた泣き声である。ここ二三箇月の間は泣き声一つせず温順《おとな》しく眠つてゐたのに、どうしたものだらうと私は眠れないままにしばらくぢつとしてゐたが、民坊は何時迄たつても泣き止まないのである。起きて見ると、田中夫妻の部屋には電燈が明々とつけられ、扉が開け放たれてゐた。

「どうかしたんですか?奥様」

と、私は声をかけた。寝巻姿の田中夫人は髪を乱したまま民坊を抱いて坐つてゐる。田中氏の姿はどこにも見えなかつた。

「熱を出したんですの。胸のところが痛いらしいんですけど。昨日から少し熱があつたんですけど……」

私は民坊の額に手を触れてみたが、燃えるやうに熱かつた。

「いけませんね。早速医者にかからなければ困ると思ふが……といつて、こんな真夜中ぢやねえ。」

「いいえ。もううちの主人が迎へに行つたのですの。」

道理で田中氏の姿が見えないと思つた。私は何とも知れぬ感動にうたれ、田中夫妻の献身的な愛情に手を合はしたい気持だつた。

やがて田中氏が医者を連れて帰つてきたが、診察の結果は、どうも丹毒らしいとのことだつた。注射をして医者は帰つて行つた。田中夫妻はそれから夜明けまで痛さに泣く民坊を見守りながら坐りつづけたのであつた。眠くなつた私が敷床の上に身を横にしてからも、時々田中夫人の「民坊。痛いの？」とか「可哀さうねえ。早くなほりませうね。」とか言つてゐる言葉を夢の中に聞きながら翌朝起きて見ると、夫妻はまだそのままだつた。体の弱い田中夫人は目立つて頬肉が落ち、眼の縁に黒い輪が出来てゐたが、それでもはりきつてゐた。夫人が朝の支度をしてゐる間、田中氏が民坊の枕許に坐つてゐた。

その夕方、私が学校から帰つてくると、李夫人が来てゐて何か田中夫人と言合つてゐる。民坊の発病に関することだけは言はずもがなであるが、私は遠慮して足音を忍ばして自分の部屋に入つた。しばらく婦人達の低いぼそぼそした声がつづいたが、突然、田中夫人の怒りを帯びた甲高い声が私の耳を驚かした。

「何を言つてゐるのよウ。民坊はわたしの子供です。病気はわたしが治します。今更、帰らせるなんて、とてもそんなことは出来ません。」

李夫人はそれに答へて何か言つたが、声が低くく《ママ》てとても聞きとれなかつた。すると、田中夫人がまた甲高い声で、

「いやです。いやだわ。開漳聖王だか何聖王だか知らないけど怪しげな薬草はいやです。民坊はきつと立派に治します。」

そこで私は想像したのだが、きつと民坊を引き取つて治療すると李夫人が言つたのであらう。それに神から貰ふ薬草で治療すると言つたものだから、田中夫人が、余計腹を立てたに違ひない。やがて李夫人が帰つて行つたがひょつと覗いてみると、田中夫人が門口に立つてゐて呆然と田圃を眺めてゐる。窶《やつ》れた寂しい姿に私は三度女の愛情の濃さに三嘆した。

民坊の病気はよくなつてゐないらしく、その翌朝は入院した〔。〕勿論、田中夫人も田中氏も付添つて行つたのである。数箇月振りで私は再び広濶な二階を独占することが出来た。私は夜など思ふ存分に熟睡し、文官服のまま寝ころんで天井の板を眺めたもとの日課を、わづか数

日の短期間ではあつたが繰り返した。そして私の思ふことは、田中夫人の子供欲しさに対する驚異ばかりだつた。私は未だ嘗て田中夫人のやうな内地婦人を見たことがないし、田中氏のやうな内地人にも接したことがなかつた〔。〕それにつけても尚私の不可解とするところは、田中夫妻がよくも生活環境、風俗習慣の全然異なる本島人の生活に嫌味なく伍してゆけることだつた。大抵ならば鼻頭に縦皺を寄せるはずのものを、田中夫妻が反対に愛情を持ち得たことは、私個人の驚異といふよりも或は本島人全体の驚異と言つた方が適当かも知れぬ。民坊の病気はどうなつたのか、全然消息がなかつた。学校で李健山にひそかに訊いてみると、大分快方に向いてゐるとのことで、今更ながら田中夫妻の熱心さといふより愛情の深さに眼頭のあつくなるのを覚えた。では民坊はもう正式に田中氏の子供として入籍したのかと訊いてみると、さうではなかつた。すれば、本島人式にいふと、田中夫妻は結局他人の子供のために金銭を水に流してゐた理なのだ。しかし、民坊が快方に向いたことだけで私も安心した。

四日目の夜、田中氏が一人で帰つてきた。私を見るとにこにこ笑ひながら、よくなつたよ、と言つて私の部屋に入つてきた。

「そりアよかつた。」と私も喜んで見せた。「しかし田中さん達のお世話の賜物ですよ。実子でも養子でもないのにあれ程可愛がるんだから、僕は正直のところ魂消《たまげ》たよ。」

「いやいや、さう言つて呉れるな。」田中氏は顰面《しかめつら》して手を横にふつた。「恥かしい話さね。あれは家内がとても好きなんでね〔。〕もつとも実に可愛いい奴ぢやからな。」

逞しい体を揺すぶつて、はツはツはツ、と笑つてゐる田中氏を眼の前にすると、私は何ともいへない親しみを感じた。

「民坊はいい児ですね。僕もさう思ひます。はやく養子にするといいですが…」

「うん。そこなんですよ。家内が一日でも早く入籍したいつていふんだけど、李さんは果して呉れるかどうか……」それから田中氏は思ひ出して「実は家内がね。そのことを陳先生にお願ひしてごらんといふんですよ。」

「私が……」

しかし、突嗟に私は田中夫妻のためなら李夫妻との間をかけ廻はつて微力を尽すことを辞さないと心に決めた。その夜は丁度月夜で、低い細民窟の屋根がくつきりと描き出されてゐて、窓から眺められた。遠くで市街の電燈の反射が空を明るくして呉れた。田中氏も私同様にそれを眺めてゐたが、不図《ふと》視線が合ふと、笑ひながら、

「この辺りも見かけは悪いが、案外莫迦にならぬですね。みな素朴で面白いですな。」

と語り出したので、この界隈には内地人が殆ど住まないのに何故田中さんは住む気になつたのかと訊ねる、と、田中氏は意外な顔をして、

「何故つて、別に理由はないさ。大体、内地人が住めないなんてそんな処があるんですかい。まあ強ひて理由をあげるなら、住宅難ですな。」

「しかし大分不自由だつたでせう。」

「なに！住めば都といふ奴だよ。おつと、さうだ。」田中氏はそこで何かを思ひ出して「わしもいよいよここいらと左様ならしい。本店勤務になる筈だから……」

「え？」私は吃驚してきき返した、「本店といふと何処です？」

「台北市だよ。」

「あ、安心した。」

「安心した」《ママ》？と田中氏は不思議さうに私の顔をのぞいた。「何故かね？」

「だつて田中さんのやうな人に内地に帰へられちや堪まらぬからですよ。台北なら、同じ台湾だから我慢出来ますがね。」

しかし、田中氏には私の言葉がよく分らぬらしく、しきりと転勤のことを説明して、それまでに民坊の問題を早く片付けたい意向をさかんに洩らした。が、私は心の中で田中氏を他の地方にやるのが惜しい気持で一ぱいだつた。

「断りなさいよ。」

とうとう私は言つた。すると田中氏は吃驚して、

「断る？民坊をかい？」

「いや。転勤のことですよ。」

「なんだい。」

二人はそこで声を立てて笑つた。夜はもう大分更けてゐた。

○

田中氏の転勤は案外早くやつてきた。民坊が退院して、十日もたたないのに転勤のために転居しなければならなくなつた。時日がないので、李夫妻との間の民坊に関する交渉を私は引き受けたまま、何一つやれずに過ぎ去つたが、前日になつて田中夫人から民坊も連れてゆくときかされた。では、きつと田中夫人と李夫人との間に話の成立を見たのであらうと思つて、私は胸を撫で下した。

出発の朝、私は時間をつくつて田中夫妻を駅に見送つた。民坊の父親である李培元氏も李夫人も子供等も一家総出で見送りに駅に来てゐた。民坊は晴着をきせられて、しつかりと田中夫人に抱かれてゐた。田中夫妻の表情は流石《さすが》に晴々としてゐて、民坊が断然みんなの人気の中心となつた。

「ねえ、民坊。さよならしてごらん。ほら、さようなら――」

と、田中夫人は珍しく若々しく化粧した顔をくづして笑つた〔。〕民坊は両手を拡げていつのまに覚えたのか、…なら、といつたので皆どつと笑ひ出した。

「お利口。お利口。」田中氏が民坊の手に接吻すると、民坊は手をさし出して田中氏にむづかつた。李夫人が手を出したが、それに見向きもせず、民坊は田中氏の腕の中に抱かれた。李夫人の眼は涙で一杯になつた。それを見ると、田中夫人も眼に涙を浮かべたまま笑つた。李健山達は台北へこれから遊びにゆけるといつて喜んでゐる。

やがて汽車が静かに入つてきて、乗客がのり込むと、間もなく動き出した。

「さよなら。」と田中夫妻が言つた。

「さよなら。」と李健山達が万歳を唱へるやうにもつと大きい声で叫んだ。

李夫人はハンカチを鼻頭におしあてた。走り去る汽車の窓から、田中夫人が民坊の手を取つて白いハンカチをしきりと振つてゐた。

「民坊はもう正式に田中さんにやつたんですか。」

と、私は呆然に《ママ》立つてゐる李培元氏に訊ねた。李氏は眼を汽車から放さずに答へた。

「まだです。」

眼をむけると、汽車は市街の建物のかげに姿を消して見えなくなつた。


（完）

Ⅲ　カンナニの言語政策——湯淺克衞の朝鮮

1　幼い内地人の疎外感

かつて、植民地朝鮮で生活歴の長かった内地人が、現地を舞台に小説や回想を書くにあたって、しばしば用いたモチーフのひとつに、旧正月の風景がある。

湯淺克衞の「カンナニ」（初出一九三五）は、「真黄色の凧、赤と紫で半分づつ仕切つた凧、白地に緑の丸を画いた凧、色紙を撒き散らしたやうに空一面に夥だしい凧が強い風に吹きまくられ乍ら、浮かんでは沈んでゐた」（三二頁）[1]というのどかな風景から始まる。しかも、そこで「歓声」をあげているのは、もっぱら「鮮童」（三三頁）たちであって、内地人の子どもではない。主人公は、「しやがんだ〔まま〕頬杖をついて、少年達の楽しさうな遊びを見てゐ」（三四頁）るだけなのだ。いくら身を低くして「仲間に入れて呉れ」と頼みこんだところで、相手側は「白い眼」を向けてくるだけだし、なんとか独楽遊びに加えてもらえたとしても、「皆が相手の白衣の子に加勢して散々に負かされる」のがオチだった。そして、すごすごと引き下がった主人公は、「それらを自分の紺絣と下駄の所為」にして、いっそのこと、内地人の服装を脱ぎ捨てて、朝鮮人が穿くようなズボンの「足首をリボンで結んで見たい」とまで思うのである。しかも「皆と一緒に遊びたい」という気持ちは、「皆」の側からよそよそしく撥ねつけられるだけではない。「そんな鮮童《チョンガー》の遊ぶものなど」と言って「取合はない」内地人の父親の側からも、その夢想は無残にも打ち砕かれてしまうのだ。

　宗主国から植民地に渡ってきた内地人少年が引き受けなければならない「疎外感」は、植民地を舞台にした宗主国側が生みだした文学のなかで、ある意味、象徴的な主題であったと言えるだろう。植民地朝鮮の旧正月の風景は、内地人の子どもを主人公とするかぎり、こうした「疎外感」を抜きにしては描きえないものなのである。植民地の子どもの群れを前にしたとき、内地人の少年少女は、見るも哀れなくらい、精彩を欠いてしまう。

　同じような「疎外感」は、森崎和江の『慶州は母の呼び声』（一九八四）にも印象的に描かれている。

> 冬の陽だまりにたたずんで、朝鮮人の女の子が遊ぶのを見ていた。みんな晴れ着だった。赤いチマに緑のチョゴリを着ていたり、ピンクのチマに赤いチョゴリを着ていたり、ぎっこんばったんと長い板の両側でシーソーのように交互に空に跳び上がる。桃色のゴムシン〔「シン」신は「靴」のこと〕の裏の白いのがかわいい。わたしはつりこまれて笑う。（五二頁）[2]

　ただ、「カンナニ」の龍二と違って、この森崎には朝鮮人の「ネエヤ」が強い味方としてついていた。だから、その「ネエヤ」から「こんどは和ちゃんの番よ」と背中を押してもらうことで、彼女は少女たちの輪のなかにすんなりと加わることができた。そして、「ノルテギ」널뛰기の名で親しまれ

る「シーソーゲームのこつはすぐに会得した」というのである。しかし、それでも「疎外感」は払拭できなかった。朝鮮人の少女たちはよそ行きのチマチョゴリを纏っていたのに、森崎はひとりだけ普段着の「短いスカートとセーター」といういでたちで、それが彼女には「さみしかった」のだ（五三頁）という。しかも、かすかに記憶に残っているこの冬の日の出来事が、朝鮮では陰暦の正月に恒例の遊びごとだということを彼女が知るのは、帰国して、朝鮮のことを後づけで知ろうとするようになってからであった。

こうしたことを「植民地支配」の一語で片づけようとすると、「支配」の片棒をかつぐことになった宗主国人のなかに根を下ろした「疎外感」のことなど、なかなか視野には入ってこない[3]。それは、内地人の子どもたちが生きた歴史的な時間のなかでは、劣等感ではなく（植民地主義は、自然状態では「劣等感」に結びつきそうな感情を人為的に「優越感」へと反転させることに長じていた）、罪責感でもなかった（多くの場合、それは、日本の敗戦、そして植民地喪失がもたらした新しい歴史認識の副産物でしかない）。いくら朝鮮が日本の一部だと周りからすりこまれようとも、日本人は朝鮮にあっては数的マイノリティでしかなく、そのことに過度に敏感なのが子どもたちだった。子どもは、いくら自分の「感性を養ってくれたもののことごとくが、朝鮮の山河や不特定多数の朝鮮の人びとのやさしさであったといえるほど、自分の根っこが、あの風土とそしてそこで生きている人達と共鳴していた」（九頁）と、おとなになってからふり返ることになろうとも、その共鳴音は、鈍く、くぐもっていたのである。森崎は植民地朝鮮時代のことをふり返りながら、それを「幾重にも屈折した私の少女時代」と名づけることになる。

湯淺克衞は、一九一〇年の香川県生れで、父が朝鮮に赴任したことにともない幼少時に朝鮮に渡ったようだから、移民風の数え方によるなら「準二世」にあたる。京畿道水原《スウォン》の小学校を出て、京城中学を卒業したあと、一九二七年に内地に戻り、その後、植民地朝鮮を舞台にする小説を、あたかも朝鮮時代を懐かしむようにして書くことになる。「カンナニ」はそんな彼のデビュー作だった。ただ、一九一九年の「三・一独立運動」と、朝鮮総督府による鎮圧行動が流血を招いた水原で見聞きしたことがらを小説の後半部で大きく取り上げたために、小説の後半部分は掲載にあたって全面削除となり、伏字分も含めてその全貌が明らかになるのは、日本の敗戦後のことである。(4) しかし、一九三五年の『文学評論』に発表された作品の前半部分を読むだけでも、植民地における内地人少年と、現地人少年のあいだの根深い確執についてなど、そのエッセンスをある程度までは堪能できる。(5)

他方、森崎和江は、一九二七年、朝鮮の大邱《テグ》に生れた。その後、一九四四年に内地の女子大学に進学した森崎は、戦後は九州在住の詩人として、また『からゆきさん』（一九七六）などのエッセイで名をなし、その森崎が朝鮮時代の思い出にテーマを限定して本格的に書いた回想が『慶州は母の呼び声』である。まさに「植民地二世」に他ならなかった彼女は、「基本的な美感を〔……〕私のオモニやたくさんの無名の人びとからもらった」（一九頁）と書かずにはおれなかった。その回想のなかでは、子ども社会にまで根を下ろしていた二民族間の抗争が、湯淺の「カンナニ」ほど大きくクローズアップはされていないが、逆に敗戦後の文章であるだけに、自分のことを「昔の罪深い少女」（一三頁）と書くなど、「植民地二世」ならではの「罪責感」が前面におし出されている。

ここでは、植民地朝鮮を舞台にしたいくつかのテクストを手がかりにして、そこでの言語問題に光をあて、日本植民地主義が引き起こした数々の非対称性のひとつを考察の対象に据えようと思う。「カンナニ」の龍二や、幼い日の森崎和江は、日本植民地主義の加害者性を大枠としては背負いつつ、同時に、いくぶんかは、その被害者でもある植民地の子どもだった。

2　植民地のバイリンガル状況

先に引いた「カンナニ」の冒頭部で、朝鮮の少年たちは、旧正月の恒例行事を、もっぱら朝鮮語だけで打ち興じていたかに見えるが、じつはそうではない。子どもたちのなかには、「日本流のお正月に学校で歌つた「年の始め」を歌つてゐる少年も居た」（三四頁）のである。植民地の教育機関は、現地の子どもたちに「国語」を授けることに熱心だった。言い方を変えれば、現地人のバイリンガル化は、学校（現地人の通う小学校は「普通学校」と呼ばれた）という場を介して、着々と進行中であった。それこそ、学校という場は、朝鮮語の使用に対して抑圧的にはたらき、現地人のバイリンガル化には、将来的な朝鮮語の「廃滅」(6)に向けた過渡的措置としかいえないほどの荷重がかかるようになっていた。今日は「二重言語作者」이중언어작가 の名で呼ばれることが慣例になっている朝鮮人日本語表現者の次から次への登場は、まさにそのことを示していた。

それに対して、「カンナニ」の主人公である龍二は、「仲間に入れて呉れ」とかりに声に出せたとしても、それは日本語でしかなく、もし片ことの朝鮮語をあやつってそれを口にできたとしても、気後れを一掃することは難しかっただろう。たまたま「ノルテギ」の仲間に加えてもらえた森崎の場合でも、それは朝鮮人の「ネエヤ」が「こんどは和ちゃんの番よ」と、水を向けてくれたからにすぎない。彼女は遊びを楽しんで、「みんなが笑うときはわたしも笑っていた」（五三頁）というが、しょせん「女の子たちのことばはわからない」まま、場の空気を読んで笑うだけだったのだ。まがりなりにも「国語」としての日本語を身につけ、バイリンガルとなる途上にある現地の子どもたちとは対照的に、内地人の子どもは惨めなくらい不器用な「一言語使用者」だった。

もちろん、大局的に見れば、国民国家的な「国語至上主義」を掲げながら遂行された帝国の植民地支配は、宗主国出身者がどこにあっても「一言語使用者であることの不都合が最小限に食い止められるシステム」(7)に基盤をおいていた。であればこそ、「いかにその民族語に愛着を持っていたとしても、バイリンガルの話し手によって話される民族語の方が、その言語しか使わない話し手によって話される民族語よりも、危機におちいる度合が大きい」（アジェージュ、本書九頁）ということが、朝鮮半島でもまさに実証されようとしていたのである。日本の植民地における言語政策は、多くの植民地地域で進行していたこの一般的傾向を味方につけ、現地語の「廃滅」を遠からぬ将来に思い描くものでありさえした。

もっとも、一九世紀後半から第一次世界大戦にかけて鎬《しのぎ》を削った西洋列強のなかで、ハプスブルク帝国の言語政策は、ある意味で、現在のヨーロッパ連合（EU）を先取りするある種の開明性を特徴としていた。とりわけ、オーストリア帝国とハンガリー王国の「併合《アウスグライヒ》」（一八六七）以降のハプスブルク帝国の言語政策は、オーストリアの国家語であるドイツ語と、ハンガリーの国家語であるハンガリー語の「平等」を唱えるばかりでなく、「国内のすべての民族は平等である」として、「その民族の特性と言語を守り育てる全面的権利を有する」ことを認めた上で、「複数の民族が住む州では、公的な教育機関は、そのうちの一つの民族が別の民族の言語の習得を強制されずに、自分の言語で教育が受けられるように手段を講じなければならない」(8)とするものであった。もちろん、多言語国家をスムーズに運営していくためには、役所や軍隊の内部での言語の序列化が不可欠であったし、最終的にドイツ語の優位が揺らぐことはなかったが、少なくとも、国内の非ドイツ系諸民族に対して、「自治権」と「言語権」を認めるというその精神は、ハプスブルク帝国の崩壊後も、第一次世界大戦後に独立した東欧諸国における少数民族対策へと受け継がれ、さらに第二次世界大戦後、時間がかかりはしたものの、最終的にはEUの言語政策へと実を結ぶことになったのである。

これを簡単にパラフレーズすると、まずは民族語の保護を優先すること、次に役所や軍隊内部で人材のバイリンガル化・ポリグロット化を推奨・慫慂《しょうよう》すること、そして、この「バイリンガル化・ポリグロット化」を期待されるのは、国内の少数民族ばかりでなく、ドイツ語を母語とする言語的マジョリティもまた、程度の差はあれ、同じ期待の対象とされたということである。

こうした往年のハプスブルク帝国を念頭におくと、「韓国併合」の名で知られる大日本帝国による大韓帝国の「併合」は、オーストリアによるハンガリーの「併　合《アウスグライヒ》」に見かけこそ似通ってはいたものの、実態は植民地支配そのものでしかなかった（どちらかと言えば、「三国分割」でポーランド国家を解体した三列強のうち、ロシアやプロイセン＝ドイツのやり方に近かった）。大韓帝国時代の近代的な教育制度において、ひとまず外国語としての習得が促された「日本語」は、一九一一年の「朝鮮教育令」以降、それまでの「国語」であった韓語＝朝鮮語に代わって「国語」の地位につき、現地朝鮮人に「言語権」は認められず、「国語」による教育の一部に間借りをする形で、朝鮮人向けの教育機関における「朝鮮語」（現在の用語で言えば「継承語」）の教育がおこなわれるに留まったのである（しかも、それは初等教育に限られ、中・高等教育の現場に朝鮮語はなく、また日中戦争の激化の後は、初等教育からも朝鮮語は消える）。そして、なにより、内地から移り住んだ日本人に対して朝鮮語を学ぶモチベーションを高める措置はほとんど施されなかった。つまり、「韓国併合」は、朝鮮人バイリンガルの養成には熱心であったにもかかわらず、内地人のバイリンガル化に関しては、どこまでも自由意志と個人努力にゆだねるものであったということである[9]。しかも、「併合」以前には、まだまだ自由意志や個人努力の結果、バイリンガル化する傾向の強かった内地人が、「併合」による日本語の「国語」化を経ることで、急速に自由意志は水を差され、人びとはみるみる個人努力を怠るようになっていったのである。

　考えてもみて欲しい。明治の初期にすでに進出を開始していた日本人の商人層は、朝鮮人を顧客とするかぎり、その多くがバイリンガルであったと考えなければならない。そもそも、古代から近代初期に至るまで、玄海灘を往来した人びとは、その民族アイデンティティすら流動的で、その多くがバイリンガルであったと考えるのが自然だろう。ところが、日清・日露の戦争を契機として、日本の軍隊やゼネコンが朝鮮半島に土足であがりこみ、また「併合」以降は、多くの植民地官僚が現地に駐在するようにもなって、それら内地人の大半は、まさに「一言語使用者であることの不都合が最小限に食い止められるシステム」に甘え、バイリンガル化する道をみすみす断ってしまうのである。結果的に、日本人と朝鮮人の結婚などで、家庭内がバイリンガル化するとか、アカデミックな好奇心やジャーナリスト的な職業意識を通して、意識的に朝鮮語の習得に励んだ奇特な人間の努力の帰結としてしか、内地人のバイリンガル化が進まなくなったのが、日帝統治期だった。

そして、こうしたバイリンガリズムの非対称性の結果、もろにそのとばっちりをこうむることになった一群のなかに、朝鮮に住む内地人の子どもたちが含まれたのだった。子どもらは、植民地主義という暴力装置の効用を恃むこともできず、バイリンガル化する途上にある現地人少年少女の生命力に気おされ、そうした経験を積み重ねながら「外地の内地人」としてのねじくれた自己形成を図らざるをえなかったのである。

「カンナニ」とは、バイリンガルな朝鮮人へと溌剌と成長の途上にある朝鮮人少女、李橄欖(=「カンナニ」はその俗称)と、「疎外感」に苦しむ内地人少年、最上龍二との、小さな恋の物語である。初出ではバサっと切り落とされた後半部分を念頭に置くならば、「三・一独立運動」と、それに対する鎮圧行動の犠牲者となった朝鮮人少女の悲劇、そして、その悲劇に直面した内地人少年の無力感が作品の主題であるかのように見えるが[(10)]、その後半部分を度外視した場合、「カンナニ」は植民地朝鮮の言語問題を扱った小説としての特徴を際立って示すことになるだろう。

3　カンナニの言語政策

龍二がカンナニに出会うのは、内地から渡ってきた直後で、彼にとって朝鮮語は、耳慣れない外国語以外のなにものでもなかった。もちろん、彼が通う小学校にハングルを教えてくれるような「朝鮮語」の授業があろうはずもない。

龍二は、朝鮮人両班《ヤンバン》の邸宅の「龍宮のやうな御殿」（四二頁）に目をみはり、「芝生の上に寝そべりながら」、「総督になつたら、こんな家に住むことが出来るに違ひない」と呑気に自分の未来を夢見ていた。そんな龍二の前に、いきなりひとりの少女があらわれ、「流暢」（四三頁）な日本語をあやつりながら、「いかんのよ、小学生」と話しかけてくる。それどころか、「わしが小学生云ふのなんで知つてるのぞな」と、龍二が四国訛りまるだしなのに驚いて、「小学生は、をかしな日本語使ふのね」と、目を丸くしてみせるのである。

二人は程なく意気投合して、名前を教えあい、おたがいを意識しあうようになるが、ところが翌日、巡査である父親の出勤を見送る龍二の姿を盗み見たカンナニは、どうもその様子がおかしい。そして、二人になったとき、彼女はとつぜん朝鮮語をぶつけてくる。「お前巡査の子な《タンシン・スンサ・アドリナ》」（四五頁）と。

龍二にとって、この朝鮮語はまるでちんぷんかんぷんである。そこで、カンナニは、「「巡査の子と遊んぢやいかん」父が云つたよ」と「今度は日本語で」補って、自分の立たされた崖っぷちの心境をあかす。ところが、思いもしない形で父親の職業を貶められた龍二は、反射的に「巡査は悪いことはせん」と言って、必死に防戦に転ずるのだが、カンナニの憂鬱はとうてい晴れない。

私の家でも〔……〕…………潰された、持つてゐた田畑はいつの間にか「××」[11]のものとなつてゐた。そんな筈はないから刈入れをしてゐたら、巡査がやつて来て父をろうや《ママ》に入れ、父がやつてゐた書堂は、悪いことを子供等に教へるからと…………戸を釘づけにしてしまひ、子供達を…………普通学校に入れてしまつた。それで父は昔出入りしてゐた李根宅に頼んで門番にして貰つてやつと暮らしてゐる。（四六頁）

これが「淋し気」な笑いを浮かべながらカンナニが語ったその一家の来歴であった。彼女が朝鮮独立を志向する家庭に育ちながら、それでも「普通学校」での植民地教育に従順に従って、これだけの内容を、しかも方言色のない日本語でよどみなく話せたのだ。

そして、気分を紛らせようとするかのように、「ホーセンカの叢にしやが」みこんだカンナニは、「その落花」を「掬ひあげて、掌でもみくちやにし」、「その汁」を「小指の先につけてコス」るのだった。そして、「どうしてそないに、手を血だらけにするのかな」と、けげんそうに尋ねる龍二に対して、カンナニは「朝鮮の女の子は皆、かうするよ」と言いながら、おもむろに、胸中をあらわにする。「ね――日本人は皆嫌ひ、巡査は大嫌ひ、それでもお前《タンシン》は大好き」と。

そして、その直後だ。カンナニは、「龍二の顔を両手ではさんでのぞき込むやうにして」、幼いながらも、したたかに、植民地朝鮮の理想を語りだすのである。

「タンシンはお前のことよ。朝鮮語覚えなさい。わたくしが日本語を話せるやうに。ね、そしたらお前《タンシン》と私《ウリ》(12)は朝鮮語と日本語を交ぜこぢやで話出来るね。学校の話や、そのほか、いろんな世界中の話、たくさあーんしよう」（同前）

植民地在住の宗主国出身者にとって、「一言語使用者であることの不都合が最小限に食い止められるシステム」が十全に機能しているなかで、内地人の少年に向かって「朝鮮語を覚えなさい」と果敢に訴えかけた、その言葉には、植民地朝鮮における言語教育のいびつさに対する断乎とした告発の調子がひそんでいる。内地人と朝鮮人がたがいに隣人として共存していく上で、現地人が移住者の言語に習熟するよりも、むしろ移住者こそが現地語の習熟に励むのがどちらかといえば本筋なのだ。それは、朝鮮人の「自治権」や「言語権」を希求するナショナリスティックな口調を超えて、その植民地空間を、現地人と移住者が言語的に対等に共存できる政治社会空間たらしめようという理想の提示でもあったのである。

カンナニは、第一次世界大戦の終結とともに崩壊したハプスブルク帝国で、どのような言語政策や言語思想が練り上げられていったかを知らない。あるいは、同じころ、英領植民地であったアイルランドで、政治的な分離独立やゲール語の復興に向けてなにが議論され、どのような闘いがくりひろげられていたかも知らない。さらには、朝鮮人独立運動の指導者たちが拠り所としたウッドロー・ウィルソンの「十四か条」や「民族自決」の原則に則ることで独立を実現させた第一次世界大戦後の東欧諸国で、敗戦国ドイツおよびオーストリアのドイツ人が置かれたマイノリティの権利がどの程度保障されえたのか、そういったことにまで考えが及ぶはずもなかった。いわんや、そうした「民族自決」の喧伝が、反共包囲網の形成と関わっていたことなど、知る由もなかった。

しかし、龍二に朝鮮語の学習を促そうとするカンナニの思いの背後には、「三・一独立運動」の闘士たちが考えもしなかった「多言語国家朝鮮」という夢があった。彼女は、龍二が朝鮮を去らねばならないような、ありうべき歴史過程についてはまったく想像がはたらいていない。彼女は、ある意味、龍二が朝鮮半島に骨を埋めるものだと決めつけている。そうしたなかで、彼女は龍二が内地から来た日本人としてその「継承語」にしがみつくことを牽制しているのではない。また、彼女は自分たち朝鮮人にとっての「継承語」である朝鮮語が、生存の危機に追いこまれているという悲観的な現実認識を他の朝鮮人ナショナリストと共有していたわけでもない。むしろ、彼女は「韓国併合」の結果、自分たちに「国語」としての日本語が授けられ、その日本語を話す喜びを味わえるのと同じように、龍二たち内地人にもまた朝鮮語をあやつる喜びを味わわせ、そうした言語的な対等を達成できた地点にこそ、「それでもお前《タンシン》は大好き」という言葉を位置づけようとしたのである。彼女の二言語を「交ぜこぢや」にした告白は、彼女ならではの言語政策と不可分のものであった。

おそらく「韓国併合」以前から、内地人と現地朝鮮人のあいだに数々の愛が芽生え、新しい家庭が築かれ、それこそ子どもに家庭内バイリンガル教育が施される事例は珍しくなかっただろう。「カンナニ」には、龍二が作文のなかで校長先生の言葉を引きながら、「校長先生は朝鮮人とは仲善くしなければいかん、朝鮮人と結婚する人は偉い人だとおつしやいました。僕もとてもそうだと思ひます」と書く場面がある（五七頁）。また、じっさい、湯淺克衞は、「内鮮一体」を身をもって体現するような、そんな一家を素材とする作品を残してもいる（日本滞在経験のある朝鮮人男性と日本人情婦のあいだに生れた少年を主人公とする「棗」など）。たとえば、そこでは、バイリンガルな朝鮮人とバイリンガルな日本人によってバイリンガル家庭が構成され、「朝鮮語と日本語を交ぜこぢやで話」しながら、「いろんな世界中の話」が食卓で交わされるという現実がすでに定着しかかっていた。

ところが、そういった事例は、どこまでも特異例の域を出ることはなく、植民地支配当局が何らかの措置を講ずることによってそれが加速されるシステムが構築されることはなかった。カンナニの無邪気な思いつきは、龍二と二人でバイリンガル家庭を営みたいという、いささかおマセな空想の産物にすぎなかったのかもしれない。しかし、そのような言語思想を、朝鮮人の少女の口から吐かせようとした湯淺克衞というひとりの内地人作家の思惑とはなんだったか。

歴史に「たら」はない。しかし、だからといって、歴史のなかに「たら」を挿入することによって何かを見えてくるようにすること、そして、これからの世界を構想する上で「たら」を効果的に活用すること、そういった知的営為は、疎かにすべきではない。かりに、「韓国併合」後の朝鮮で、ハプスブルク帝国におけるように「自治権」「言語権」を承認するような政策が講じられていたら、そして、それどころか、カンナニがぽろっと口にしたように、言語ヘゲモニーの面で上位にある言語を日常語とする住民に対しても、地域語の習得を促し、場合によっては、それを初等教育の単元として組みこむような政策が採られていたら、それこそ、「三・一独立運動」そのものの展開も違っていたはずだし、第二次世界大戦で日本が敗北した後の戦後処理のプロセスはまったく違った道のりを歩んだ可能性がある。

もちろん、何度も引き合いに出している東欧の例を考えれば、「民族自決」の原理原則に則って建国された新興国家に、それでも少数民族として居すわりつづけたドイツ系マイノリティは、第二次世界大戦後、二十数年前の実験が結果的に大きな惨禍をもたらしたという判断の下で、こんどは戦後の分断国家ドイツへの「引揚げ」を勧告されることになった。そうした引揚げドイツ人たちは、「継承語」としてのドイツ語を棄ててはいなかったが、同時に、彼らが所属していた東欧諸国の「国語」についても、かなりの運用能力を身につけていた。しかし、それでも彼らは、非ドイツ人国家に住むことをもはや期待されなかったし、また東欧諸国の社会主義化も大きな要因となって、彼ら自身が非ドイツ人国家への残留を望まなかった[13]。したがって、第二次世界大戦後の世界での趨勢を考えると、龍二とカンナニのようなカップルに与えられた選択肢は、龍二が思い切って朝鮮人として生きる道を選ぶか、カンナニが龍二とともに「引揚げ」の群れのなかに混じるか、そのどちらか以外になかったのかもしれない。現実の東アジア史はそんなふうに進行した。

しかし、カンナニの幼い夢が指し示した未来は、バイリンガル家庭がだれからも後ろ指を差されることなく、そうした家庭に育った子どもが、学校でも、学校帰りの通学路でも、だれからもいじめにあったりなどしない、そのような未来だったのではないだろうか。

「カンナニ」という小説が、その前半部分だけでも、十分に読みごたえのある作品であるとしたら、それは以上のような理由からである。

4　「バイリンガリズムのすすめ」の意味

もっともカンナニの（そして、湯浅がカンナニの言葉を借りて表明した）言語政策は、かならずしも突出し、孤立したものであったというわけではない。たとえば、総力戦体制下で、朝鮮語学者、小倉進平は次のように書いていた。

近時我が国では日本語の海外学習といふことがやかましく叫ばれて居るが、私は日本語の海外普及を図る前に先づ以て相手の民族の言語を理解せよと進言したい。由来日本人は先天的に語学に不得手な国民であることを以て自ら任じ、支那語や朝鮮語を使用することを以て日本人の威厳でも損ずるものの如くに考へ、また支那人や朝鮮人の外国語に堪能なのを見ては亡国の民族ででもあるかの如く貶め見る癖がある。(14)

これは一九四一年の文章であるが、当時の日本人の一言語使用状況をきわめて批判的にとらえる、明敏な状況認識であったと言ってよいだろう。『「言語」の構築――小倉進平と植民地朝鮮』の安田敏朗によれば、日本人に対して「バイリンガルであれ!」、そして植民地民衆の「バイリンガリズム」を「貶めるな!」と噛んでふくめる議論の根っこは、ずっと古い時代にまでたどることができ、たとえば、「三・一独立運動」とその衝撃を受けた「文化政治」の時代に、すでに彼は次のように言っていたという。

言語の疎通は両民族融和の楔子たることは言ふまでもない。内地人にして朝鮮語を理解し、朝鮮人にして国語を了解するものの、直接間接に相互の感情を和らげ、其の利益を増進し得たるの例は実に枚挙するに遑が無い。(15)

こうした日本人知識人の言説が、あくまでも植民地統治を効果的なものとするための体制維持的な発言であったことは疑われないが、少なくとも植民地における現実の内地人教育（それは内地の方法を全面的に踏襲するものであった）の現実を批判的に見る目は、統治者的なまなざしのなかにさえ宿っていたのである。

安田は、こうした言説の系譜をさらにたぐっていけば、一九〇八の金沢庄三郎まで遡ることができるという。

〔保護国化された大韓帝国で活躍する〕多数の〔日本人〕役人が何時までも通弁のみによつて朝鮮人と相接して居るやうでは、到底事務の挙がることは望むことが出来まい。〔……〕それにしては、高等の教育ある者に朝鮮語を学修せしめる必要がある。(16)

このような、言ってみれば、実利主義的な「バイリンガリズムのすすめ」は、その後の「内地人教員朝鮮語試験規則」（一九一八）や「朝鮮総督府及所属官署職員朝鮮語奨励規程」（一九二一）などに、まがりなりにも生かされはしたのである。(17)

しかし、日本人が外地の同胞に向けて語った「バイリンガリズムのすすめ」と、カンナニの「バイリンガリズムのすすめ」を決定的に分かっているのは、ひとつには、それが統治にたずさわる当事者に対するそれであるか、内地人の子どもに対するそれかの違いである。龍二とカンナニのあいだでは、龍二が将来、朝鮮総督になる「夢」もまた語られていたわけだから、それは理想的な統治者像を念頭においた発言であったと考えることも可能である。カンナニは龍二を「疎外感」から解き放つだけではなく、「日本人は皆嫌ひ」と言わずに済ませられる朝鮮統治の可能性をもまた視野に入れた上で、次世代を担う日本人に向けた期待をこめてそう言ったのだ。また、それは一九三五年の湯浅が理想としていた朝鮮統治のあり方の投影だと見ることも可能だろう。そして、そうした理想を語ろうとする新進作家の野心を闇に葬ろうとするほど、当時の日本の検閲は苛酷なものではなかった。

しかし、こうした理想主義を日本人の大のおとなが語るのならいざ知らず、朝鮮人の少女に語らせてしまった湯浅の作家的な下心の背後に読み取れることがらが、もうひとつある。

それは「三・一独立運動」に見られるような朝鮮人ナショナリズムの台頭のなかで、かりに幼い少年少女の淡い恋の形をとるのだとしても、日本人の内地への引揚げ・撤退を無条件の前提とし、朝鮮語を朝鮮半島における唯一の「国語」であるとみなすような「解放」ではない、もうひとつの穏健な「解放」を夢見る朝鮮人の姿を描きたいという欲望——湯浅のなかにあったのは、そのような、ある意味で虫のいい欲望ではなかったか。この夢は、決して内地人側が「統治」を磐石なものたらしめるために語るものではなく、朝鮮の日本人が現地人と融和的に暮らしうる多民族国家・多言語主義的な国家構想として、朝鮮人みずからの口から自発的に提案されるべき（そうあってほしい）——厚かましい日本人作家からお人好しの幼い朝鮮人に向けての、それこそ甘えに満ちたおねだりだったのである。

もっとも、そのような形で、湯浅によってカンナニに授けられた入れ知恵は、結果的に、排日的な朝鮮人ナショナリストの群れに呑みこまれ、しかも朝鮮総督府の鎮圧行動に屈する形で、黙殺・圧殺される運命にあった。じっさい、この夢が朝鮮半島で生き延びることは、現実には考えにくいものだった。しかし、そのカンナニの言語政策なるものは、大量の植民地出身者を領土内に残しながら戦後の再出発にふみきった日本に生まれえたかもしれない、可能態としての言語政策にも翻訳が可能だ。それは少なくとも日本主導の「大東亜共栄圏」の野望とは、似て非なるものであったし、また、それは戦後の日本国や、大韓民国や朝鮮民主主義人民共和国がそれぞれに目指している一言語国家とはまったく装いを異にする、もうひとつの国家構想なのである。

5　引揚者とバイリンガリズム

ここ数年間、歴史学や移民研究、文学研究の方面で、「引揚者」に対する関心が高まっている。とくに、朝鮮から「引揚げ」てきた内地人に関して、作家としては小林勝や森崎和江、後藤明生あるいは村松武司などへの関心が高い(18)。

ただ、ここで論じたバイリンガリズムの観点から考えたとき、それら「引揚者」たちの「バイリンガル度」には相当なバラツキがある。戦後、朝鮮半島北部から時間をかけ、三十八度線を越えて「引揚げ」てきた後藤明生は、当時のみずからを「朝鮮語の達者な中学生」と位置づけ、家族のなかでも最も朝鮮語に精通していたから、三十八度線越えにあたって偵察係を命じられたくらいだと、おぼろげな過去をふり返っている(19)。これは後藤の親が永興《ヨンフン》の町で商店を経営し、使用人や客のなかに朝鮮人が多かったこととも関係しているようだ。

反対に、森崎の場合は、父親が大邱の高等普通学校で教諭、つづけて慶州《キョンジュ》では中学校の校長を歴任した家庭に育ち、家には「ネエヤ」が家政婦として住みこんでいたものの、その「ネエヤ」は日本語がよくできて、その思い出のなかにも、朝鮮語の記憶はほとんど含まれていなかったようである。ただ、みずからの朝鮮語能力を飼い殺しにしながら、戦後二十数年あまりを経た後、満を持して植民地回顧小説を書くことになった後藤とは違って、森崎は「引揚げ」後に、逆に遅れを取り戻そうとするかのごとく、がむしゃらに韓語＝朝鮮語の勉強をはじめ、そればかりでなく、日本の図書館で手に入る朝鮮関係の日本語書籍を読み漁るようになる。

そして、ふと文学博士、高橋亨が著した朝鮮の民謡に関する著作を手に取り、その人物に興味をいだいたりするのである。というのも、彼女はその名前を父親から何度も聞かされていたからである。それもそのはず、森崎の父、庫次が赴任する前のことではあったが、高橋はかつて大邱高等普通学校で校長を務めた経歴があり、その後は、朝鮮総督府の視学官として「朝鮮における中等学校教育の大綱」の制定にあたっても強い影響力を行使した人物だった（高橋が朝鮮半島に渡ったのは、一九〇三年、大韓帝国の招聘によるもので、そもそもは日本語教師だったが、滞在中に韓語＝朝鮮語に習熟し、一九〇九年には早くも『韓語文典』を内地で刊行している。一九二六年以降は京城帝国大学教授）。

森崎によれば、父の庫次が学校で日本語一辺倒だったのはやむを得ないとしても、私人としても朝鮮語を学ぼうという意欲に富む人物ではなかったという。それこそ、野菜を売りにきた「オモニ」に向かって「いくら？」ではなく「オルマ？」（二九頁）と尋ねる程度の会話力を身につけていた母の方が、朝鮮語力では父よりもレベルが上だったかもしれない。

しかし、朝鮮語に精通し、後に京城帝国大学創立委員会幹事を経て、一九二六年に開学した同大学法文学部では朝鮮語・朝鮮文学第一講座を担当して、内地人・朝鮮人を問わず多くの教え子を残すことになった年長、かつ目上の高橋に対し、森崎の父親は辛口のコメントをしばしば口にしていたという（「高橋亨とは考え方が違う。ぼくは……」四八頁）。そもそも、早稲田大学時代に西洋思想に傾倒して、アナーキズムに近い政治信条の持ち主だったという前歴もあって、「植民地にあって」も「リベラリスト」(20)でありつづけた父のなかで、植民地で現地人の子弟を預かりながら、厳格な植民地教育にたずさわるというみずからの職業上の選択は、家の子どもたちに垣間見せることはなくても、数々の苦渋や葛藤を含んだものであったにちがいない。そして、その高橋批判に嗅ぎ取れるのは、朝鮮語能力の有る無しや、高い低いにかかわらず、中等学校以上の教育においては、一律に内地に準じた教育を適用しようとした植民地官僚の行政的な判断に対する父親なりの違和感だったろう。それこそ、日本で最初のアイヌ学者であった金田一京助が、アイヌ語研究に没頭しながらも、アイヌ語の生存に対してまったく無頓着であったことからも類推できるように、植民地の言語を知的な好奇心の対象として据えることはあっても、そのことが植民地支配のひきおこす現地語の「廃滅」に対して当人が切実な危機感をいだいていることの証拠とはならなかったのが、大日本帝国アカデミズムの限界だった。日本アカデミズムの朝鮮語に対する接し方は、前にも触れた小倉進平のように朝鮮語学習の必要性を内地人にも説こうとしたわずかな例外を除けば、それを「標本」とみなし、もっぱら観察と研究の対象に据えるばかりで、朝鮮語を母語とする研究者や学生に対してすら、その言語に学問的に接する回路としては日本語を介する以外にはありえないという思いこみから自由ではなかった。

しかし、かといって、そのような状況のなかで、森崎の父親にいったいなにができたのか、彼が朝鮮人の子どもや若者たちに授けようとしたものの何であったか、そこは娘の和江自身も多くを語っておらず、よくは分からない。日本による朝鮮の植民地支配に対する「罪責感」を基点にして過去をふり返るのを常とした森崎からすれば、自分の身内であれ、高橋のような植民地官僚、そして朝鮮研究者であれ、植民地に群がっていた日本人は、おそらくはおしなべて恥ずべき存在として受け止める以外になかったような気がする。

いずれにせよ、植民地朝鮮において、内地と朝鮮人は、否応なしにそれぞれのバイリンガリズムを生きなければならなかった。ただそのあいだには確実に非対称性が存在し、それは植民地主義という名の「一言語使用者であることの不都合が最小限に食い止められるシステム」の恩恵に浴しえた者と、そうではない者のあいだの非対称性だった。その恩恵に浴しえた者は、自分の自由意志と個人努力でバイリンガルになり、時としてはバイリンガルであることを武器にして、アカデミズムに安住することができた。また、かりにそこで理想的なバイリンガルになりそこねたとしても、森崎のように、帰国後、「罪滅ぼし」[21]のように朝鮮語・韓国語を学ぶことで、少しは肩の荷を下ろすことのできたのが植民者の側である。それに対して、朝鮮人の場合には、彼ら彼女らの「言語権」を認めようとしない植民地帝国日本の圧政下において、群れとしてバイリンガルへの道を歩まされ、それを日本の恩恵と受け止めて誇る者がかりにあらわれたとしても、それは一部にすぎず、それこそ「外国語に堪能なのを見ては亡国の民族ででもあるかの如く貶め見る癖」[22]から逃れられない人びとのまなざしに日常的に晒されなければならなかったのが被植民者だった。見ようによっては、戦後の朝鮮半島における日本語アレルギーは、図らずも身につけてしまった、みずからのバイリンガル性に対する吐き気だったのかもしれない。

少女カンナニの言語政策は、日本人・朝鮮人の双方に禍根（罪障感や嫌悪感）を残さず、バイリンガルであることがごく自然な日常であるような世界を夢見るという言語観に基づいていた。この理想主義は、当時からすれば反時代的であったかもしれないが、いまのわれわれの眼には決して古びていない。

Ⅳ

バイリンガル群像——中西伊之助から金石範へ

1　中西伊之助と外地日本語文学の実験——内地人のバイリンガル化

中西伊之助の『赭土に芽ぐむもの』（一九二二）は、植民地朝鮮を舞台にした本格的な日本語小説として最も早い時期のものである。[1]「韓国併合」直後に日本から渡った正義感に燃えるジャーナリスト（＝槙島）と、総督府による二束三文での土地の買収に抵抗した挙句、殺人を犯して死刑判決をくらう朝鮮人農民（＝金基鎬）を二人の主要人物に据えた野心的な植民地小説なのだが、当時の朝鮮の言語事情を考えると、そこでの会話はおのずと日本語と朝鮮語に色分けされる。朝鮮人のなかには、日本語のおぼつかない朝鮮人と朝鮮語に疎い内地人とのあいだをとりもつ通訳ほか、内地人顔負けの日本語を話す人物なども登場するが、併合直後ということもあって、日本語のできる朝鮮人はさほど多くない。また、朝鮮に渡ってきた内地人についても、通訳を務められるほどの人材はまだ少数で、残りの内地人は少しずつ朝鮮語に親しみをいだき始めていたものの、多くの場合、しょせんは片こと止まりであった。そういった、ともにまだまだ心もとない二種類のバイリンガルがニアミスをくり返す状況をふまえながら、中西は彼なりの植民地観をもって日本語と朝鮮語の並立・混在する空間を描くことに工夫を凝らした。

中西は、まず朝鮮在住内地人の日本語を標準日本語から方言まで、そのバラエティに富んださまを丹念に描き分けている。

たとえば、以下の引用は、それぞれ、江戸弁①、京都弁②、博多弁③と特定できる。

①『あゝお気に召したとも、妬けるだらう。お気の毒だがお前達の仲間ぢや、さかさになつても、あんな上玉は目つからんからな』（七九頁）[2]

②『旦那はん、あの方、よぼどすか？』〔……〕
『さうだよ。………だからお前、親切にしておやりよ』
『ほんまどすか、ほんなら、私《あて》いや、臭いさかい………』（二三七頁）

③『さうでせうか、でも随分濤が荒いやうですね？』〔……〕
『なあに、あんた、こゝでこのくらゐなら、静かなもんくさ、わたくしや、もう二三度往復しましたけん、ようわかつとりますばい』（一〇一頁。強調原文）

それこそ小説は日本語の方言見本市の体をなしている。逆に、朝鮮語に関しては、舞台が平壌を中心とする平安南道に限定されていることもあり、その方言色をあらわすために、日本語の田舎言葉（東北弁や薩摩弁などのちゃんぽん）に置き換えるという方法が用いられている。

『林秉善《りんへいぜん》、ゐるだか？』〔……〕
『だれだあ？』〔……〕

『林秉善、ゐただか？』〔……〕
『えらあ、今日は寒いだあ。』（七頁）
『お前《め》えさん、ちよつくら、おたづねしますだ。このお役所は、H政庁だつぺいかあ？』〔……〕
『あゝ、さうだよ！　お前さんも喚び出されて来なすつたかい？』
『はあ、さうでがすだ、来ましただあよ……』（三九頁）
『早く捺さんか、何を考へている？』〔……〕
『わしのあの土地は、……どう云はつしやつてもはあ、売れましねえだあ』（四六頁）
『ねえ……金基鎬《きんきかう》でごわす。先生さあ、夜分に上がりまして、まことにはあ済みましねだ』（六七頁）

要するに、朝鮮人の朝鮮語使用が、見た目には、まるで日本語の方言使用であるかのような体裁に整えられているのである。これは後の「朝鮮語方言化論」の先取りとも言えるかもしれない。

他方、内地人がおそるおそる用いる朝鮮語や、初心者でも聴きとれるような朝鮮語については、例外的な処理が施され、これは朝鮮語をあくまでも外国語として取り扱う、まったく異なる表記法だと言ってよいだろう。

ごく初歩的な朝鮮語（「あいご」、「ねえ、ねえ」〔＝ええ、ええの意〕など）は、説明もなくそのまま「ひらがな書き」され、少しややこしくなってくると、「一《はなー》………二《つーる》………三《そーい》………」（一四〇頁）というふうに「るび」が用いられる。そして、内地人も会話に加わった朝鮮語の使用、内地人がその場に立ち会って、その内容に耳を澄ませる状況での朝鮮語に関しても、「るび」を最大限に活用しながら朝鮮語の音が再現されていくのである。

『どこへ《おで》行くのです《かすめか》？……』〔……〕こんな簡単な会話ぐらいは解つていた。（一四七頁）

『這れは《いごし》、何をするのかい《むすんはすめか》？』

彼は危ない片ことで訊いてみた。（一四八頁）

そこは温突《おんどる》一間しかない土人の家であった。〔……〕浅井はのそのそと家の中へ這入つて行つた。

「よぼ、水《むり》、お呉れ《ちうしよ》……飯《ぱぷ》、食ふのだ《もごつそ》……」（三二四頁。強調原文）

さすがに、日本語と朝鮮語が交錯するような会話については、「土語やらN語やらをごちゃ混ぜにして」（二七四頁）と説明を加えるだけで、さらりと済ませているが、少なくとも内地人が介在する場面での朝鮮語の再現には、じつにきめ細かな処理が施されているのが特徴である。

ともあれ、こうして、『赭土に芽ぐむもの』という日本語小説においては、「るび」という裏技があってこそ可能な、現実のバイリンガル状況と「小説の一言語使用」のあいだの橋渡しが、かなりの精度で実現している。その結果、朝鮮語が無造作に日本語に置き換えられている箇所で、朝鮮人が田舎くさい日本語を話しているかのような錯覚に読者が陥ることさえなければ、現実のバイリンガル状況は見失われないですむはずである。

そして、その後、湯淺克衞であれ中島敦であれ、また張赫宙であれ金史良であれ、バイリンガル朝鮮を背景にした日帝時代の日本語作家たちは、おおむね中西の敷いたレールの上で「小説の一言語使用」という体裁を崩さず、ローカルカラーの強い作品を完成させることになる。[3] この意味で、一九二二年の中西は先駆的であったとも言える。あるいは、日本語小説が可能なことをここでほとんどやりつくしてしまったのが中西伊之助だったと言うべきなのかもしれない。少なくとも、これは一個の「規範」を示したというべきだろう。

それでは、こうした「小説の一言語使用」の実現に向けた工夫を通じて、『赭土に芽ぐむもの』の中西は、どのようなドラマを構築したのか。

それはひとことで言えば、朝鮮語習得中の内地人が、おずおずと生身の朝鮮人ににじり寄るというドラマである。正義感の強いジャーナリストであったばかりに獄中生活を強いられた槇島は、そこで「二一八号」の名で呼ばれる死刑囚、金基鎬と接近し、ほんの何回かではあったが、片ことの朝鮮語で言葉を交わし合う。

『令監《よんがみ》、有難《こうまうすめだ》ふ……』と云つた。

『痛い？《あっぱ》』と槇島は訊いてみた。
『然矣《えー》、痛いよ《あっぱよ》』と、「二一八号」は答へた。（四九三頁）

中西を論じた渡辺直紀は、「同じ物語のなかで、同一人物の性格が異なった表記法で記述され」、それが「この作品の表現上の矛盾、話法上の齟齬」を招来していると言う。(4) 要するに、金基鎬の朝鮮語使用の描き方に一貫性がなく、そこではダブルスタンダードがあてはめられているというのである。しかし、ここは、このダブルスタンダードの行使こそが、まさに小説の本質だというふうには言えないだろうか。中西は、この小説のなかで金基鎬の悲しい最期を描いたともいえるが、まさに彼が一種の美談として描こうとしたのは、獄中ですれ違った「二一八号」の姿に心を寄り添わせ、その死を悼み、それどころかその死にみずからの死を重ね合わせようとする妄想的な自己同一化の物語だった。(5) もしも、この小説のなかで、「小説の一言語使用」の仕組みが「齟齬」や綻びを見せることがあったとしても、それはまさにその破綻をこそ、この小説がドラマとして描こうとしたからなのだ。槇島の口から「아파《アッパ》?」のひとことがこぼれ出て、金基鎬がこれに「아파요《アッパヨ》」と応答する瞬間にこそ、この小説の山場が置かれているのである。それは、ただの「痛い？」であってはならなかった。

反対に、『赭土に芽ぐむもの』は、日本人のバイリンガル化に比べ、現地朝鮮人のバイリンガル化に対してはきわめて冷淡な小説である。通訳は通訳でしかないし（通訳については民族的素性すら明示されない）、「ぢや君はＣ人かい？」（二九一頁）と不審がられる日本語の達者な朝鮮人にしろ、「なぜ転がつて凝つとしとる！　起きろ、この野郎！」と「巧みなＮ語」（四九二頁）で囚人を怒鳴りつける看守にしろ、彼らは作者が期待する朝鮮人像から、あたかもかけ離れた存在であるかのような描かれ方に終わっているのである。要するに、数多い朝鮮人のなかで、金基鎬にだけスポットライトがあたる構成になっているのだ。

2　中西伊之助と外地日本語文学の実験――朝鮮人のバイリンガル化

しかし、中西はこのあと少しずつ作風や作品の主題を変えていく。『赭土に芽ぐむもの』にひきつづき、同じ一九二二年の秋に発表された「不逞鮮人」は、多少の朝鮮語能力なら持ち合わせているものの、よりによって、日本人に敵意を抱いているに違いない「排日鮮人団の首魁」[6]（七頁）とされる男を前にして朝鮮語で対峙できるだけの自信のない内地人の青年、碓井栄策が、通訳（＝朝鮮人）と同伴で、山間の朝鮮人集落を訪ねにいくという筋書きである。

ところが、そこで主人公は予想外の歓迎を受け、かえって恐縮させられることになる。それこそ、文字通りの恐縮である。何より日本語など撥ねつけるに違いないと思われていた「排日鮮人団の首魁」と目される人物は、「私、洪には長く会ひませんが、としてゐます。やつぱりぷらぷらしてゐますか？」（一二頁。強調原文）と、朝鮮訛りは消せないものの、澱みない日本語で気さくに話しかけてくるのである。しかも、それが日本語による語りであればあっただけ、その話は有無を言わせない内容で、三・一独立運動に関わって命を落としたという娘の遺品を持ち出された主人公は、ただ居住まいを正し、恐れ入るしかなかった。「不逞鮮人」の中西は、『赭土に芽ぐむもの』では背景に追いやられていた観のある「朝鮮人のバイリンガル化」という問題に、正面から向き合うことになる。そして、それはまさに、内地人にとって、何が恐怖であるかを示すための方法だった。そして、その恐怖は、植民地支配に加担した「自分達民族の負ふべき罪」（五二頁）に自覚的な内地出身者の、やましさとないまぜになった恐怖心なのである。

内地人がバイリンガル化する遅々とした歩みとは裏腹に、朝鮮人のバイリンガル化は、「韓国併合」後、十年ほどのあいだにも、恐ろしい速度で進行していた。「不逞鮮人」の主人公とて、小耳にはさんだ「さうぢや《クルチ》、その通りぢや《チョンマリヨ》」（四一頁）程度の朝鮮語なら、難なく理解できた。しかし、朝鮮人としての意地を示そうとする相手の熱弁を朝鮮語で受けとめるほどの能力はない。それどころか、朝鮮人の男は、そうした相手の不甲斐なさを見透かすかのように、言葉を選びぬいた日本語で主人公を圧倒し、うちのめし、最後にはやましさばかりか、恐怖心をまで植えつけてくるのだ。

そして、「不逞鮮人」において主題化された「朝鮮人のバイリンガル化」は、その翌年に刊行された『汝等の背後より』のなかで、いっそう錯綜したドラマ化を施されることになる。

すでに見たように、中西の朝鮮ものに顕著なのは、内地人の耳が介在しない場所では、朝鮮語がそのまま日本語に置き換えられてしまうという特徴であった。それが、さしあたっては中西の「小説の一言語使用」の基本だった。これに倣って、『汝等の背後より』は、朝鮮語の会話をそのまま日本語に置き換える場面から始まる。渡辺直紀の論を借りてくるなら、それこそ「朝鮮語で書かれた文学作品が日本語に翻訳されているかのような[7]」書きだしだ。

三人の朝鮮人愛国者が、国境守備隊の隙をついて、国境のＯ江（＝鴨緑江）を渡り、朝鮮北部に潜入し、巡査に発見されはするものの、巡査を射殺して逃亡。その後、国境警備隊は、別の三人組を巡査殺害の容疑で拘束し、訊問場面では通訳を通じたやりとりが交わされるのだが、ほんとうの密入国者らは、カトリック教会に身をひそめている。この導入部で、日本語と朝鮮語の役割分担に「齟齬」はない。

ところが、小説のもうひとつの核をなすプロットは、じつはそれぞれ日本語に堪能な二人の朝鮮人男女の秘められた恋であった。

教会で小使をしている若者は、金成俊と言って、もとはと言えば『赭土に芽ぐむもの』で絞首台に立たされた金基鎬の息子で、道楽の末に、家を飛び出し、父が殺人を犯し、挙句の果てに絞首刑に処されたことも知らないまま、自分自身も刑務所暮らしをくぐり抜けたという親不孝者だった。それが教会に来て悔悛し、小使としてはたらいていたが、彼は七年間の刑務所時代に日本語をかなり身につけていた。とある盛り場で、「Ｎ語」でつっかかってきた男を相手に、猛然と「Ｎ語」でやり返したほどだ。

そして、次は、そのむしゃくしゃを引きずりながらほっつき歩いているうちに、娼婦に袖を引かれそうになる場面である。

『五円、お呉れ《チユシヨウ》』

〔……〕

『五円?』

彼は跳びあがるほど愕いた。〔……〕彼の懐には一円内外の金しかなかつたのだ。

『無い《オプソ》！　無い《オプソ》！』

矢庭に彼は怒鳴つた。

『無い《オプソ》！』

女の眼色が変つた。

『無い《オプソ》！』

と彼も負けずに叫んだ。

『行つ《カヲ》ちあへ！』

いきなり立ちあがつた女は、そのしやぼてんのやうな両掌で、ぐゐと彼の胸を押した。彼は不意を喰つて床の上に尻餅をついた。〔……〕

『なんだこん畜生！』（一五五〜六頁）(8)

ここで、中西は、突然のように朝鮮語をルビ付きで表示している。すでに彼自身が試みたことのある、内地人が何らかの形で場面にコミットする場面で用いるズームアップの手法だが、ここでは朝鮮語を強調するためではなく、朝鮮人同士の応酬のなかで、金成俊が思わず日本語の力を借りてしまう瞬間を見きわめるためだ。それは、言わば、居丈高になろうとした朝鮮人の警官や看守によく見られるパターンだった。

この金成俊が、革命成就のため、身重の身でS市（＝上海）から朝鮮へと潜入してきた権朱英と恋に落ちる。

じつは、この権朱英にも波乱に富む過去があった。かつて、内地人に煮え湯を飲まされた父親から「お前はこれから法律を勉強しなさい」（二〇二頁）と、反骨精神を植えつけられ、だったら「男より強い女になつたらい丶んでせう？」（二〇五頁）と、気丈に受けて立った彼女は、東京行きを決意する。そして、内地日本で失恋を経験し、気がついてみたら朝鮮ナショナリストと意気投合して、上海に集った朝鮮人革命家の同志とのあいだに子をもうけていたというわけだ。

内地時代をふり返った箇所で、権朱英は苦もなく日本語をあやつっており、その部分だけ切り取ったなら、そこは日本文学そのものの体裁になっている。

この小説に、印象に残る内地人はひとりも登場しないが、金成俊と権朱英は、ただ朝鮮人だというだけではなく、まさに日朝バイリンガルの一人ひとりとしてクローズアップされている（朱英のおなかの子どもの父親である地下運動家の趙盛植にも、日本、そして米国への留学経験があった）。

小説の後半では、権朱英が子供をかかえて新たな逃避行へと向かう。最後に、官憲から追い詰められた彼女は、表紙に「ゴシツクの肉太い赤インキ」（四〇六頁）で文字の記された「謄写版刷りらしいパンフレツト」（四〇四頁）を残して崖から転落する。小説はそこで幕を閉じるのだが、その冊子の表紙に書かれた文字こそが、他ならぬ「汝等の背後より」（四〇六頁）なのだった。

「汝等の背後より」——はたして、その「赤インキ」の文字は何語だったのだろうか。冊子を彼女からじかに受け取ったのは、日本語は無論、ハングルですら読み書きできるとはかぎらない朝鮮人の

少年であった。それでもふつうに考えれば朝鮮語だっただろう。しかし、権朱英が「投壜通信」のように死の間際に手渡したものを中西伊之助なる内地人作家が、日本語読者に手渡そうとしたのだと「メタ小説」風にこの部分を読めば、それは日本語でなければならないことになる。内地留学の経験のある権朱英であれば、漢字混じりの日本語で、読者に向けて最後の不敵なメッセージを伝えようとした可能性を考慮してみる権利、そして義務が日本語で読む読者にはある。そして、この小説が朝鮮語に訳された場合（李益相訳の『汝等의背後에서』は一九二六年に刊行されている）の読者は、とうぜん、この言葉を朝鮮語で受け止めることになるだろう。

内地人の朝鮮語使用と、朝鮮人の日本語使用（しかも、どこまでも日本人に媚びたりしない日本語使用）——中西の朝鮮物の文学的関心は、この二点に分極化している。そして、植民地朝鮮という複数言語空間を「小説の一言語使用」という形式で無理やりにもひっとらえようとするその執念は、時として、その後の張赫宙や金史良にすら真似できぬほどのスリルとサスペンスに満ちていた。

3　金石範の挑戦

植民地朝鮮のバイリンガル状況を最大限に再現しようという目論見のもとで、中西伊之助をはじめとする植民地作家たちが練り上げた「外地文学」の形式は、敗戦後（＝解放後）の日本語文学にも継承される。これには小林勝や後藤明生のような引揚げ作家も多少関わることにはなるが、とりわけ

「解放」前の規範にしがみつかなければならなかったのは在日朝鮮人作家だった。ここでは、金石範に対象を絞るが、それは戦後日本の在日朝鮮人作家のなかで、「小説の一言語使用」という制約を引き受けながら、バイリンガル化した朝鮮人たちの問題を最も正面から受け止めたひとりが金石範だったと考えるからである。中西の時代にすでに加速しつつあったとはいえ、当時、「朝鮮人のバイリンガル化」はまだまだ途上にすぎなかったし、まして「内地人のバイリンガル化」に至っては、ほとんど偶然か、ほんの出来心にも等しい自発性に依存するか、そのどちらかだった。そういったバイリンガル化の非対称性と停滞のなかでこそ、中西は格闘したのだが、その後の植民地支配の浸透は、相当な時間をかけないかぎり、後戻りなどありえない数の朝鮮人バイリンガルを生みだし、その末の日本の敗戦、そして旧植民地の解放だった。

金石範のいくつかの作品は、まさに一九四〇年代後半の朝鮮人を支配していたバイリンガリズムに正面から光をあてたものである。そこでは、かならずしも中西伊之助の時代に構築された規範が、無効になるわけではない。それは基本的には温存され、踏襲されながら、しかし、新しい局面のなかで、改良を余儀なくされていくのである。

金石範は一九二五年、大阪の生れだが、彼にとって「母語」と呼べるものがあったとしたら、言うまでもなく、済州島生れの親の言葉がそれであった。しかし、彼にとっての「国語」、それこそ「養父の言葉」とでも呼ぶよりほかない日本語の影響は、とりわけ彼が作家であろうとしたとき、とても払いのけられるものではなかった。

ただ、戦後の日本にあって、一時は朝鮮語による小説にチャレンジしたことのある金石範にとって、最終的に『火山島』（雑誌『文藝春秋』への連載開始は、一九七三年、当初のタイトルは「海嘯」。全七巻の完結は一九九七年）が書かれるまでの経緯は入り組んでいる。

金石範は、一九五七年から六〇年にかけて、日本語小説を『文芸首都』に発表した後、一九六一年からは、「『朝鮮新報』編集局に移」(9)り、一九六四年からは朝鮮総連系（在日本朝鮮文学芸術家同盟）の文芸誌『文學藝術／문학예술』で、一年ほど「編集人」を務め、その時期に、後の『火山島』の原型とも言える朝鮮語小説「화산도《ファサンド》」の連載を始めるのである(10)。

ただ、この「화산도」は一九六七年を境に連載が途絶する。理由としては、そもそも日本の朝鮮人勢力を背景に縦書き雑誌として発足した同誌が、しだいに「共和国」からの統制圧力の強まりとともに、横書き雑誌への変更を余儀なくされて、金日成の写真や文学論を巻頭に掲げるような、ある種の御用雑誌へと変貌していくなかでの、絶望にも等しい拒否感が、金石範のなかに生じたのに違いなく、それはまさに日本語短篇集『鴉の死』の刊行をめぐる朝鮮総連系「組織」との対立とも時期を同じうしていた。しかし、少なくとも最終形の『火山島』と、『文學藝術／문학예술』に連載された「화산도」の大きな違いは、一九四八年から四九年にかけての済州島における出来事を語るにあたって、そこに登場する主要人物の日常や精神のなかで日本語が果たしていた役割に光をあてるための方法論にあったと思われる。そして、そのことがまさに「ほとんど朝鮮人しか出てこない小説」であるにもかかわらず、『火山島』を「朝鮮語で書かれた文学作品が日本語に翻訳されているかのような印象」を与えることのない小説たらしめる、その大きな要因になっている(11)。

『火山島』には、主人公が二人存在すると言っていいが、作品が肥大化していくなか、冒頭に登場する済州島生れ、日本育ちの南承之《ナムスンジ》は、あくまでも第七巻の最後で自殺を図る李芳根《イバングン》の引き立て役にまわる。敢えて言えば、夏目漱石の『こころ』の主人公が「先生」なのか「私」なのかというような問いが、『火山島』にも同じく向けられうるのだ。そして、『火山島』全七巻を完結させてから、さらに十年近い歳月を経て書かれることになった『地底の太陽』（『すばる』連載時のタイトルは「壊滅」）において、金石範は、「先生」（＝李芳根）亡き後の「私」（＝南承之）の再出発を素描するになるのだが、この『地底の太陽』まで含めて考えるとして、李芳根には妻がおらず、代わりに、その妹・有媛《ユウォン》が南承之にとっては『こころ』の「静」の代わりを果たすことになる。

そのときに、まず生地は異なるとしても世代的には金石範自身にほぼ等しい南承之[12]にとって、「母語」としての済州島言葉（母との会話は、基本的にそれである）と、「養父の言葉」としての日本語（それも関西弁）のあいだの溝は、溝は溝でも、その溝を抜きにして彼の言語生活をとらえることができないほど、決定的なものである。しかも、日本時代に年長の梁俊午《ヤンジュノ》とともに朝鮮語で「祖国の未来」を語り合ううちに「母国語」としての朝鮮語の重要性を思い知ることになった彼は、解放後、強い意志を持って半島に渡り、まずはソウルで朝鮮語漬けの学生生活を送ることになる。その後、祖先の地である済州島に渡り、しばらく英語教師を務めた彼は、四・三事件前夜の地下工作に関わる。日本に住む妹の茉順《マルスン》が日本語（あるいは日本語混じり）の手紙を書き送ってきた可能性を否定はできないが、表向き日本語とは無縁な日常を生きているなか、日本語に触れる機会はソウル市内鍾路の映画館で長時間かじりついて観たフランス映画の『罪と罰』が、「日本語の字幕のまま」（I - 四七頁）[13]、上映されるさまを目で追いかける程度だった。

だが、金石範は、この南承之に二度、日本への密航を試練として課す。一度は、四・三蜂起を前にした軍資金調達の密使としての渡航、もう一度は、四・三蜂起が壊滅していくなかで、李芳根の指示するまま、日本へと送り出された敗北感につつまれた逃避行だった。そのつど、彼は朝鮮語の上達を肉親から言祝がれるのだが、自分自身がどう思っていようと、小説のなかの彼はバイリンガル朝鮮人へと徐々に成長していくのだ。おそらく、こうした人物造形は、四・三蜂起前後の済州島を、まずは「鴉の死」でとりあげ、またその後、同じ趣向の物語を朝鮮語で試みていた時期には、なかなか浮かんできにくいものであったと思われる。

そして、一見、朝鮮語しか話さないかに見える李芳根についても、そのバイリンガル性はかなり本質的である。彼はたまたま小説のなかで日本語を用いる機会を与えられないだけなのだ。

彼は、多くの同胞(妹の有媛をも含む)を日本に送りこむことにきわめて熱心であったが、解放後は済州島と本土(半島)のあいだを往復するだけで、最後は山間の洞窟でピストル自殺を遂げる。しかし、その彼にもかつては「東京のA大学」に籍を置き、また「民族主義グループの一員として大阪へやって来たとき逮捕され、府警の地下留置所に留置され」(I‐一六七頁)るという過去があった。李家の長男であった兄は、内地で医師になって、そのまま内地女性と結婚し、籍も移して畑中姓を名乗るに至っていたが、李芳根の場合もまた、そのニヒリスティックな思想信条は、日帝時代に、とりわけ日本語の書物を通じて身につけたものであったに違いない。彼は四・三事件で、反乱の鎮圧側にまわった元親日派の朝鮮人を心の底から憎悪するが、憎悪の根っこは、おそらく日帝時代にまで遡るものだろう。彼は日本語で本をむさぼり読みながら抗日的な思想を鍛え上げたのだ。

南承之は、李芳根について、ある噂を、梁俊午の口から聞かされる。彼は、「いつか自分の蔵書を全部燃やした」らしいという噂である（I‐三〇三頁）。大学で東洋史を学んだという、その蔵書の多くが、いわゆる漢籍ではなく、日本語の書籍であったろうことは想像がつく（逆に、李家の応接間には父親の持ち物らしい「十冊余りの漢籍が分厚く積み上げられている」Ⅱ‐三〇六〜七頁）。

しかし、いくら日本語の書籍を焼き尽くしたところで、からだの奥底に沁みついた過去は、消し去りようがない。深酒をして便所に立ってはみたものの、「ふと反射的に尿道が詰まる」（I‐三六七頁）というようなせっぱつまった身体機能の失調にしても、それは、かつて島の小学校で起こした「奉安殿小便事件」によるトラウマの残滓・残響であったはずだ。

ともかく李芳根の脳裏には、間断なく日本語が渦巻いていた。彼はいまさらバイリンガル話者として生きることはなかったかもしれない。しかし、日帝時代に培われた精神的なハイブリッドとしての自分を表面ではおし殺しながら、解放後の済州島で残された生を生きつつあったのだ。

苦しみや悲しみばかりではなく、少年時代の生活にはよろこびや楽しさが織り混じっていたという記憶はどうしようもないのである。日常を支配し、肉体と意識の隅まで浸透したかつての〝日本〟。いやかつてではない、それはいまなお残っている。まるで空洞のなかの結核菌のように生きている。たとえば日本語だ。ときたまの読書などの他は使いもせずまた機会もない日本語が、いまでも噴き出そうとするときがある。日本人に劣らぬくらいに自分のなかにある日本語がうとましい。朝鮮人にとってそのような形でうとましいまるで朝鮮を占領した日本そのもののようにうとまし

い外国語は他にありはしないのだ。強姦のように刻み込まれた〝日本〟の刻印が、悪夢を煙のように吹き上げる。（I-三八三頁）

この述懐は、内地生れ、内地育ちの金石範の日本観・日本語観の投影だとも言えよう。(14)ただ、在日朝鮮人であれば、解放後も日本語にふれる「機会」には事欠かないのだが、李芳根の場合は、そうでなかったぶん、その「うとましさ」は、なおさら鬱屈していただろう。要するに、金石範は李芳根に日本語を口にする機会を与えないだけで、彼からそうした「結核菌」を取り除いてやるわけではないのだ。ただ、垂れ流しのように日本語が流れ出してくる日本人の身体性の対極にある、同じ日本語がまさに血飛沫、あるいは膿のように「噴き出そう」とする、そんな未然の潜伏状態を生きる一朝鮮人を文学空間に焼きつける手段として、金石範は朝鮮語ではなく、日本語を用いる。南承之にとって、日本語は救いとなるポテンシャルを秘めているが、李芳根にとっての日本語は、宿痾《しゅくあ》、要するに膿疱以外のなにものでもない。

こうして、金石範は、南承之の造形にあたってはもちろんのこと、李芳根の人物造形にあたってもまた、日帝時代の遺産を強調することで、その小説が日本語で書かれなければならなかった意味を事あるごとに念押しする。そして、まさにそうした日本語を媒介させた済州島小説の完成にあたって、彼は「小説の一言語使用」にまつわる中西伊之助以来の諸規範を縦横無尽に活用し、そしてもてあそぶのだ。

4 『火山島』における小説の一言語使用

『火山島』を完成させるにあたって金石範が用いた方法は、次のように整理できる。まず、済州島の方言をも含め、朝鮮語の発話は標準日本語に置き換える。食母《シンモ》のブオギをはじめ、いかなる文字教養とも無縁な島民には田舎言葉を話させるが、それを除けば、李芳根の妹の有媛に言い寄ってくるストーカーまがいの若い銀行家の「ソウルことば」（Ⅰ‐三三九頁）、あるいは北朝鮮から済州島に流れこんできた「西北《ソブク》」連の「西道訛り」（Ⅱ‐四〇六頁）などに関して、金石範は、折にふれ、それを特記することはあっても、少なくとも日本語への置き換えにあたっては、いちいち小細工を弄さない（もし朝鮮語で同じ小説を書こうとしたならば、この方言問題はかなり手の焼ける問題となり、作家に大きな負担となってのしかかっただろう）。

その結果、神戸や大阪で、肉親と再会した南承之が、朝鮮語と日本語を使い分ける場合にも、それは標準日本語と関西弁の切り替えでほとんどが片づいてしまう。[15] それこそ、時おり「ヨボ（おい）、たばこあるか?」（Ⅰ‐二二一頁）というように朝鮮語をカタカナで再現したり、地名の「城内《ソンネ》」や「新《シン》作路《ジャンノ》」、あるいは「解放《ヘーバン》」「日帝時代《イルチェシデ》」「祭祀《チェサ》」「姻戚《サドン》」といった頻出用語をルビ処理で補ったりする程度で、中西におけるようにこれ見よがしの異国趣味はない。また、呼びかける相手に対する関係性を示す「ニム」님や「トンム」동무などはそのままカタカナ書きして、「李芳根センセ」（Ⅰ‐七五頁）

などと日本統治の残骸としか言いようのない表現を朝鮮語での発話のなかで口走ってしまう人物（＝柳達鉉《ユウダルヒョン》）の迂闊さを対照的に浮かび上がらせるなど、茶目っ気も発揮している。

ともかく、『火山島』は基本的には解放後の済州島を舞台にする小説で、少なくとも島は日本人の出る幕ではない。新生朝鮮の南半分が大韓民国に固定化されていく過程のなかで、さまざまな朝鮮人が鎬《しのぎ》を削る苛酷な光景が描き出されるのだが、忘れてならないのは、その朝鮮人たちとは、程度の差こそあれ、おしなべて日朝バイリンガルだったということである。

たとえば、「奉安殿小便事件」で李芳根が「退学処分」になった後、みずからも「引責辞職」したという、その「恩師の車《チャ》先生」（Ⅰ－三三七頁）、あるいは、元軍属でBC級戦犯として抑留された後にシンガポールから帰還したばかりで、密輸商人として暗躍する韓大用《ハンデヨン》、南承之の姻戚で武装蜂起のための資金調達のために南承之とともに日本に渡航する康蒙九《カンモング》……彼らは日帝時代の教育機関であろうとなかろうと、人生のある時期に、それなりの日本語能力を身につけた、たたき上げのバイリンガルたちだった。

また、ソ連軍占領下の「北」から「南」へと逃げ出してきた「西北」の面々にしても、「下っ端は自分の名前も書けないような手合いがほとんどだった」が、「幹部」はそうではなく、「なかには高等教育を受けた者もいた」し、彼らは「日帝時代の地主や資産家、高級官吏、高等警察などの子弟や関係者」で、だからこそ「その反共意識は徹底していた」（Ⅰ－三三〇頁）という。

したがって、一九一〇年代の朝鮮をふり返りながら書かれた『赭土に芽ぐむもの』とは違い、『火山島』に登場する朝鮮人は、たった三十年程度のタイムラグにすぎなかったとはいえ、ほんとうに筋金入りのバイリンガルぞろいなのだ。それは、酌婦を置く料亭が日本風の畳敷きだったり、警察署に通じる並木の「ヨシノ桜」が「日帝時代に植えられたもの」(I - 一四二頁)だったりするのと同じく、ことごとく「植民地政策の遺物」だった。

一九四六年、「十一月三日の光州学生事件記念日の前夜、ビラ貼りの途中で逮捕された南承之」が「竹刀で殴られ、鼻の穴から唐辛子を混ぜた水を注がれ」、「両手を縛られたまま水槽に顔を押し込められた」のも、同じく「日本の特高の拷問に倣った」(I - 六三~四頁)流儀だった。解放後の拷問者たちは、かつての拷問者のように日本語を垂れ流すということはなかっただろう。しかし、かりに朝鮮語で「この靴を舐めろ!」と言ってみせたとして、それだって一皮むけば日本語の逐語訳だったはずだ。そして、その合間合間に、うっかり「なんだこん畜生!」と口走ってしまう拷問者も少なくなかったに違いない。同じ囚人でも判決の下り方がまったく異なることで、内地人と朝鮮人のあいだに完全な分断線が引かれ、そんななかでも民族の壁を越えた囚人同士の交感の可能性をお涙頂戴的に仮構した中西伊之助の獄中描写とは違って、解放後の朝鮮においては、拷問者も受刑者も、そのほとんどがバイリンガルな朝鮮人だった。彼らは朝鮮人同士である以上、日本語を用いることには消極的・禁欲的だったはずだが、日本語が「噴き出そう」とするのは、べつに李芳根にかぎった話ではなかったのである。

城内を散歩中の李芳根は、二人のふしぎな若者に目を奪われる。

一人がぎごちない下手な朝鮮語で何かの話を受け答えしていた。ソウルにはカネのない者は住めないとか、済州島《チェジュド》だって同じだというような生活の話だったが、おそらく解放後日本から帰ってきた者だろう。下手ながら日本語を使わないでしゃべっているのがよかった。城内《ソンネ》だけで三、四万の人口のうちかなりの数が日本からの引揚者だといってよいかもしれない。（I－二二〇頁）

いまにも日本語が「噴き出」してきそうな身体性を抱えているという点からすれば同じ穴の貉《むじな》であったにもかかわらず、李芳根は、おそらくだからこそ朝鮮語の拙い引揚者たちをほほえましく感じるのだ。日帝時代が、朝鮮人に日本語を強要する時代であったとすれば、解放後の朝鮮は、バイリンガルな朝鮮人に日本語能力の一刻も早い圧殺を命じる反動の時代だった。かつて内地への渡航者を続々と輩出し、そのぶん、南承之も含めて引揚者の数も桁違いに多かった済州島は、まさに反転して、バイリンガル性を抑圧する環境として、きわめつけの地獄だったと言えるかもしれない。解放前夜と直後に二度、帰郷した経験のある金石範は、四・三事件そのものを目撃・経験することはなかったとしても、解放前と解放後の朝鮮における、バイリンガル性に対する抑圧の反転と、その落差については、リアルな経験を有していただろう。(16) バイリンガルであることを恥じなければならない社会それ自体も問題だが、そういった未来を予想だにせず、ただひたすらバイリンガルを増産するシステムを敷いた植民地統治とは、まさに言語的な暴力装置だった。『火山島』が強調しようとしたことの少なくともひとつは、かくして連鎖的に抑圧・隠蔽されたバイリンガリズムの実態だった。

ともあれ、『赭土に芽ぐむもの』とは違い、『火山島』では、舞台を日本に移さないかぎり、もはや日本語に出番はない。それは、むしろ朝鮮語の諸方言が衝突しあうまさに国民国家黎明期の朝鮮半島を描いた小説であるとさえ言える内容である。しかし、その大作のどこが『緒土に芽ぐむもの』と異質であるかと言えば、そこに登場する朝鮮人の大半がバイリンガリズムを「患《わずら》う」存在たちであったという点である。日本に渡ってしまえば、バイリンガリズムは何かにつけ救済的な役割を演じるだろう。しかし、解放後の朝鮮で、それはある種の疾病、要するに植民地支配の後遺症以外のなにものでもなく、そこでの「小説の一言語使用」は、朝鮮人バイリンガルたちの皮膚の奥にひそむ「日本語」という病巣をえぐり出すための選りすぐりの仕掛けだった。もし『火山島』が朝鮮語で書かれていたとしたら、その朝鮮語は彼ら彼女らのバイリンガリズムを否認し、隠蔽するナショナリズムのお先棒を担ぐだけに終わった可能性が高い。当時の朝鮮語文学にあって、日本語はどう転んでも異国趣味の対象などではありえなかったからだ。

5 『地底の太陽』――求愛語を求めて

『地底の太陽』（二〇〇六）は、作家自身も語るように、『火山島』の「結末を引き継ぐもの」（三一六頁）[17]だが、そもそも『火山島』は超大作であるというだけでなく、まさに四・三蜂起前夜からその壊滅に至るまでの約一年間に照準をあてた結果、後半に至れば至るほど、「小説の一言語使用」が「まるで朝鮮語で書かれた文学作品が日本語に翻訳されているかのような印象」を与えそうなところまで突き進んでしまった作品だった。その意味で、『地底の太陽』は、ある種の軌道修正、もしくは原点回帰の意味合いを持つ小説だと言える。李芳根亡き後の南承之を主人公に据え、そして舞台を日本に移した以上、それは、ある意味、必然の展開であった。また朝鮮語作家になる道を断念して、日本語版の『火山島』に着手するまでの金石範は、『1945年夏』（一九七四）では、日本の敗戦間際の大阪に生きる朝鮮人たちのバイリンガルな生態をリアルに描き出すなど、朝鮮人を主人公とする日本語小説のスタイルを独自に確立しつつあったのである。

　南承之が、四・三蜂起の挫折を経験し、生前の李芳根から「妹は、君をよろこんで迎える」（Ⅶ-五〇一頁）と獲物をちらつかせるようにして送り出され、あれよ、あれよという間に流れ着いた一九四九年の日本は、四・三蜂起と同じ前年の四月に勃発した「四・二四《サイサ》教育闘争」（＝阪神教育闘争）と、その後の民族学校存続問題で在日社会が大きく揺さぶられる時代だった。南承之のまわりでも、大阪の猪飼野で母親と二人暮らしの妹は、解放後に動き出したはずの「民族学校」が閉鎖を噂されるなか、朝鮮民族のあるべき未来を追いかけ、「民族学校で忙しく教員をしていた」（五二一頁）[18]。他方、大阪では朝鮮語による教育を原則とする「民族学校」の閉鎖が決定的になり、「民族学校」に通っていた子弟には、日本人と同じ学校に通いながら「民族学級」という小さな枠組みのなかで、まがりなりにも民族教育を受ける以外の道が断たれようとしているのを尻目に、隣の兵庫県では、神戸市長田区で製靴工場を経営している従兄の南承日《スンイル》らの努力が一定の功を奏し、「民族学校」（具体的には垂水区の朝鮮中学校）の設置に向けて、道が開かれようとしていた。

　もちろん、妹の茉順《マルスン》にしても、従兄の承日にしても、日本での生活が長く、承之を前にすると、多少は気をまわして朝鮮語で話しかけてくるものの、いつのまにか関西弁になってしまうということも

たびたびだ（一九四八年三月に日本へ密航してきた承之の前でも、ふと「ああ、しんど」と関西弁を口走る茉順の姿があった――Ⅱ－八〇頁）。しかし、それはそれで、在日朝鮮人にとって「母国語＝우리말《ウリマル》」を次世代へと継承するという課題は決して蔑《ないがし》ろにはできない大きな問題だった。彼らは、解放後のいまこそバイリンガルである自分たちを勝ち誇ろうとしていた。少なくとも、解放前の朝鮮人は、バイリンガルである自分たちを誇ろうにも誇りえなかった。日本語に深く依存した朝鮮人も、反日ナショナリズムを闘った愛国者も、この点では表と裏、表裏一体だった。

そうした時代状況のなかで、パルチザン活動に傷つき、疲れはてた南承之は、いつしか失っていたかに思われていた性欲の甦りを経験し、周囲からも「南《ナム》家の宗孫《ジョンソン》」（二一頁）として結婚相手の見定めを迫られながら、二人の女性を並行して愛し始めている自分を発見する。ひとりは、李芳根から、彼女なら「君をよろこんで迎える」といって指名された、東京の音大に留学中の有媛で、もうひとりは前回の密航の際に、その色気に誘われ、一触即発のところまで転がっていきかけた在日朝鮮人の高幸子《コウヘンジャ》である。

ソウル時代に学生同士として知り合い、済州島時代には、あたかも李芳根の罠に落ちるようにして友情を深めるようになった有媛は、どうやら李芳根が自殺した当日に、自分と同じく、その自殺を連想させる悪夢を見ていたらしい。それを知った南承之は、まさに運命的なつながりを彼女のなかに感じるのだが、かといって、久しぶりに東京で再会しても、夢の話題にまではなかなか踏みこめず、面と向かって自分の「愛《サラン》」を言葉に乗せることができない。そもそも日帝時代に済州島の裕福な家に育ち、光州とソウルで勉強を積んだ有媛は、日本に渡る前から、そこそこの日本語能力は身につけていただろう（日本に帰化して畑中姓を名乗る長兄とひそかに文通をつづけていた彼女は、この長兄宛てには日本語で手紙を書き送っていたはずである――Ⅱ‐一八二頁）。だからこそ、兄二人それぞれの後押しもあり、夢に見た留学を実現できたのだし、その日本語力は、東京に住むようになってからいっそう磨きがかかっていったことだろう。しかし、承之は、彼女とは、会話も文通も、もっぱら朝鮮語で、一度も日本語でやりとりしたことはない。二人はあくまでも朝鮮人としての恋を生きていた。

ところが、神戸に住む従兄の家に出入りし、従兄の経営するゴム靴工場で、少しでも労働にエネルギーを費やそうと考えた承之（その後、彼は「金春男」の名前で偽造登録証を買い取ることになる）が、ずるずる深い関係に入っていくのは高幸子（承之は彼女のことを「ヘンジャ」と呼び続けるが、彼女は通常「サチコ」を名乗り、まわりからも「幸《さっ》ちゃん」と呼ばれている）の方だった。あっけらかんと関西弁で近づいてくる幸子は、有媛と違って、ソウル時代、そして済州島時代の承之のことを何も知らない。詮索しようともしない。詮索すべきでないと本能的に感じているのだ。ただ、承之への愛情を募らせた彼女は、かつての拷問で深く傷ついたその背中を目にしたとたん、「アイゴ！」と「朝鮮語で声を立て」、「その場に跪く」（二六六頁）と、いつのまにか体を寄せてきて、「ケロイド状の肉の甲羅」（二六七頁）に「唇と舌」を這わせ、濃厚な愛撫を始めたのだった。承之はそんなときにも有媛の姿を脳裡に浮かべる（「サラン、サラン、愛《サラン》の流れ」）のだが、幸子は愛撫を止めようとしない。

ヘンジャが好き？　ほんとうに？　なんで黙ってんの？　顔に出てるやろ。うちは顔を見ても分かれへん、こらッ、口でいえ。ヘンジャは小指をそっとスンジの唇のあいだにしばらく入れてから、口を開け、と合図をして指を抜いた。さあ、いえ、好きか? イェ、好き。うれしい、うちを好きなスンジを、うちが好き。(二七一頁)

拷問すれすれの愛撫のなかで、幸子は「いえ(=言え)、好きか?」と問い詰めた末に、承之から鸚鵡返しの「イェ」예(=相槌を打つ「はい」の意)という愛情告白をもぎとるのだ。

その後、優柔不断な南承之は、幸子のことを有媛に告げることができないまま、なおも東京の有媛との遠隔地交際を続けるが、少なくとも『地底の太陽』の末尾では、南家が幸子を迎える方向で二人の縁談は着々と進行し、なにより幸子は承之の子を身ごもっている。小説の常で、その後の顚末については、もっぱら読者の想像に任されているが、少なくともはっきりと言えることは、バイリンガル朝鮮人の南承之は、二人の女性を両天秤にかけるという青春を、朝鮮戦争勃発前夜の日本で生きなければならなかったということだ。そして、彼の二又に分かれた言語能力は、かりに甲乙のつけられないバランスの取れたものであったとして、彼はいまだ朝鮮語では求愛の言葉を口にできず、日本語ではあられもなくそれを吐いてしまうということだ。有媛を選ぶか、幸子を選ぶかは、朝鮮語で求愛するか、子育てをするか、あるいは、日本語で求愛するか、子育てをするかという選択とも密接に連動していた。

もちろん、家庭を設ける相手が有媛になろうが、幸子になろうが、どう子どもを育てるか、どのような学校で子どもに教育を授けようかという問いは、次から次へと在日朝鮮人の家庭には持ち上がってくるだろう。しかし、『地底の太陽』をかりに青春小説の名で呼ぶとして、そこでは女性の選択という問題が言語選択という問題と不可分な選択肢として示されている。

あるいは、こうも言える。少なくとも、在日朝鮮人のほとんどがバイリンガルであった時代、その「母語」は朝鮮語であり、「母国語」もまた朝鮮語であっただろう。しかし「養父の言語」としての日本語の感化力・感染力は圧倒的で、民族学校の必要性、最低でも民族学級の必要性が熱心に説かれたのは、その逆風の中で「母国語」を立ち枯れにさせてはならないという、あくまでも対抗的な民族愛のあかしだった。ただ、かりにそうだとしても、在日朝鮮人は、求愛の言語にまで縛りをかけることはできなかった。

6 『地底の太陽』——国境のない夢

金石範は、彼がおよそ七年ぶりに日本語で書いた「虚夢譚」(初出一九六九)以降、頻繁に主人公たちに夢を見させるようになった。『火山島』や『地底の太陽』においても、その特徴は明らかである。(19)夢と言っても、それこそ「淫夢」だったり「悪夢」だったり、中身はさまざまなのだが、何よりも金石範自身が、みずから目撃することのなかった四・三蜂起当時の済州島を小説の舞台とするにあたって、まさに玄界灘を挾む対岸で、郷里に思いを馳せ、それこそ日夜、悪夢に悩まされながら生きた日本での日々をふまえつつ、まさにそうした「悪夢」に肉づけを施すようにして『火山島』を書きつづけたに違いないのである。そして、これこそ文学一般に目を転じてみせたときは、「亡命者」に共通する特徴だと言えるだろう。
たとえば、ポーランド生れではあったが「ホロコースト」期を北米ニューヨークで生き延びたアイザック・バシェヴィス・シンガー。[20] あるいは、第二次世界大戦におけるドイツ軍による占領、同じ戦争の末期から戦後にかけてのソ連軍による事実上の占領、こうして相次いだ占領時代を、南米ブエノスアイレスから眺めやることになったヴィトルド・ゴンブローヴィッチ。[21] 彼らの作品群を「亡命文学」とひとくくりにできるなら、「夢」を介して架空の帰郷に言葉を与える金石範の作品群もまた、確実に「亡命文学」の特徴を備えていると言える。日本に身を置く南承之が「自分がいま、同時に日本と済州島の両方に存在しているような奇妙な感覚に落ちる」(Ⅱ - 九二頁)と感じるとき、それはまさに「亡命者」としての金石範の日常の投影だと考えるべきだろう。ただ、シンガーやゴンブローヴィッチがあくまでも郷里の言語(イディッシュ語やポーランド語)で書きつづけたのに対し、金石範は単なる「亡命者」ではなく、宗主国に生れついた「植民地出身の二世」であったが故だろう、むしろ日本語文学の伝統になぐりこみをかけるような「もうひとつの亡命文学」「もうひとつの日本語文学」の形を模索することになった。[22]
そして、それが金石範にとっては、日本文学に根深い「私小説」の伝統からの脱却の手段だった。[23] 夢に登場する「私」がいたとして、しかし、それは「私」の分身ではあっても、もはや生身の「私」ではない。彼は、「夢」を介することで「私」を分身化させ、とめどなく増殖させていくのだ。それが彼の「文学」だった。日本の「私小説」は「夢みる私」を書くことはあっても、「夢見られる私」に肉づけを与えることにはあまり熱心ではなかったと言うべきかもしれない。

そして、そこで重要なのは、「亡命者」の「夢」には「国境」がないどころか、「国語」すらないということである。金石範は作中に描かれる夢のなかで、登場人物が何語を話すかまで明示的に語ろうとはしないが、それは「夢」がしょせんそういうものであって、それこそ、覚醒後になされる、その意味内容の再解釈としてしか夢の記憶など存在しないものだからだ。前に名を挙げた「虚夢譚」は、日本に住む在日朝鮮人の主人公が「やどかり」にはらわたを蝕まれる夢を見る話だが、そこで主人公の「私」は「やどかりの朝鮮名を調べなければならぬと考えた。そして虚妄な夢だと思ったが、いやそのように思い、そのはらわたといっしょに心をえぐり取る思いのその夢を否定したかったが、少なくとも朝鮮語で構成されていたそのことだけは崩したくなかった(24)」と、理不尽なまでに夢が何語であったかに拘泥する。バイリンガルな人間の夢のなんであるかに対する金石範の問いは、このあたりに根を下ろしていると考えてよいだろう。そして、『地底の太陽』においても、南承之の夢は、かぎりなくバイリンガル的なのである。

済州島の糞尿でじゅくじゅくのわら床の石垣のある豚小屋ではなく、床はコンクリートのようだった。有媛は音楽の勉強をしながら養豚をやっているんだなあ。離れたところで、後ろ向きの等身大の黒い影がそれを見ていたが、有媛は気がつかないのか、無視しているのか、見向きもしない。豚の一頭が後ろ向きの等身大の影を見返していた。トゥエジ、トゥエジ……。豚、豚……。(四六頁)

夢は言語活動だ、とフロイトならば言うだろうが、かといって、それが特定の言語によって限定されなければならないものかと言えば、おそらくそうではない。特に多言語使用者の場合には、そう考えざるをえない（同じことは、バシェヴィス・シンガーやゴンブローヴィッチが大西洋の向こう側から「故郷ポーランド」を思い描いた際にも十分に起こりえたことだ）。

もちろん、かといって、金石範は、現実世界における登場人物の発話言語に関してもまた無造作かというと、そうではない。その登場人物たちは、度合いに差こそあれ、そろいもそろってバイリンガルだが、彼らは発話のたびに、そのつど言語を選択（コードスイッチング）しなければ生きられない生き物なのだ。

「スンジ、おまえ、二階で昼寝をしておっただろ」従兄が朝鮮語でいった。「二階の部屋に用があって行ったら、階段の横の部屋で、何か、うん、うん、うなされるみたいに、トゥエジ、トゥエジ……。うわ言みたいにいっておった。〔……〕」

「えッ？　トゥエジ？〔……〕そんなことを私がいったんですか？　何か、夢を見てたんだ」

「豚の夢か？」

「イエー、たしかに、そうです」

「済州島の夢か。夢に出てきたのは黒豚……？」

従兄は、はっはあと笑いながら、敢えて、チェジュドの名を口に出して乗せた感じだった。

「忘れていたけど、黒豚ではなかったな」

「スンジは豚の夢を見たんか。朝鮮では豚の夢を見たら、ウンス（縁起）がええというんやで。何かええことがあるかもしれんわ」

鏡子は酔いのにじんだ太い声で笑った。（四九頁）

承之と承日の二人は、特別な話題でないかぎり関西弁で済ませることが多かったのだが、ここではめずらしく朝鮮語でのやりとりが続いたあと、その「돼지《トゥエジ》」の話題を小耳に挟んだ承日の妻の鏡子《キョンジャ》が、強引に関西弁へと言語をスイッチさせる。承之は、神戸の従兄宅の二階で、東京留学中の有媛とトゥエジの出てくる夢を見る。しかし、夢に出てきたトゥエジは済州島名産の「黒豚」ではなかったらしい。それが夢というものだ。

そして、思考のなかでも、これと同じことが生じるのである。『火山島』も『地底の太陽』も作品としては日本語で書かれている。そのなかで、誰よりも南承之は、生活のための言語として日本語と朝鮮語のいずれをも手放すことのできない存在として設定されている。そうしたときに「小説の一言語使用」は、拘束でしかないかもしれない。しかし、『火山島』や『地底の太陽』が二言語併用小説として書かれたとしても、そんなことで拘束が解かれることはないだろう。おそらく日朝バイリンガルの南承之は、日本語か朝鮮語で物を考えるのではなく、多くの場合、日本語と朝鮮語で、並行して、あるいは「交ぜこぢや」に、物を考えるのであり、ただ発話に際して、その場の空気を読みながら、そのチャンネルを切り替えるに過ぎない。彼のなかに有媛と幸子がともに異性としてかけがえのない存在であり続けるというのも、ある意味で同じことだ。

有媛と承之のあいだを取り持とうと、あたかも「酵母菌」を植えつけるようにして「互いの交感」(『火山島』I‐三二一頁)を促した李芳根の思惑が、かりに画に描いた餅に終わろうと、それでも、二人はそれぞれがバイリンガルなりに日本の地で生き延びていくだろう。少なくとも当面は。その後の彼らの「母国語」との関わり方は、まさに運命の紆余曲折にゆだねられることになる。

◆

在日朝鮮人の文学は、金鶴泳や李恢成の世代を経て、李良枝や柳美里の世代へと引き継がれてきた。そのなかで、ある者は日本語と朝鮮語の境界に苦しみ、ある者はそこであっけらかんと戯れながら、結果として「小説の一言語使用」をそれぞれに生き延びさせてきたと言えるだろう。モノリンガルではない日本語話者がさまざまなルーツを背負いながら日本語文学に続々参入してくるようになった現代、おそらく「書記日本語」という装置は、とりわけ、「小説の一言語使用」という拘束を緩和する狡知に長けた精巧さを誇りうるそれであると言えるのかもしれない。たとえば、中西伊之助から金石範へと引き継がれた「小説の一言語使用」の実験は、確実に日本語文学の守備範囲を大きく切り拓く力となりえているのである。そして、これからもそうだろう。

そして、ここで考えたことを通して、もうひとつ言えることは、戦前まで遡った「外地の日本語文学」をめぐる議論から、現代に特徴的な日本語を「母語」としない日本語作家の活躍や貢献の問題まで、従来の議論は、作家自体の複数言語使用(そうしたなかでの最終的な日本語の「選択」)をめぐる問題に偏ってきたということである。[25] しかし、ここで私が提起したいのは、選りすぐりの多言語使用者である日本語作家が試みたひとつが、名もない「バイリンガル」たちに名を与え、その日常生活のなかでの複数言語使用を物語の一部としてフィクショナルに再現する、そのような作業だったということだ。世界から複数言語使用という状況が消えないかぎり、複数言語使用作家には何らかの「使命」が課されている。

V　在日朝鮮人作家の「母語」問題——李恢成を中心に

1 「母語」から「母たちの言語遍歴」へ

世の中にバイリンガルは少なくない。それこそ二つどころか、三つ、四つ、さらに多くの言語に習熟したポリグロットだって多くはないが、少なくもない。グローバル化とツーリズムの時代、世界中の言葉がわれわれの前に開かれていると言えるし、われわれは、「外国語」の壁にひとつずつ爪を立ててよじ登り、塀を越えることはできる。いや、壁に穴をうがって自由に往き来できるようになること、と言うべきかもしれない。

しかし、そうした事態の中にあって、忘れてならないのは、世の中にはたったひとつの「母（国）語」をふりだしにしながら、足し算するように「外国語」に親しみを覚えていくという以外の多言語使用の形が歴史的に存在するという事実だ。私はこれを「足し算《アディション》されたバイリンガリズム」と区別できるように、「割り算《ディヴィジョン》されたバイリンガリズム」と呼んでみようと思う。「唯一の母語」という確固たる土台の上で新しく「外国語」を習得するという形式を踏むことで、要するに「自己強化」するパターンとは別に、本人の意思を超え、「母語」そのものが引き裂かれ、分かたれていくような、もうひとつのバイリンガリズムが存在するのである。これは「強要」されたそれと呼んでもよいだろう。新しい言葉を覚えることは、時として喜びを与えてくれ、人生を切り拓く役にも立つ。しかし、そういった実用価値が伴えば伴うだけ、ある環境のなかで、新しい言語の習得は日和見的で、打算的なもののように見られ、場合によっては、裏切り行為だと思われることさえあるのである。いわゆる反ユダヤ主義の背景には、ユダヤ人はしばしばポリグロットだという認識があったし、日本植民地でも、バイリンガル化した被植民者が、そのバイリンガル性ゆえに、モノリンガルな内地人から白眼視されるというようなことが起こりえた。植民地とは、楽しいはずの言語習得が、むしろ周囲の差別意識をかきたててしまうという環境でもあったのである。

◆

現代作家に多和田葉子がいる。彼女は戦後の日本で育ち、日本語を「母（国）語」とする作家だ。しかし、ドイツ語に習熟してからの彼女は、ドイツ語でも続々と作品を発表し、いつしかドイツ語文学を代表するひとりにもなっている。そして、日本語圏でもドイツ語圏でも名誉ある地位を得ることになった彼女は、あるときは現代日本語文学を、あるときは現代ドイツ語文学を代表する鬼才として、世界各地に招かれて、講演旅行したり、会議に参加したりしている。日本ですでに英語・ドイツ語・ロシア語を身につけていた彼女は、そうした旅のさきざきで、さらに未知の言語に触れる。そして、その経験をエッセイに書き継いだのが、『エクソフォニー――母語の外へ出る旅』（二〇〇三）だ。彼女ならではの軽快な文体と旅を追体験できる味わいがとても魅力的な本である。

しかし、「足し算」式に「母語の外」への旅を続けていた彼女は、セネガルのダカールや、南アフリカのケープタウンで、多言語社会の現実を目の当たりにし、それを植民地主義の帰結として理解せざるを得ないことを知る。そして、それでも「母語」の内と外、つまり「母語」と「外国語」の截然たる二分法を疑わなかった彼女をたじろがせる事件がもちあがったのは、ソウルでだった。

ゲーテ・インスティテュートの招きでソウルを訪れた彼女は、パネル・ディスカッションの場で、韓国人作家の朴婉緒《パクワンソ》に対して会場から向けられた「影響を受けた外国の作家は誰ですか?」という質問をめぐるやりとりに、ハッとさせられるのである。その質問に「何人かヨーロッパの作家の名前を挙げ」ることで片づけようとした朴婉緒に対して、質問者は「日本の文学は全然読まなかったんですか?」とたたみかける。そして、このさらなる質問への作家からの再応答が、多和田を愕然とさせるのである。

日本文学が外国文学だという発想はわたしたちの世代にはない、わたしたちの若い頃は日本語を読むことを強制され、韓国語は読ませてもらえなかったのだし、だからドストエフスキーなどヨーロッパの文学も全部、日本語で読んだのだ、と答えた。(1)

朴婉緒は一九三一年の生れで、八歳のときにソウルに出て、ほぼ六年間日本の植民地教育を受け、その後もソウルで日本語を通し「外国文学」に親しんだ世代に属した。

この応答をふり返りながら、多和田は続ける。

母語の外に出る楽しみをいつも語っているわたしだが、日本人のせいでエクソフォニーを強いられた歴史を持つ国に行くと、エクソフォニーという言葉に急に暗い影がさす。母語の外に出ることを強いられた責任がはっきりされないうちは、エクソフォニーの喜びを説くことも不可能であるに違いない。(2)

ソウルで受けた衝撃を描いたパートの副題を「押し付けられたエクソフォニー」とした多和田の言う「押し付けられた」とは、「バイリンガル」であることがその土地において「強要」されたものであったという、植民地特有の言語事情をふまえたものである。朴婉緒たちの世代は、「外国文学」を読むにも日本語を介するしか、さしあたっての手だてがなかった。(3) 解放後の朝鮮半島では、まさにこうした屈辱的な状態を脱するために、固有の「外国文学」の立ち上げに急でなければならなかったのだが、それだって一朝一夕にかなうものではなかった。日常生活から日本語を排除するだけならば、まださしたる困難はなかったかもしれない。しかし、文学好きはそうそう簡単に日本語から卒業できなかったのである。もちろん、そうした形で日本語を読むとき、朴婉緒は日本語を読む能力を武器として用い、かならずしもそれをみずからの障害、みずからの傷として受けとめたわけではないだろう。つまり、彼女にとって日本語は「外国語」でなかったばかりか、「母（国）語」の一部をなしていたのだ。「母語の外に出る」を標語としていた多和田の心を蔽った「暗い影」とは、ある種の人びとにとって、「母語」の内に位置するのか外に位置するのか定かではない言語が、たしかな実用性、そして抒情性をすら伴って骨身に沁みついてしまうという現実が世の中には存在し、しかも彼女はまさにかつて日帝時代を通じて「京城」の名で呼ばれていた都市に足を向けて、はじめてそのことを自分のこととして理解したのだ。西洋植民地を訪ね歩きながらも深く問い詰めるまでには至らなかった真実に、彼女はソウルではじめて直面させられたことになる。

今日の日本では、リービ英雄[4]や楊逸など、多和田と相似形をなす形で、「非=母語」で書こうとする作家に対する評価や関心が高まりつつある。『エクソフォニー』という本はまさにそういった時代を象徴する金字塔のひとつなのだが、この本は「母語の外」に出ることをただ慫慂《しょうよう》・礼賛するのではなく、「母語」なるもの、その輪郭の自明性を問いただす書物でもあるのである。

ここでは、「母語」なるものの自明性に疑問を投げつけ、読者に対して問い直しをせまろうとした日本語文学の一例として、在日朝鮮人作家、李恢成の初期作品を読んでみようと思う。

2 「母語」の分裂――「砧をうつ女」

一九三五年の芥川賞創設以来、「日本人」以外では初の受賞者となった李恢成の[5]「砧をうつ女」(初出一九七一、受賞は七二年上半期)は、作家みずからが、生地である旧日本領真岡(ソ連による「再占領」[6]後の名称はホルムスク)で死別した生母の思い出をふり返る半自伝的な小説だが、この小説は文字通り「母語」(=母の言葉)の不確定性・非同一性・雑種性を描く作品だと言える。

李恢成が母を亡くしたのは、一九四四年の暮れとのことだが[7]、翌年八月のソ連軍侵攻・日本の敗戦

にともなう混乱のなか、再婚した父夫婦と、二人の兄、二人の妹とともに内地日本へと脱出し、韓国に送り出されそうになりながら、(8)最終的には日本に留まり、北海道で旅の荷を解いて戦後日本の公教育を受けることになった彼は、いつしか日本語作家をめざすようになる。彼にとって、朝鮮語は、祖父母を中心とした肉親の話し言葉を通して耳に親しい言葉となるにはなったが、それを「母国語」(＝来るべき統一後の「国語」국어《クゴ》)として本格的に身につけようとするのは、どうやら東京の大学で在日朝鮮人の「留学生運動」に関わるなか、「朝鮮人」意識を高めるようになってからのことのようだ。(9)それまで、彼にとって朝鮮語は記憶の底に滓《おり》のようにして沈殿する「母語」の一部でしかなかったのである。

もちろん、こうした言語遍歴のなかでは、母の朝鮮語ばかりでなく、「아이구《アイゴ》 이《イ》 원쑤를《ウォンスルル》 누가《ヌガ》 갚는가《カプヌンガ》!」(＝「アイゴ。このうらみをだれが晴らすやら」七七頁)(10)を口癖にしたという父親の存在も大きな影を落としていただろう。しかし、将来、日本語作家となる彼にとって、それは「滓」もしくは「影」でしかなく、彼は樺太・サハリン時代に身につけた大日本帝国の「国語」、そして小学校の級友たちから教わった口語日本語(＝「浜ことば」)を足場としながら、作家へと成長していったのであった。もちろん、だからといって、彼は朝鮮語というわだかまりに注意を払わなかったわけではない。それこそ、彼の文学の基層には、つねに朝鮮語が澱んでいたのだ。その証拠に、李恢成は、そもそも「またふたたびの道」というハングル混じりの小説(11)によって、日本の文壇入り(一九六九年に群像新人文学賞を受賞)を果たした作家だった。

一方、「砧をうつ女」の冒頭に置かれたエピソードでは、「オッチョコチョイ」や「おませ」や「出来損い」のような日本語に何とか置き換えようとしても、どれもしっくりはこない、「ジョジョ」（一八七頁）という愛称[12]で彼のことをからかい、甘やかした母・張述伊《ジャンスリ》の記憶が、忘れ得ぬ思い出として回想されている。そして、幼い彼は、この愛称に「深い愛着」（一八八頁）を覚え、当時は、わざと剽軽にふるまうことで、その母の底知れない愛情に応えようとしたというのである。少年に何かがとりついたような「蛸踊り」は、まわりの爆笑・苦笑を買い、それを見ては「アイゴ、うちのジョジョや。ジョジョ……」と「おかしそうに笑っては溜息をつく」（同前）母の姿が、その後も少年の脳裏にこびりついて離れない。

　もちろん、こうした母親の言葉が、朝鮮語混じりの日本語だったか、朝鮮語の方言だったかどうか、正確なところまでは分からない。それは主人公の剽軽な踊りが、日本語の「蛸踊り」だったのか、朝鮮語の「문어춤《ムノチュム》」だったのか分からないのと同じだ。しかし、少なくとも主人公の言語活動が、家庭内の二言語間コードスイッチングからなりたっていたことだけは明らかで、李恢成が描く小説の主人公たちにとって、その「母語」は日本語でも朝鮮語でもなく、その「母語」なるものは二つに分割され、かつ、境界の不分明なアマルガムをなしていたと考えるべきなのである。

　ただ、このような言語環境が当時のサハリン朝鮮人のあいだで典型的なものであったかどうかは微妙だ。サハリン朝鮮人の「家庭では朝鮮語がほとんど用いられておらず、朝鮮語に本格的に触れたのは戦後開設された朝鮮人民族学校においてであった場合も少なくない[13]」というのがもし本当だとすれば、李恢成が生まれ育った家庭では、朝鮮語のプレゼンスがかなり大きかったと考えるべきなのかもしれない。少なくとも「砧をうつ女」は、その面を強調して書かれている。まず、これは、日本語の使用を頑なに拒んだ母方の祖父母の存在があずかって力があったことにされており[14]、母を喪った後に祖母（実母ではなく父の後妻であった）が歌って聞かせた朝鮮語の「身勢打鈴《シンセタリョン》」[15]にじっくり耳を傾けられた主人公は、「朝鮮人の少年」を名乗るにふさわしい特権的な経験の持ち主だったと言えるのかもしれない。また、兄弟のなかでも主人公ひとりが、「数えで六ツ」（二〇八頁）のとき、母に手を引かれてはるばる朝鮮半島への「帰郷」を果たしたことになっている。「一ト月」（二〇九頁）ものあいだ、彼は「母」が自由自在に朝鮮語を話すさまを見届け、聴き届けるという幸運に恵まれた、たったひとりの息子（＝三男坊）だった。要するに、彼にとって朝鮮語は、「母の言葉」の一部として、忘れようにも忘れられない存在感を誇っていたはずで、彼は、兄弟のなか、また「朝鮮人二世」のなかでも「えりぬき」であったかのように描かれているのである[16]。

もちろん、ともに若くして郷里を離れ、九州の炭鉱で知り合った後、覚悟を決めてサハリンまで日本列島を北上した両親は、相当に高度な二言語運用能力を持つバイリンガルであったはずで、夫婦間の私語（や口論）は自由自在なコードスイッチングを駆使したものであっただろう。「シバラ[17]、出て行け。お前の血筋がそうなんだろう」（二二五頁）というような、怒りに任せたコードスイッチングこそが、父親の流儀だった可能性があるし、それに応じる母親もまた二言語の境界を取っ払いながら、夫の怒りを鎮めようとしては、それが逆に火に油を注いでしまうということのくり返しだっただろう。

その父は、地域の警察署長が支部長を務め、内地在住朝鮮人の統制を強めながら、朝鮮人の同化や戦時動員を促し、日本語の常用を徹底するための機構としてはたらくことになった「協和会」（南樺太での結成は一九四〇年）の幹部を引き受けたほどで、いわば「皇民化」のお先棒を担ぐ人物であった[18]。

また、母は母で、「日本帝国主義によるはげしい植民地収奪をよい目でながめていたはずはないにしても、ノンシャランと日本の着物を着るようなところのある女[19]」だったらしく、郷里への「十年ぶり」の帰郷にあたっても、「日本の着物を着てその上パラソルをさしてあらわれた」（二〇九頁）ほど、要するにハイカラな女性だった（このことは、父が妻に「日本の着物」を着せたがるような人物であったことを暗に物語っている）。

であればあっただけ、「日本化」を拒否するその父母と「皇民化」に協力的な夫とのあいだで板挟みになった母は、さまざまな言語的・民族的葛藤に見舞われたと考えられ、主人公は、両親の衝突にハラハラさせられながら、夫婦喧嘩の果てに「トランクに身の回りのものを詰め」たかと思うと、「いったん詰めた日本の着物を引き出」して「ズタズタに引き裂」き、代わりに「色のあせたチョゴリ、チマ」に「入れ替え」る母の行動（二二五～六頁）に狂おしく心をかき乱されたのだ。まだ幼かった主人公には、そうした行動の背景に民族的アイデンティティをめぐる母の葛藤を透かし見る力など備わっていなかったかもしれない。しかし、長じて幼少期をふり返ることになった主人公は、まさにそのような意味での「植民地特有のハイブリッド化された女性」として母を表象することに躍起になるのである。

張述伊という女性は、二言語のあいだを往復するバイリンガルであったばかりでなく、アイデンティティの揺らぎのなかに身を置く女としても描かれる。「日本の着物」と「チョゴリ、チマ」のあいだで、身をつくろうたびに揺れずにはおれないという状況は、日本人女性はもとより、朝鮮人の男性にも多くは無縁な、若い朝鮮人女性に特有のものであっただろう。その「砧をうつ女」論のなかで、朴裕河は「民族の娘」という「役割」を負わされた張述伊の一面について、ナショナリズム、とくにその男性中心主義を批判する角度から分析を行っているが(20)、要するに、彼女は、朝鮮人の男性たちから「日本女」であることと、「民族の娘」であることを同時に強いられた女性として、二方面での闘いを強いられていたのだ。

そして、その母が、臨終にあたって父の「手を握」りながら、何ごとかを語ってきたらしい。その日が登校日だった主人公ら学齢期の子どもは、その母の死に目には遭えなかったが、主人公は以後も「その時の模様をくりかえして告げ」る父(二二七頁)の慨嘆を通して、再三、母の思い出をふり返り、朝鮮人とは何なのかに思いをめぐらせることになる。その現場に居合わせなかったぶん、かえって、主人公の「想像」はかぎりなく膨らんでいくのである。

父親は、死の床にあった亡き妻が彼の「手を握って」きたこと、そして彼女が「子供のことを案じていた」ことをひたすらくり返すばかりなのだが、その儀礼的な営みのなかに「妻にやさしく振舞えなかった男のくるしまぎれな自責」の匂いや「うしろめたさ」(同前)を嗅ぎとる主人公は、横暴な父のふるまいを制するのに「蛸踊り」を編み出すくらいしか思いつかなかった幼少期の自分が父親に対していだいた感情に対する何らかの応答を、みずから長じた後、祈るような思いで父に求めたのだろう。そして、そんな父の「手を握」ろうとした母に、夫との最終的な和解に向けた強い意志を読みとった彼は、たくましくした「想像」の果てに、いつしか母の辞世の言葉を自力で仮構してみせるのである。

僕はこうも想像してみるのである。母は夫の腕をもとめて二人の未完成な生活が終りに近づいているのを何者かに拒もうとしていたにちがいない。夫が手に力をこめて返すと、かの女はかすかにうなずいて、かえって夫をはげまそうとしたのではなかったか。

「流されないで——」

父は僕らに母のことを伝える時、かの女がそのような志を持ったまま死んだ女であったことを自責をこめて語ったのである。（二二七〜八頁）

バイリンガルな母親が同じバイリンガルな父に向かって、何を、何語で語ったのかを知ろうとしても、その場に居合わせなかった主人公は、何もかも「想像」にゆだねるしかない(21)。その後もその場面を何度もふり返るバイリンガルな父親とともに暮らしながら、しかし、その存在から感じとれるものといっては、自分自身に言い聞かせるかのような父親の亡き母への追慕の念にすぎず、母が何をほんとうに語り残したかったかではない。しかし、主人公はまっさらにも等しい空白のなかに、むりやり、何らかの言葉を放った母の像を浮かび上がらせるのだ。それは、もし自分が母の立場にあったなら、父に向かって放ったに違いない、そんな言葉だ。年を経て、在日朝鮮人作家となった彼ならではの「ディアスポラ朝鮮人」の自戒が、子どもを残して先立つしかなかった死の床の母から父に向けた戒めとして過去へと投影される。「流されないで」とは、それは「母の言葉」の再現ではなく、母自身よりもいっそう日本語に傾いた言語生活に明け暮れる在日朝鮮人二世の日々の言語の投影にすぎない。それはもはや何語でもない、息子が母親に吹きこもうとした抽象的な「母の言葉」なのだ。

みずからの意志で内地へと渡り、そしていつのまにか深い仲になった朝鮮人男性とともに職を求めて、とうとう北辺の樺太まで流れ着き、それどころか再婚した両親を半島から樺太にまで呼び寄せた、そんな彼女の一生は、いわゆる「強制連行[22]」とは違って、植民地期を生きた人間の自由意思と、誘惑的な労働条件への屈服という体裁をともなっていた。みずから「流される」ことを選びとったはずの彼女が生き残る夫や子供たちに残した最後の言葉が、「流される」ことを戒める言葉であってほしいという元少年の欲望とは何なのか。

日本敗戦の前年に亡くなった母は、その後、樺太＝サハリンの朝鮮人が強いられることになるディアスポラ（島に留まった者もまた居ながらにして脱＝日本化、つまりはロシア化を強いられる）のことなど思いもよらなかっただろう。逆に、ソ連領のサハリンから逃げ出して南下した朝鮮人たちのあいだでも、その「流され」方はまちまちだった。かりに半島までたどり着いた者がいたとしても、それは何らかの流れに身を任せることによってでしかなかった。李恢成の分身とも言える主人公が母の口元に思い浮かべたのは、「流されない」などという選択肢などありえない五里霧中の状況のなかで、「流されない」という、ある意味、不可能な生き方をブイのようにして水面に繋留しておきたいという思いの告白だった。

そして、そうした不可能性を末期の言葉として語り残した母親像の造形と、父の感情のなかにわだかまらせた「自責」の念を接合することで、父の「自責」は「単に「やさしく」なかった個人的な悔悟を超えて何者かの暴圧から「女」を守れなかった「男」の「自責」とすりかえられ[23]」、さらには、新しいディアスポラを生きる朝鮮人男性の「自戒」、そしてその息子自身にとっては一種の座右の銘として読みかえられていく。

おそらく、ひとは唯々諾々と「流され」つづけることなどできない。それでも流れに身を任せながらしか生きられないのが人間なのだが、本人の意に反して樺太の地に骨を埋めることになった母であったから、つまり、「流され」ることをその地で終えようとしていた母であったからこそ、母は「流されないで」という言葉を発するにふさわしい存在でありえた。そして、そんな妻の無念の死を悼む父、そして母の無念の死を悼む息子は、どうにかして、その「恩讐《ウォンス》=うらみ」を晴らすべく、残された人生を通じて、朝鮮人意識にしがみつかなければならない。

要するに「砧をうつ女」は、一朝鮮人女性の死を受け止める男たちの物語だ。「流されないで」という女性の声とともに、それでも「流され」つづける男たちの物語。

ディアスポラ・ユダヤ人にとっては「救済の日」がただひとつすがりつくに値する希望であって、多くの彼らにとっては建国後の「イスラエル」でさえ、落ち着ける場所であるとはかぎらなかったように、ディアスポラ朝鮮人にとっても、「流されないで」というような言葉にすがりつつ「流され」るしか、溺れないための手だてなどなかったのだ。李恢成がその後も『流民伝』(一九八〇)や『流域へ』(一九九二)など、「流され」るコリアンたちのディアスポラを描きつづけられたのも、反語的ではあるが、「流されないで」という言葉を支えにできたからだろう。

もちろん、日本人のなかにも、引揚げ後、内地に安住の地を見出せなかった人びとや、明治初期にまで遡るそもそもの海外移民など、「流され」ることの恐ろしさを身に沁《にじ》ませていた同胞が皆無ではなかった。しかし、「砧をうつ女」の主たる読者であった日本人読者は、「流されないで」という言葉を朝鮮人女性から朝鮮人男性に対する遺言としてだけ受け取った可能性が高い。李恢成は、朝鮮人同士の家庭的結束の物語を、日本人読者に盗み読ませるための装置として「日本文学」という枠を用い、それを日本の文壇は「在日朝鮮人文学」というサブジャンルをこしらえてまで隔離しつつ、「日本文学」の傘下に収め、その軒を貸したのだ。

同じ一九七〇年前後、日本では旧植民地を「故郷」とする引揚者の文学もまたひっそりと開花しようとしていた。すでに一九五〇年代から朝鮮や満洲を舞台にする小説を書いていた小林勝や安部公房のような作家もいたが、後藤明生や五木寛之や清岡卓行や日野啓三のような植民地生れの作家が続々と頭角をあらわし、そうした彼らが「日本のカミュたち」の名で呼ばれるようになるのは、一九七〇年代の終わりだ。そしてこうした現象は、日本語作家の「母語」がかならずしも純粋な日本語であったわけではないというポストコロニアルな認識のあらわれだったと言ってもいいだろう。[24] 旧植民地出身作家の日本語使用（戦後まもなくから旺盛な筆力を示した金達寿もそこには含まれるだろう）を「前史」としながらも、あらためて日本語使用者の「母語」のゆらぎを確認する作業を要請したのが、李恢成の登場であり、「砧をうつ女」と並んで芥川賞を受賞した「オキナワの少年」の東峰夫（さらに遡れば、一九六七年の芥川賞受賞作である「カクテル・パーティー」の大城立裕）の出現だった。それは日本語を「母語」としない作家たちの台頭というより、「母語」のゆらぎを日本語でなんとかトレースしようとする作家の群れなす席捲だったと考えたい。そして、それらに共通する特徴は「流されないで」という言葉にすがりつく以外にないほど、はげしい歴史の流れのなかに身を置き、そしてそうした同胞たちの群像を描こうとした点にあった。それを、みずからが流れにさらされているとは実感しない日本人マジョリティの読者たちが、あられもなく珍重した。

3　トライリンガル群像――「私のサハリン」

「またふたたびの道」の文学賞受賞から、「砧をうつ女」の芥川賞受賞に至るまで、数年間の李恢成の活躍は驚異的なものであった。続々と発表された作品は、いずれも基本的には在日朝鮮人二世の物語だが、その主人公らが背負う生育歴は、かならずしも一様ではない。

そのなかで、「私のサハリン」(初出一九七二)は、サハリン時代の記憶に重きを置いたという意味で、「またふたたびの道」や「砧をうつ女」と同じ系列に位置づけられる作品である。[25]

主人公は、一九六六年前後に、サハリンに住む従弟から「ロシア語」(七頁)で書かれた手紙を受け取る。それを何とか判読してみせた彼は、その後、何度も返事を書こうとしながら、いつしか六年も歳月が過ぎてしまった。その彼がいま満を持して筆を執る。小説は、日本の読者に向けて、あたりまえのように日本語で書かれているが、その手紙自体を話者が日本語でしたためたとは考えにくい。たしかに、小学校時代(主人公が二学年上級だった)はもちろんのこと、ソ連邦による「再占領」後もしばらく、主人公と手紙の差出人とは、おもに日本語で会話したにちがいない。したがって、もし面と向かえば、二人の口から日本語が迸《ほとばし》り出た可能性は高い。[26] しかし、「わずか三年間しか〔……〕皇民化教育を受けなかった」(七頁)従弟に向かって、いくらなんでも日本語で手紙を書き送るほどの厚かましさは、主人公にもないだろう。つまり、小説はしたたかな日本語で書かれてはいるものの、ロシア語で書き送られた手紙への返信は、ロシア語でなければ、まだしもハングルで書かれたと考える方が自然なのである。

要するに、この小説は、もしも投函される段になればロシア語か朝鮮語で清書されることになるだろう手紙を、日本語で下書きするかのようにして書かれている。あるいは、ロシア語か朝鮮語で不器用に書かれた手紙の日本語による自由な翻訳であったか、そのどちらかだ。

そして、みずから「グリーシャ」（四七頁）を名乗ってきた従弟に向かって、主人公はもっぱら「ユンソニ」という朝鮮名で親愛をこめて語りかけようとする。しかも、小説を読み進むと、六年目にして、ようやく返信の執筆を決意した主人公のなかでどんな心境の変化があったのかが明らかになる。じつは、「ユンソニ」には兄がいて、その兄の「キソニ」は単身で日本へと密航を試み、主人公とは成人して後、東京で同じ日本の空気を吸った間柄だった。ところが、その「キソニ」は、一九六一年前後に、「共和国」へと渡り、その「キソニ」から受け取った朝鮮語の手紙（おそらく）[27]を、主人公はどうにかしてサハリンの「ユンソニ」にも読ませてやりたいと思いたったのだ。

主人公は、一定の朝鮮語能力を有していた。「私のサハリン」には、ソ連邦統治下に立ち上がった「民族学校」で「黄《ファン》先生」（一六頁）なる老人から、「朝鮮語の書取り」（一八頁）をたたきこまれた思い出がきっちりと書きこまれている。[28] その後、日本への密入国後は、朝鮮語をおし殺しながら、あたかも日本人の少年のように思春期を送った期間が長かったはずである。東京に出て民族的なアイデンティティに目覚めた彼は、ハングルを含めた朝鮮語の再習得に励むようになり、まがりなりにも「朝鮮人」らしくなっていくのだが、完璧なバイリンガルにまではなりきれなかっただろう[29]。また、相手は相手で、かりに朝鮮語の読み書きができたとしても、ロシア語で日常を送っている。オリガ・ペトローヴナというロシア人女性と家庭を営んでいるのだ。

従弟と読者という二重の宛先を想定しながら書かれた書簡体小説。一度は朝鮮語作家を目指したこともあった李恢成ならではの趣向からこの小説はなっているとも言える。

しかし、この小説が他のサハリンものとどこかで異質だとすれば、ここでの「書き手」は相手がロシア語話者だということを強く意識する立場に身を置いているという点である。

たとえば、日本の敗戦後間もないころ、ホルムスクから「チエホフ」（日本統治期の「野田」）まで汽車旅行に出かけた少年二人が、ふと居眠りをして、ハッと目を醒ますと、そこに「カーキ色の制服に緑色の帽子」という出で立ちの「警備隊員」が立っていた。幼い主人公はすでに「ズラーステチ、クダ、ズジエース」（二一頁）程度の片こと（かりに「ズドラースチェ・グジェ・ズジェーシ」Здрасте, где здесь? だとしても、「こんにちは、ここはどこ?」の稚拙な直訳でしかない）ならば言葉にできた[30]。主人公によれば、彼がロシア語の「カレイスキー」（＝「コリアン」の意味）という単語を覚えたのは、日本の敗戦直後で、「ロシア兵を見たら、そういえ」（一四頁）と父から教わってからだという。自分が「日本人《ヤポンスキー》」ではなく、「朝鮮人《カレイスキー》」であることを主張するか否かで朝鮮人一人ひとりの生死を分ける可能性があった。まだまだ幼い彼の場合、「いきなり朝鮮人に」なって「ちょっときまりが悪かった」（一六頁）そうだが、かといってソ連軍の総攻撃から身を守るためにもぐりこんだ防空壕のなかで、「漁場の日本人たち」がむずかる朝鮮人の子どもを「殺せ」（一三頁）と、そんな血も涙もない行動をそのかすさまを目の当たりにしたばかりの彼にとって、「カレイスキー」と名乗ることで命が救われるかもしれないという新時代の到来は、吉兆に満ちていただろう。主人公はそんなふうにして「皇国少年」から「朝鮮人」への脱皮を経験したのだ。[31]「カレイスキー」という呼称は、日本語の「チョウセン(ジン)」に比べ、「日帝」の手垢にまみれてないぶん、はるかに新鮮で、はるかに民族的なプライドをかきたてるものであっただろう。

その後、かつての「ユンソニ」は、いまでは「モスクヴァ大学卒業の地質技師」(四二頁)へと変態を遂げ、世間的にも「グリーシャ」で通っている。主人公は主人公で、密航した日本の首都で、「南北統一」を夢見る「朝鮮人」として暮らしながら、いつ会えるとも知れない肉親に向けて、「またいつか」をあらわす「ПОКА《バカ》」という綴りを「ПАКА《バカ》」としか綴れない(八九頁)程度だったとしても、ロシア語をそこそこは身につけている。[32] いつの日か、夢に見た再会が実現したあかつきには、従弟の家族と簡単なロシア語の挨拶を交わし、その小さな子どもたちから「ジャージャー(伯父さん)」(六一頁)と呼ばれる自分を想像し、ロシア人女性の手料理に舌鼓を打つ光景を思い浮かべるほどなのだ。

つまり、二人は、お互いに完璧とは言えないまでも、そろって「トライリンガル」だ。同じ「サハリン育ち」でも内地人でそのような芸当を見せられる人間は、朝鮮人と結婚して島に残ったケースでもなければ、そうそうありえないことだっただろう。その後、一九八一年十月に、サハリン再訪という夢を実現させた李恢成は、サハリンに残してきたさまざまな肉親や同胞たちと再会し、まさに三言語を交叉させながら旧交を温めることになるのだが、[33]「私のサハリン」を書いた当時の李恢成は、そのような日が来ることがまだ予想できていない。それは「共和国」への「帰国」が進むなか、他方で日韓基本条約が締結に向かうという、冷戦真っ只中の時代だった。そうしたなかで、日本の「トライリンガル朝鮮人」から、サハリンの「トライリンガル朝鮮人」に向けて手紙が書かれる。そして、そこに「共和国」から送られてきたユンソニの兄の手紙が同封される。二つの国境を跨いだ、ぎりぎりの連絡がいままさに実現しようとしている[34]。この意味で、本作品はまさに「ディアスポラ朝鮮人」によって書かれた少数民族の文学である。日本語小説でありながら、一皮剝けば、日本語の響きなどほんのかすかにしか漂わせない小説なのだ。日本への「引揚げ」の直前に従弟とのあいだに交わした「じゃな——」——「引越すの?」——「まあな——」(二六頁)といったやりとりは、日本統治期の惰性で日本語だったかもしれない。思春期に入った年上の義姉から性的な未熟さをからかわれた日の「ばかなんだから!」(三一頁)も同じだ[35]。しかし、それらの日本語は、防空壕のなかで「ヤン衆」の口から発せられた「殺せ」にあたる日本語と同じ日本語である以上、この小説のなかでは影が薄く、かたなしで、萎縮を余儀なくされている[36]。

もちろん、この小説の最大の主題が、主人公たちの民族的アイデンティティであることは言うまでもない。祖国の統一を夢見ながら「朝鮮籍」にしがみついている主人公が、「率直に聞こう。君の国籍は現在どうなっているのだろうか?」と問いただす箇所(四七頁)の重々しさは、まさにこれこそがこの小説の核心だということをあらわしている。

北東アジアにおいて二重国籍という選択肢は存在しなかった。「国籍」は数あるなかの、かならずひとつだったのだ。それに比べれば、主人公も、ユンソニ(あるいは「共和国」のキソニ)も、「たったひとつの言語」への忠誠を厳密に強いられることはなかった。ソ連邦や「共和国」の検閲が「何語で書くか」を強いる（文学作品が「何語で書くか」という問いに対して答えを要求するように）ことはあったかもしれない。しかし、なんびとたりとも、心のなか、夢のなかの多言語使用能力まで踏みにじられることはない。

「ディアスポラの文学」というときに、それらが書かれる言語は、作家にとって最も熟練した言語がそのつど選ばれるだろう。世界の華人にとって「普通話《プートンファ》＝北京官話」が同族間の「リンガ・フランカ」であるように、東欧系ユダヤ人（アシュケナジム）にとっては、イディッシュ語がそれだった。この言語には、一九世紀以降に確立したイディッシュ文学という伝統・制度がすでに確立しており、たとえばバシェヴィス・シンガーは両大戦間期のワルシャワに集まった同胞たちの描き出す人間模様を香り豊かなイディッシュ語で描いてみせた。ナチス・ドイツのポーランド侵攻に際して最愛の妻を失いながら、自分自身は九死に一生を得て暗黒の時代を生き延びた『魂の探索』（初出一九七四。英訳のタイトルは『ショーシャ』）の主人公は、戦後、古い友人とテルアビブで再会し、かつてと同じイディッシュ語で死者たちの過去を偲ぶのだ。何百万という犠牲者を出した東欧ユダヤ人は、サバイバーたちの言語遍歴も千差万別だった。しかし、彼らにはとっておきの「リンガ・フランカ」が存在した（イディッシュ語使用者が激減した現在では、ヘブライ語や英語がそれを代替している）[37]。ところが、敷居の高い国境によって分断された北東アジアの朝鮮人からは、再会の目処も立たたないまま、同族間の言語的紐帯として機能するはずの朝鮮語さえもが消えていこうとしていた。[38]「私のサハリン」の主人公は、そうした歴史の流れをくいとめるべく、「リンガ・フランカ」の回復に懸命なのだが、サハリンに住む従弟が同じ「民族主義者」であるかどうか、そこまでは確信が持てない。であればこそ、彼は「六年」ものあいだ、返事が書けずにいたのである。そして、その時間稼ぎには、日本語やロシア語だけでなく、朝鮮語で書くことに対するためらいも含まれていただろう。「南北」以外にも、「日ソ」そして「ソ連と共和国」のあいだにさえ「分断」が存在するなかで、アイデンティティをめぐる苦悶は、言語選択の苦悶をも含み、その苦悶を文字に書きつけるとして、何語がそれにふさわしいのかという問いが、さらにその苦悶を倍加させる。そして、李恢成は、同じころ、金石範がそうした「在日朝鮮人」の葛藤を描くための文学的な言語として、「母国語」としての朝鮮語ではなく、異郷の言語であり、かつての植民地帝国の言語であった、もうひとつの「リンガ・フランカ」としての日本語を選んだように、同じく日本語を選び取ったのだ。

李恢成自身は、小説のなかで交わされる発話が何語であったかに関して、多くの場合、無頓着にふるまう。[39]それは、後のサハリン再訪を描いた『サハリンへの旅』（一九八三）の場合でも同じだが、しかし、だからといって、彼は、言葉を発するたび、文字を書くたび、そしてそれを文学作品たらしめようとするたびに、「言葉の杖」（李良枝）をさがしあてなければならない多言語使用者ならでは、「母語を分割された人間」ならではのつまずきに鈍感な作家ではない。そんなことはありえないし、彼はまさにそうしたつまずきをこそ、日本語という言語を使いながら描き続けた。

サハリンの朝鮮人が、島の「再占領」後（そしてその前夜も含めて）に生きなければならなかった「トライリンガル」な状況。それは、まさにその時期に「ロスケのスパイ」だとみなされて虐殺された朝鮮人たちの苦境にも通じるものだった。[40]李恢成が生まれ育ったホルムスクでは、ソ連軍が上陸した八月二〇日に「真岡郵便電信局事件」という内地人交換手九人の自決という血なまぐさい出来事（それは「北のひめゆり」とも呼ばれて、日本では国民的な記憶になっている）も起こっていたが[41]、彼女らはもっぱら日本語話者として、ロシア語の脅威に身を震わせながら死んでいった。しかし、同じ樺太の朝鮮人は、「カレイスキー」というロシア語に希望と活路を見出し、そのロシア語をあやつりながら、「通訳」を買って出たり[42]、ロシア人の恋人を作ったりしながら[43]、日本人にはおよそ考え及ばなかったような「戦後」を生きることになったのである。

戦後の日本は、「南北」の「分断」に苦しむ朝鮮人のなかの一派として、そうした「トライリンガルな朝鮮人」にも居場所を提供していた。ただ、サハリンからは、朝鮮人よりも日本人の方にずっと早く「引揚げ」の機会が訪れたし[44]、すでに一九六〇年代には「墓参団」を乗せた船が宗谷海峡を往き来するようにもなる。「私のサハリン」の主人公が従弟のユンソニからの手紙を受け取ることができたのも、「墓参団」に話をつけた主人公の父親による涙ぐましい努力の結晶だった。つまり、日本人の樺太憧憬に寄生することによってしか、「トライリンガルな朝鮮人」の郷愁は捌け口を見出すことができなかった。しかも、彼らが民族の未来を託そうとしているのは、サハリンではなく、父祖の地としての朝鮮半島だった。「来年はエルサレムで」と挨拶を交わし続けたディアスポラ・ユダヤ人と同じく、彼ら彼女らはそれぞれの「異郷」で、「故郷《コヒャン》」を偲びながら生きながらえている[45]。しかし、朝鮮人それぞれの「故郷《コヒャン》」に対する思いには温度差があり、地域差もある。そして、「母国語」はあったとしても、それがなかなかディアスポラ朝鮮人全体の「リンガ・フランカ」ではありえない現実が、一九七〇年代から今日に至るまで、ソ連邦崩壊をきっかけに、ロシアと韓国との関係が改善された今もなお続いているのである。[46]

4 「母国語」か「外国語」か――『伽倻子のために』

李恢成の作品は、舞台が一九四〇年代なら少年、一九五〇年代なら高校卒業後の上京に加えて、東京での日雇《ニコヨン》生活や学生暮らし、一九六〇年代なら朝鮮総連関係の仕事や作家修行といったふうに、基本的に等身大の男性を主人公に据え、どれもが半自伝的な小説としても読める仕掛けになっている。しかし、その主人公たちをそのまま作家と同一視することは誤りだし、「半チョッパリ」（初出一九七二）のように、主人公がサハリン生れではなかったり、北海道育ちでなかったりするケースもある。[47]しかも、生育歴が異なれば、主人公のバイリンガル度はもとより、トライリンガル性などはかならずしも強調されない。また、かりに主人公がサハリン生れで、大学でロシア語を学んでいはしても、「母語」の一角を占めていたかもしれない朝鮮語の記憶や能力を誇ることがまるでない『伽倻子のために』（一九七〇）のようなケースもある。[48]

ともかく、その初期作に登場する朝鮮人たちは、その言語遍歴にしても、一人ひとりがまちまちで、「青丘の宿」（初出一九七一）で大学生の主人公が家庭教師を兼ねて預かることになる少年は、朝鮮中級学校に通いながら、日本の高校受験をめざしているし、[49]「武装するわが子」（初出一九七〇）のように、朝鮮初級学校に通いはじめ、それまで遊び仲間だった日本人の友人たちと自分との差異に目覚める少年を描くものもあった。また、主人公が接触する若い朝鮮人の多くは、日本語能力には問題ないが、いざその実家を訪ねてみると、在日一世の両親（とくに母親）は、たどたどしい日本語しか話せず、言葉の端々に朝鮮語の方言がのぞく、そのような「オモニ」として描かれるのである。つまり、李恢成の描く在日世界は、「母語」や「母国語」との関わりの点で、標準などありえないほど多種多様で、主人公は、その多様性のなかで、それぞれがみずからの位置をさぐらなければならないのである。

『伽倻子のために』は、後の映画化（小栗康平監督作品、一九八四）を待っていたかのように、そもそも青春小説の仕掛けを有している。主人公の林相俊《サンジュニ》は、二人の異性に心を惹かれる。そのひとりは、サハリンで日本人の生母から遺棄されたばかりか、その愛人から「凌辱」（一七六頁）さえ受けるという悲惨な少女時代を経験してきながら、その後、朝鮮人の家庭（妻は日本人）に拾われ、大事に育てられつつある少女（親から授かった名は「美保子」だったが、養父からは朝鮮の伝統楽器「伽倻琴《カヤグム》」にちなんだ「伽倻子」という新しい名前を与えられている）。もうひとりは済州島の四・三事件で家族を失い、日本に渡ってきた朝鮮人女性（＝崔明姫《チェミョンヒ》）[50]。つまり、大ぐくりにすれば、それぞれに「トラウマ」を克服しようとする複数の女性のあいだで揺れる青年の物語なのである。『伽倻子のために』を正面から論じる上で、こうした視点を外すことは誤りだろう。

しかし、そうした「トラウマをかかえる女性」二人との出会いと別れを描く青春小説を仕立てるにあたっても、李恢成は、その「言語の問題」[51]から決して目を逸らそうとはしない。

『伽倻子のために』の主人公における「母語」経験がどのようなものであったかは、「砧をうつ女」

の場合ほど、明らかではない。また、どうやらサハリンで最初の妻を失ったあと、後妻を迎え、新しい家族とともに日本に密航してきた父は、息子に対して「朝鮮人になれ、朝鮮人になれ」(六八頁)と事あるごとに民族意識を植えつけようとはするが、かといって、子どもを「民族学校」に通わせるほどではなく、[52] せいぜい虫の居所が悪いとき、「聞こえよがしに朝鮮放送を大きくかけ」る(一〇一頁)程度なのだ。[53] そして、まさにその父の口癖を逆手に取るようにして「朝鮮人になる」と「宣言」(三五頁)して家出をした彼は、自力で私大への進学を決め、「在日本朝鮮留学生同盟」の運動に関わるようになるのだが、物事はそう単純ではなく、いつまでも「朝鮮人としての矜持」(三四頁)は身につかず、「朝鮮語をしらないということ」に「負い目」(一七九頁)を感じつづけている。

この小説のなかでは伽倻子の「浜ことば」の響きが主人公の心を捉えて放さないのだが、この想いは、主人公に対して「言葉とは人間の何だろうか」という重たい問いを突きつける。

伽倻子を想うとき、あの余韻のある「――だから」という言葉が耳から離れない。それとこれとはまるで別のことだが、朝鮮語を自分が殆ど知らぬことも言葉の持つ意味を感じさせる。(一〇〇～一〇一頁)

「またふたたびの道」や「砧をうつ女」の場合では、父や母の口にした朝鮮語の響きのなかに自分の原点を見出そうとする主人公の言語遍歴が重視されるのだが、『伽倻子のために』においては、匂いたつような「母語」の響きから自分が切断されているという感覚の方に基調が置かれている。主人公は、それこそ「母国語」に親和性を覚えない自分に「負い目」だけを感じつづけているのである。「朝鮮放送」に耳を傾けることで自分自身の「母語」を取り戻そうとする父親の行動にも、「聞こえよがし」のあてつけを感じとるにすぎない主人公は、同年輩の同胞たちとのあいだで言語をめぐって議論を戦わせながら、「朝鮮語はかつて奪われていたが今はわれわれの愛する母国語なのだ」と強弁する「朝鮮高校出身」の学生にはどうしても同調できず、「日本語でこれまで美意識を育ててきた者にとっては祖国に帰ってから急に国語《クゴ》を使うようになっても違和感は残ると思う」（一四七頁）と意地を張る同胞につい「同情」（一四八頁）してしまうのである。好意を寄せてくる崔明姫からいきなり「相俊同務《トンム》はどうして俯いて歩くのですか」と「きれいな朝鮮語」で訊ねられた彼は、まさに「虚を衝かれ」、けっきょく、「あやふや」にしか返事ができないのだ（二三〇頁）。彼は伽倻子の「浜ことば」に魅かれ、崔明姫の「きれいな朝鮮語」にはどうしても気後れを覚えざるをえない。

　しかし、伽倻子との同棲生活をつづけるための方便として「共和国」への「帰国」を念頭に入れたとたん、彼は伽倻子に向かって「暇なときは少しずつ朝鮮関係の本を読んでほしい。〔……〕それとできたら、朝鮮語の勉強をやるようにしたらいいんだけど……」（一七二頁）と、そんな言葉が口をついて出る。[54] 樺太時代に、「蛇の皮をかぶせた木の枝で〔……〕こわがらせようとした」（二四頁）という失われた記憶を相手からつきつけられた主人公は、伽倻子と東京暮らしを始めるようになってからも、衝動的に相手をからかいながら、その怯えを誘ってしまう。「東京はきらい、きらい」と「むずかるように言いつの」る（一八一頁）相手に手を焼いたのか、「伽倻ちゃん、君はビッコなのかい」（一八三頁）と言いがかりをつけては、そうした自分のサディスティックな性向を悔いて、自己嫌悪に陥る（「昔からそんなところがあるんだよ。〔……〕ぼくの方こそ心のビッコなんだ」一八五頁）、そんな主人公のおとなげなさは、まさに朝鮮語をめぐる、その幼稚な態度にも強く反映している。子どもに「朝鮮人であれ」とくり返しながらも、子どもが朝鮮語を身近に感じるいかなる策も講じない、そんな父親を結果的になぞるかのように、彼は伽倻子に「朝鮮語の勉強」を促しながら、そのモチベーションを高めることにあまり熱心ではない。それどころか、彼自身が朝鮮語に怯えつづけたまま、「ヤドカリ」(55)（九四頁）のようにして生き続ける。そして、あげくのはてに、彼は伽倻子からは逃げられ、崔明姫をもひとりきりで「共和国」へ旅立たせてしまうのだ。

他方、伽倻子は、自分が日本人の血を引く人間だということを自他ともに認める人間ではあるが、自分が朝鮮人ではないことをひけらかそうとするほど、頭が固いわけではなかった。これは、ある意味、「ほんとうは日本人」であるという確信が与えていた余裕なのかもしれない。

「私ったら中学生の頃までようやく朝鮮人って言われたよ。とくに男の子がね、何だかんだって言い寄っていい顔しないと仕舞いには朝鮮人って言うんだから。まったく男らしくないったら。でも腹のなかでは可笑しかったわ。だって、ほんとうの私って日本人でしょ。だけど、言ってやったっけ。朝鮮人だって日本人だってどっちでもいいっしょ。半可臭いって」（五四頁）

彼女はいくら養父が、日本に渡る前は「書堂で学んだ」（五二頁）ことを自慢できるほどのインテリで、伽倻子が「筋を諳記」してしまうまで「沈清伝《ちんせいでん》」を話して聞かせる（五三頁）、そんな純情な朝鮮人であったとしても、この朝鮮で代表的な孝行娘の物語をオリジナルの朝鮮語で話して聞かせたわけではなかったし、だれかさんのように「朝鮮放送」をいきなり流すということもなかったようだ。少なくとも、養父は「日本人妻」を朝鮮語の習得へと向かわせる、そんな強引なタイプではなかった(56)。自分は「松本秋男」という「通名《とおりな》」（一二頁）で通し、伽倻子を日本人の男性と結婚させようとやっきになっている妻に反駁するだけの民族的な矜持を示すこともない。それどころか、妻の強い要請もあったのか、日本への「帰化」を真剣に考えてさえいたのである。

となると、主人公・相俊と伽倻子の恋の行方は、まさに伽倻子の民族的帰属、そして二人の使用言語をめぐる「言語政策」と深く関わるものだった。もちろん、「共和国」へと「帰国」していったなかには、「日本人妻」が一定の比率で含まれていた(57)。その意味で、相俊は、一方で時流に流されるように軽い「帰国熱」にとりつかれていたのだとも言える。少なくとも、伽倻子の養父とは違い、自分自身の「帰化」など、これっぽっちも考えていない主人公は、伽倻子との結婚を思い浮かべるなかで、ほんとうに「帰国」するか否かは別として、確実に彼女を「日本人妻」へと改造する覚悟だった。「チョッパリの女とは一緒になっても、どうしたって泣き別れてしまうんだ」（六〇頁）と言い切る父親に内心反発しはするものの、彼はその父が「義兄弟の縁」を結んだ朝鮮人同胞に育てられたという伽倻子の生い立ちに、どこかで救いを求めていたのだとも言える。一種の甘えだ。

主人公の学生仲間には、「朝鮮女性」と交際する者（＝柳《ユ》元淳《ウォンスニ》）もいれば、「朝鮮学校の先生になろう」（一〇三頁）という大志をいだきながら「日本女性」との恋愛成就に向けてひた走る者（＝朴楚《パクチョ》）もいた。そのなかで、相俊の言葉は、伽倻子に対して、ただ「日本人妻であれ」と言う以上に、朝鮮人（の父親）によって育てられた以上、いっそのこと「朝鮮人であれ」と言ってみるのにも等しい、強引な要求をつきつけるものだった。そして、そうした男女間の抗争のなかで、自分のことは棚に上げて「朝鮮語の勉強」を強要する朝鮮人男性と、その強要に対して腰が引けてしまう日本女性という関係が、結果的に、そりの合わない何かを胚胎してしまうのである。

その意味で、主人公は、朝鮮語を「母語」とする崔明姫との恋の道を選んだ方が、「言語政策」をめぐる葛藤は少なくて済んだだろう。彼ひとりが腰を据えて朝鮮語の学習に本腰を入れさえすれば、日本に残ろうが、「共和国」に渡ろうが、彼らはバイリンガルな朝鮮人家庭を営んでいけたはずである。ところが、伽倻子との結婚を唯一の選択肢だと考えたとたん、二人は「言語の問題」に深く悩まされつづけることになる。つまり、彼は「半チョッパリ」としての言語的な葛藤を、伽倻子にまでおしつけてしまうのである。

しかし、その伽倻子は、自分を育ててくれた朝鮮人の養父が「帰国」という選択肢を放棄しているなかでは、相俊がかかえる「言語の問題」に寄り添うことができない。「とうさんはわたしが頼りなんだもの」（二八六頁）と話す伽倻子の記憶のなかでは、養父が話してくれた「沈清伝」ですら、日本語で語られる朝鮮の「むかしばなし」でしかない。要するに、彼女が日本を棄てられないのは、日本人に対するこだわりからではなく、日本への帰化を真剣に考えるに至っている義父に対する親愛の情によるものなのである。

『〈在日〉という根拠』の竹田青嗣によると、「伽倻子のイメージは、『砧をうつ女』で描かれた「生母」の像とともに、作家（あるいは主人公）にとってほとんど潜在的なアニマ（理想的女性像）のように現われている」[58]ということだが、これがもし本当だとしても、その李恢成は、「砧をうつ女」のなかで「生母」の記憶と分かちがたく結びついていた朝鮮語話者としての属性を、伽倻子からは完全に剝ぎとっている。それどころか、彼は朝鮮語で好意を示してくる崔明姫のなかに「生母」が備えていた「朝鮮語話者」としての属性を移しかえ、しかしその崔明姫にはどうしても「潜在的なアニマ」を見出せない在日朝鮮人青年の像を造形したことになる。「砧をうつ女」と『伽倻子のために』を同じ李恢成の小説として読むときに、作家自身の「生母」は、分散した形で、作品ごとに（ときには分岐した形で）出現していると考えるべきだろう。

おそらく李恢成自身は、朝鮮語の習得にもっと貪欲であったはずなのだが、少なくとも相俊に関して言えば、彼は在日朝鮮人の「帰国」を推し進める運動に関わりながら、反面では「武器をもたぬ兵士が戦場におもむくのと同じ」ような「自縄自縛」（一七九頁）から抜け出せない二世として描かれている。

ともあれ、主人公との関係を断った後、「町の人と結婚」（二四〇頁）して、一子をもうけ、しかも自分が実の母から与えられた「美和子」という名をあらためて娘に授けた伽倻子は、こんどこそ、ほとんどゆらぎのない日本人アインデンティティの持ち主として生きていくだろう。彼女にとっては、相俊に促されてひも解いた朝鮮語の知識も、日本の学校で多少は身につけた英語の知識と同じ「外国語」の知識以上でも以下でもないことになるはずだった。彼女は日本語を「国語」とみなし、韓国語・朝鮮語は「外国語」にすぎないと考えていられる日本の「国語イデオロギー」の住人（あるいは囚人）として生きていくことになる。

しかし反対に、主人公は、どこまでも「日本語」と「母国語」のあいだに引き裂かれ、韓国語・朝鮮語をロシア語や英語と同じ「外国語」とはみなしえない「半チョッパリ」としてのぎこちなさから解放されないままだろう。

5 植民地主義と「母語」問題

戦後生れの在日韓国人二世である徐京植は、自分にとって「母語は日本語である。朝鮮語は私の母国語であるが、母語ではない」と書くところから、「母語と母国語の相克」と題するエッセイを始めている。[59]もちろん、そんな彼も少年時代に朝鮮語をまったく耳にしなかったわけではなく、「父の友人や親戚の一世が訪ねてきた場合」や「父母が〔……〕子どもたちに知られたくない内容を話す時[60]」などは、朝鮮語に耳を傾ける数少ないチャンスだったらしい。しかし、両親の意図を汲んだということか、彼にとって朝鮮語は懐かしいより、むしろよそよそしいままで、それは「母語」と呼べるレベルに達しないまま終わったということのようだ。この例と比較したとき、李恢成はある種の小説では「母語」の内部に身をひそめている朝鮮語の記憶を強調し、別の小説では、「母語は日本語である」と言いきってしまうのにも等しい事例を描いていたということになる。こうして作品ごとに微調整を施すことで、李恢成は自分よりも若い世代の在日朝鮮人作家たちに対しても一定の見取図を与えることになったのだが、要するに、彼は在日朝鮮人にとっての「母語」問題、「母国語」問題の錯綜を、一個人の事例を超えて、作品ごとにかなり幅広く、網羅的に展開していったということだろう。

植民地主義をくぐりぬけるなかで、「母語」の「分裂」を強いられた被植民者のあいだでは、この「分裂」は修復不能なものとなってしまう。そして、多くの二世は、ほんとうの「母の言葉」にたどりつくすべもないまま、オモニたちが話すぎこちない日本語を、誇るに足りない「母の言葉」として植えつけられ、時として恥じるようにさえなってしまうのだ。そのとき、朝鮮語は「母国語」の名では呼べても、「母語」の地位から追い落とされる。

言語的なアイデンティティは、民族的アイデンティティが目覚める以前に、子どもの言語的運命を決定づける。つまり、日本語を「母語」として与えられた子どもは、その一部が「日本人」として育っていくだけで、残りの一部は、いつしか「日本人」ではないと、親から聞かされ、周囲の日本人からも言いつのられ、アイデンティティの乖離を余儀なくされる。そして、そうした日本語を用いる「非日本人」のグループのなかには、「砧をうつ女」の「僕」のように「母語」そのものが引き裂かれた状態のまま、「母語」の記憶を「母国語」へと橋渡しするために、さきざき大きな努力を強いられる（と同時に、「母語」の一部をなす朝鮮語に愛着を覚えつづける）ケースが含まれるのである。また、「母語」のなかに「母国語」の片鱗が刻みこまれていても、徐京植がそうしたように、その片鱗を「母語」の外に送り出してしまう場合もある。ただ、いずれの場合であっても、在日朝鮮人の日本語使用は、「日本語を「母語」に持って生まれた子ども」の、あくまでも「一部が「日本人」として育っていくだけ」だという反駁の余地のない真実を、暴露するために遂行されつづけると言っても過言ではないだろう。

彼らにおいて「母語」の輪郭はゆらいでおり、「母語の外」の風景も一様ではない。ソウルを旅した多和田葉子の不意を打った歴史的真実とは、植民地朝鮮を生きた世代の韓国人にとって「母語の外」とは「韓国語（＝母国語）の外」などという単純なものではなかったという事実だった。

◆

多和田葉子という作家は、「母語」の自明性（＝「母の言葉」と「母国語」と「母語」の三位一体）を疑わないまま、「外国語」としてのドイツ語に習熟し、それを駆使して現代ドイツ語文学を代表する作家のひとりとなり、さらに翻って、日本語をもまた「外国語」であるかのように酷使してみせる技量を示すようになった、まさに現代的なバイリンガル作家だ。しかし、彼女のしたたかさは、ソウルでの痛恨の体験をただエッセイに書き残すだけでは終わらなかった点にも見てとることができる。

『エクソフォニー』の刊行から間もないころ、日本語とドイツ語で並行して書かれた『旅をする裸の眼』（二〇〇四）は、さしあたりベトナム語を「母（国）語」とする少女の物語である。幼少時にベトナムの統一を経験し、その後の民主共和国で「優等生」として過ごした彼女は、「アメリカ帝国主義の犠牲者のナマの声を聞きたいので、若い人を一人、ベルリンで開かれる全国青年大会に送ってほしい」[61]（九頁）という注文に応える形で、ロシア語の原稿を念入りに準備し、生まれて初めて乗る飛行機で東ベルリン（壁が崩壊する前年の一九八八年のことであった）を訪れる。ところが、思いもしなかったなりゆきで、彼女はそのまま東西ドイツの統一、そしてEU統合へと向かうヨーロッパに居残ることになる。タイトルにもあるように基本的には視覚性を介した世界体験の物語だが、それは「母語の外」に出る物語であると同時に、「母（国）語」を再発見する物語をも内に含んでいる。

東ベルリンでいきなり誘拐され、西ドイツへと運び去られた彼女は、ロシア語が通じるモスクワに向かおうとするが、誤って逆向きの汽車に飛び乗ってしまい、車中で、自分と「かなり似た同じくらいの年の女性」と遭遇する。


あっと声が出てしまった。相手も驚いて、すぐに話しかけて来た。その言語はわたしに襲いかかり、わたしを呑み込み、あっという間に、意味が脳細胞に届いていた。（五二頁）

異郷の地での思いがけない「母（国）語」との再会。

そのままパリに居つくことになった彼女は、そこに亡命者を中心とするベトナム人のネットワークがあることを知る。

その後、パリに留まりつづけた彼女は、なかなかフランス語が上達しないまま、映画館を渡り歩いては、ひたすらカトリーヌ・ドヌーヴの出演する映画を観つづけるのだが、ある日、スクリーンを通して「母（国）語」との再会を経験する。カトリーヌ・ドヌーヴ主演の『インドシナ』（一九九二）は、フランス占領下のベトナムを舞台にしていて、彼女はそこでも自分自身とそっくりな少女を銀幕上に見出すのだ。

ところが、その少女は「カミーユ」というフランス人みたいな名前で呼ばれ、カトリーヌ・ドヌーヴが演じるフランス人農園主（＝エリアーヌ）と、楽しそうにタンゴを踊っている。そのカミーユに自分を投影した主人公は、「いつの間にかフランス語をしゃべ」る自分を見出すのである。「意味も分からないままに」(一二六頁)。

フランスによるインドシナ支配を歴史的知識としてしか知らない彼女は、フランス語も知らない。叔母から「ラシーヌの書いた『フェードル』という戯曲の話」(一三八頁)を聞いたことならあったかもしれないが、むしろロシア語の学習に忙しく、フランス語になど目もくれなかった。ところが、その彼女が、スクリーンの上の「分身」に自分を重ねながら、少しずつフランス語をわがものとするようになる。

しかも、映画のなかで、カミーユは、ひとりのフランス人青年将校、ジャン・バチスタをめぐって、エリアーヌと三角関係を演じたあと、映画の後半ではベトナムの民族解放運動にめざめ、「母語」であったはずのベトナム語を、来るべき民族国家の「母国語」として再獲得する。カミーユは、ベトナム語とフランス語を「割り算されたバイリンガリズム」として身につけながら、最終的に「母国の言葉」を選び、「宗主国の言語」を撥ねつける。

しかし、主人公の少女は、カミーユがエリアーヌに向かって最後に投げつける言葉がどうしても聴き取れない。たがいに「抱きしめ」あい、「痛いほどの愛情をこめて」(一四一頁)言葉を交わす二人。そして、カミーユがある言葉を発したあと、二人は泣き崩れる。それがあまりにせつなくて、主人公はその言葉の意味が「分からなくて本当によかった」(一四二頁)と、まずは考える。

しかし、何度も映画を観るうち、その言葉の中身が「知りた」くて居ても立っても居れなくなる。そこで彼女は、ベトナム人の友人に「一度だけ映画について来て」もらい、ようやく言葉の中身を確

かめるのである――「フランスに帰ればいいじゃない。もうインドシナはないのよ。死んでしまったのよ。」（同前）

これで意味は分かった。悲しい宣告だ。植民者はこうやって元＝植民地から送り出される。しかし、その宣告はまさに植民者の言語を使って下される。もし被植民者の言語で言い放ってしまったら正しい意味が伝わらない可能性さえある。だからなんの躊躇もなく被植民者の少女はフランス語で言う。だから、去っていかねばならないエリアーヌは、その冷たい響きをしっかりと受け止めることができる。あたかも「これからこの地でフランス語は死語になるの」と、そのフランス語で聞かされるようなものだ。多和田は、ベトナム人を主人公にした小説を書きながら、ここではほとんどフランス人の心で感傷にひたろうとしている。自分にのしかかってこようとする植民者性を、どうにかして引き受けようとしている。同じ小説をドイツ語でも書き上げた彼女は、一九四五年以降、東欧諸国から否応にも引揚げなければならなかったドイツ人の心をも併せて描いたと言えるのかもしれない。

しかも、日本人作家・多和田は、ただエリアーヌの痛恨の思いを嚙みしめるだけではない。彼女はその行き場のない感情を若いベトナム人女性にも分け与えるのだ。ベトナム生れ、ベトナム育ちのベトナム人として、どちらかといえば「足し算」式で「外国語」を身近に感じ始めていた彼女は、フランス語がまだおぼつかないうちから、カトリーヌ・ドヌーヴの顔をした「フランス人」を心のなかに宿すようになる。しょせん「外国語」でしかないはずのフランス語が「母語」のなかに溶け混じっていく。そして、一個の転機をもたらしたのが、「割り算されたバイリンガリズム」のうちにフランス語を宿して育ったフランス統治下のベトナム人少女カミーユの言語体験なのだった。

しょせん「外国語」でしかないはずのフランス語が、折目正しい植民地教育ではなく、植民地教育のもらしたものと格闘する同胞の記憶を通して、若いベトナム人の少女のなかで、いつの間にか「外国語」とは呼べないものになっていく。

無数の「カミーユ」たち、無数の「エリアーヌ」たちの記憶を過去に封印したまま、アジアの脱=植民地化は、それぞれの地域で進行しつつあった。しかし、その記憶は、ほとんど不意討ちのようにして、現代人のなかに甦る。国民国家の誕生によって揺るぎない単一性を誇ることになったはずの「母語」の同一性が揺らぐのである。異言語の暴力にさらされて「母語」のゆらぎへとおいやられていった人びと（=言語的マイノリティ）への感情移入と、いくら異言語と触れ合うことがあろうとも「母国語」に対する信仰を失うことなどありえなかった人びと（=言語的マジョリティ）への感情移入が、このエピソードのなかでは二重に語られる。これは、なんとも多和田ならではの機知に富んだ「母語」への依存（=「母語」信仰）の相対化、そして植民地主義の尾を引いた「言語の問題」の複雑さをめぐる、思いきった文学的形象化だ。

Ⅵ 「二世文学」の振幅——在日文学と日系文学をともに見て

1　二世作家の使命

一九七二年、日本人以外で最初の芥川賞受賞者となった李恢成は、「またふたたびの道」で群像新人文学賞を受賞（一九六九）したあたりから、すでに引く手あまたのひっぱりだこで、矢継ぎ早に新作を発表したばかりか、座談会の類にも頻繁に顔を覗かせるようになっていた。

それにしても、この彗星のように出現した「在日朝鮮人文学」の新鋭に対する日本文壇の受けとめは、それこそ珍獣をもてあそぶガキ大将さながらで、時には手荒い「洗礼」としか呼びようのない心ない言葉も投げつけられた。(1) いま読んでもひやりとさせられるのは、『三田文学』一九七〇年三月号の誌上座談会における後藤明生の発言だ。

李さんに関していえば、彼が朝鮮人であるということをむしろ度外視すべきであると思うな。(2)

「朝鮮人であること」を「度外視すべき」だと言ってのける先輩作家（年齢は三歳上、文壇デビューは一九六二年）からの助言ともつかない難癖は、かりに後藤が早稲田大学の露文で李恢成の先輩であったということを勘定に入れたとしても、新進作家をたじろがせるのに十分なものであった。座談会のメンバーのひとりであった柄谷行人が、日本人作家全般が陥っている「日本人であることを忘れたがっている」という集団的忘却の傾向を指摘しながら、李恢成のような作家には「そういう自己欺瞞が幸か不幸か許されないだけのこと[3]」だと言ってのけたあたり、即時の介入は絶妙だった。しかし、後藤の発言はしこりとなって、李恢成の気持ちにその後も重たくのしかかる。「自分が朝鮮人であるということから離れて文学はできないですね。〔……〕日本語で書くということは、ある意味で朝鮮人としてはきわめて奇形的なものかもしれません。しかしあえていえば、それをも圧《お》して日本語で何かを書く必要を感じているところがある。日本語でしか書けない[4]」と述懐したあと、しばらく呼吸を置いてから次のように言うことで反撃に転じたのも、それは精一杯の抵抗だったのだろう。

　後藤さんがもしそのまま朝鮮に残って朝鮮語で文学をやっているとして、逆にいまみたいにいわれたらどうするだろう。やはり日本人のことなんか考えずに朝鮮人に衝撃を与える作品を書いていられるだろうか[5]。

　じつは、後藤明生は一九三二年の朝鮮生れで、戦後になってから三十八度線越えを果たして帰国した、いわゆる「引揚者」のひとりだった。しかも、一九七〇年当時は、後藤ばかりでなく、引揚げ経験をなにがしかの形で文学的に取り上げようとする作家が続々と台頭していた。戦前の在朝日本人のなかで、北であれ南であれ、現地に残った者は、「日本人妻」の名で総称される女性を除けば、ほとんど皆無であったと思われるのだが、日系朝鮮語作家が誕生していたらという「もし」には痛烈なアイロニーが効いている。

しかし、この程度の強弁で、そのわだかまりが氷解するはずはなかった。それから、およそ半年後、雑誌『文学』（一九七〇年十一月号）が企画した大江健三郎、金石範との鼎談のなかで、李恢成はふたたび先の後藤発言について再考を迫られる（金石範は十歳年上で、大江健三郎は同年だが、ともに日本語作家としてのデビューははるかに早かった）。

もっとも、この鼎談においては、大江健三郎がなかなかのバランス感覚で二人の在日作家と渡り合っており、彼が後藤のような暴論を口にすることはない。「朝鮮語と日本語というものを、二つ自分の内部に持ちながら、その二つの言語が内部で争い合っている、あるいは対話の関係を、あるいは弁証法的な関係を保っている。その時にあらわれる言語の発見ということなのであろうと思います(6)」というのが、金石範や李恢成のような「二世作家」を前にしたときの大江の基本的スタンスである。

じっさい、金石範は、最初期の作品「鴉の死」（一九五七）で、済州島四・三事件を正面からとりあげるなど、朝鮮人作家としての立場を前面に押し出していたし、李恢成も「またふたたびの道」以来、在日朝鮮人の生きざまを多方向から描くなか、作中にハングルをしのばせるなど、「朝鮮人であること」を「度外視」することなどありえない作風を精力的に展開していた。そして、こうした二人が「言語が内部で争い合っている」状態に置かれながら日本語小説を書き上げつつあることは、だれの目にも明らかだった。つまり、在日作家にとって、「朝鮮人であること」を「度外視」するとは、登場人物がかかえこんだバイリンガル性をことごとく「度外視」せよと言うに等しかった。

じつは、同じことが植民地期の朝鮮で日常を送った経験を有する内地人についてもある程度はあてはまったはずで、かつて李恢成の前で先制攻撃に打って出た後藤明生自身が、その舌の根も乾かないうちに『挟み撃ち』（一九七三）や『夢かたり』（一九七六）などで、朝鮮語を作品中に招きよせるスタイルを試みることになる。ならば、在日朝鮮人の場合、「二世」ならまだしも、親の「一世」たちにとっては朝鮮語以外に「母語」がありうるはずもなく、そうした群像を描こうとするかぎり、小説がいかに日本語で書かれようとも、朝鮮語のざわめきを完全に封印することなどありえなかった。

雑誌『文学』の鼎談のなかで、金石範は「なぜ日本語で書くか」という問いにこだわりつづけていた。「日本語に食われて、しかも、日本語を反対に自分から食っていくような、そういう操作ができないのか」とは、彼が一貫して問い続ける問いだ。[7] しかし、これに対して、李恢成は少し離れた位置に身を置こうとする。「なぜ日本語で書くか」という問いを、彼は自分にひきつけ、少しだけずらしてみせるのだ。


父〔……〕は〔……〕風化されつつある在日朝鮮人の一人だと思うのですが、朝鮮語で話すべきことばを、日本語でしゃべっているわけですよ。ですから、ほんとうは朝鮮語で、僕なら僕に悪口を言いたいのだけれども、それを朝鮮語でしゃべると、息子にはほめているのだか、叱っているのだか通じないというういらだたしさが、下手な日本語で悪口を言わせるということになっている。僕は、そういう父の入り組んだ感情を、なんとかことばにしていきたいと思ったわけです。[8]

「二世」がみずからのバイリンガル性をおし殺しつつ日本語で筆を執るのは、「一世」の世代が「二世」の朝鮮語能力の欠如を慮って、いつのまにか「下手な」なりに日本語で語りかけてきてしまっているからだ。そんな「一世」を描くにあたって日本語以外に何が使えるというのか、という現場主義的な選択である。「なぜ日本語で書くか」という金石範の問いは、金石範が強調するような「日本語を食らっていく」というような反骨心とは異なる水準へと置き換えられた。李恢成からすれば、物心がついた時分には、すでに「日本語に食われ」始めていた「一世」の存在こそが、「二世」である彼のような作家にとっては、創作意欲の源泉だったということだ。

じつは、かりに居住地の「国語」を用いて小説を書く道を選んだとしても、その言語がみずからにとっての「母語」であると簡単には断定できず、まして親の世代にとっての「母語」は別にあるといった、言語的にねじれた境遇は、在日朝鮮人作家にかぎらず、移民系の「二世」が作家であろうとするかぎり、まずそこに身を置いてみるしかない、一種の宿命だった。

そこで、ここでは米国の移民系文学を参照項に据え、李恢成が提起した「二世作家」の問題をより広い「世界文学」の文脈に置き直すことにしたい。移民系作家の場合、居住地がそのまま永住の地になるとは決まっていない。亡命と難民化の世紀であった二〇世紀、彼らにとって「祖国」への「復帰」という道もそう簡単に選択肢から外してしまえるものではなかった。となれば、みずからにとって「母語」(あるいはその一部)であるかもしれない「母国語」をどうやって位置づけるかは、彼らがどうしても避けては通れない問いなのだった。在日朝鮮人の「二世」にとって「祖国」への「復帰」

という問題は、国籍問題とともに永遠の問いであった。彼らには南北の分断という冷戦状況がいっそう重たくのしかかっていた。しかし、似通った境遇は、米国のマイノリティによっても、ある程度まではなら分有されていたのである。[9]

2 「神話的存在」としての「一世」——サロイヤン・モデル

日本人の北米移住は、当初のハワイ王国への労働移民まで含めれば、明治の元年まで遡ることができる。そもそもは一時的な出稼ぎという意味合いが強かったものの、帰国(=錦衣還郷)するものは少なく、ハワイからさらに米国本土へと移り住む者も増え、日本人移民の受け入れを米国が公式に停止してから六年を経た一九三〇年の国勢調査で、米国内の日本人は、一二八万人を超える数に達していた。[10]そして、日本国籍を持つ「一世」たちにも続々と「二世」が誕生し、そうした子どもらには米国流のやり方で米国籍が付与された。その多くは、さしあたり日本語を「母語」としながら、しだいに英語社会への「同化」を深め、「母国語」としての日本語をどこまで学習するかは、親の教育方針や本人の日本への帰属意識しだいで、個々にバラけていくようになった。

そして、米国ではすでに二〇世紀のあたまごろから、日系新聞や同人誌などの日本語メディアを舞台に日本語文学が芽を吹き、日本を離れる前からすでに日本語の教養や短詩形文学の素養を身につけていた「一世」にとって、そうした場は心のよりどころにもなったのである。それが米国における

「移住地文芸」の始まりだった。[11]

しかし、新規移民の停止などもあって、現地の日本人社会は、「二世」を中心とする「日系人」の社会へと徐々に変貌を遂げていく。そして、一九三〇年代に入ると、「日系人」としてのアイデンティティに足場を置きながら英語を使って書く作家が登場してきた。トシオ・モリはその一人である。[12]

一九一〇年にカリフォルニア州オークランドに生れたモリは、「広島県で農業に従事していた父親」が「妻と二人の息子を日本に残してハワイに渡り、砂糖きび畑の労働者として三年間働いたのち、カリフォルニア州に移住、以後、紆余曲折を経てオークランドの風呂屋の経営者となり、日本から妻を呼び寄せた。二人の息子はまだ日本に残っていたが、やがてトシオが三番目の子供として〔……〕誕生し、二人の息子も渡米した」というのが、その生い立ちの概略である。[13] このように「二世」でありながら、両親ばかりか、兄たちまでが「一世」であったという事情もあり、モリは「母国語」としての日本語の影響を並はずれて強く受けていた。しかし、それでも彼は英語で書く道を選んだ。

そして、このモリの作家としての船出にあたっては、当時、新進作家として脚光を浴びつつあったウィリアム・サロイヤンの後押しが大きかった。[14]

サロイヤンといえば、アルメニア系の「二世」で、その作品のなかには、アルメニア語を話す「一世」たちの姿が神々しいばかりの輝きをともなって描き出される。

おじさんは小手をかざして、買いとった六百八十エーカーの砂漠をながめ、だれも聞いたことのないような詩的なアルメニア語で、だれもかえりみないこの砂漠に果樹園ができあがる、冷たい泉が地の底から湧きあがる、すべての美しいものが現実にここに現れるのだ、と、言った。

（「ザクロ」四五頁）(15)

サロイヤンは、その「詩的なアルメニア語」poetic Armenianを英語で再現することなど、どだい無理なことだとでも言わんばかりに、「おじさん」のことばなどもあっさりと間接話法で片づけている。

あるいは、少年自身がアルメニア語を口にする場面はこうだ。

おはよう、ジョン・ビロ、と、いとこのムーラッドは百姓に言った。
百姓は熱心に馬をながめた。
おはよう、おいらの友だちの息子たち、と、彼は言った。おまえたちの馬の名前は何と言うんだね。
わがこころ、と、従兄のムーラッドはアルメニア語で言った。（「美しき白馬の夏」二七頁）

ここでも馬の名前は「アルメニア語」の名前だったのだが、サロイヤンは「わがこころ」*My heart*と、英語をイタリックにするだけの処理で済ませている。

つまり、サロイヤンは小説のなかにむき出しのアルメニア語を持ちこむことについてはすこぶる禁欲的で、アルメニア語の「詩的」な香りをだけ読者に嗅ぎとらせる方法を用いている。そして、そうした処理を行うことで、英語しか読めない読者を煙に巻くことなく、英語以外の「母語」を持つ移民たちの日常、そして言語生活を窺わせることに成功しているのだ。
もちろん、米国の文学史は、英領ニューイングランド時代から一貫して英語ベースでなりたっているが、独立前の七年戦争（一七五六～六三）時代を背景にした『モヒカン族の最後』（一八二六）などで知られるフェニモア・クーパーあたりから、ネイティブ・アメリカンの民族語やフランス語を話す人びとを描くに際して、異言語を英語のなかに散りばめる手法が少しずつ開発され、それはルイジアナ買収後の南部でいっそう顕著な傾向を示すようになる。[16] そして、一九世紀末になると、東欧ユダヤ系の作家たちが続々と台頭して、イディッシュ語を作中にあしらうなど、ローカリズム、もしくはエグゾティスムを動員する流れも少しずつだが、できあがりつつあった。
しかし、亡命アルメニア人の新聞『祖国《ハイレニク》』に作品を投稿するという助走期間を経ながら、それでも執筆言語として英語を選びとったサロイヤンは、アルメニア語に関しては、その余韻を嗅ぎとらせるだけに留めたのだった。[17]
そして、「日系人」で最初の本格的な英語作家だったと言えるトシオ・モリもまた、このサロイヤンに背中を押されながら、「二世」たちの成長を描くにあたって、彼らを取り巻く「一世」との絆を筆で確かめるようなスタイルを試みることになる。『アジア系アメリカ文学』（一九八二）のエレイン・キムは、「両親が日本語しか話さなかったので、モリの第一言語も日本語であった」とした上で、その文学は「母や日本語しか話せない一世世代」に対する「深い共感」に満ちているとしている。[18]「一世」たちへの「深い共感」を英語で語ろうとする「二世文学」のスタイルは、サロイヤンからモリへと明らかに継承されている。そして、これがその後も多くの「アジア系アメリカ文学」の基本形をなしたことは、ある意味、当然のことであったかもしれない。

ただ、『カリフォルニア州ヨコハマ町』[19]は、一九四二年の一月に出版が予定されていたにもかかわらず、真珠湾攻撃のショックで、それが頓挫し、一九四九年になってはじめて刊行が実現したといういわくつきの短篇集なのだが、そこに集められたなかには、英語を少しずつは身につけながら、いざとなればどうしても日本語に依存する傾向の強かった「一世」の姿が、さまざまな角度から描き出される。

巻頭の「明日が来るよ、子どもたち」では、「二世」の子どもたちに向かって「一世」が日本語で[20]語りかける形式が採られているし、「すばらしいドーナツを作る女」は、「一世」のおばさんが作る、ふわふわのドーナツの味がいつまでも忘れられないという、甘い少年時代をふり返った作品だ。

また、「三人の日本の母」には、「一世」の女たちの交わし合う日本語での会話がどのような話題であったかが、一切皮肉を交えず、まさに「深い共感」をもって描かれる。


彼女たちはしばしば、三人の家のうちのどこかに集まって、世間話をする。夫のこと、子供のこと、それぞれの近所で最近起こったこと、花の作柄や生育の具合、そういったことが話題にのぼり、話題が尽きたりすると、だれか一人が必ず日本での娘時代を回想しはじめる。(二〇〇頁)

そして、かりにこの種の異言語処理法を「サロイヤン・モデル」と名づけるとして、そこにはもうひとつの特徴がはっきりと看て取れる。移民系作家の英語小説には、「一世」たちの「母国語使用」

が神話的な香りをともなって描かれるのだが、その「母国語使用」は、とりわけオーラルなものに集中するということである。すでに触れたように、日本人やアルメニア人には、「母国語」による活字メディアが存在した。しかし、英語で書くことを決意したサロイヤンやモリは、小説のなかで、日本語やアルメニア語をあくまでもオーラルなものとしてとらえ、その側面を前面に押し出してくる。(21) そして、であればあっただけ、英語小説を装いながらも、とっておきの「母国語」を荘厳に鳴り響かせるというしくみなのである。「二世文学」における「一世」たちの「母(国)語使用」は、音響性を核とする形で、その神秘性を強調され、文字の助けを借りずに、その「威信」は保持される。

3　焦点化される「一世女性」

じつは、トシオ・モリと同じ「二世作家」として日本の文壇に躍り出た李恢成が、こうした「サロイヤン・モデル」にきわめて接近した手法を用いることで大きな成功を収めたと言えそうなのが、他ならぬ「砧をうつ女」である。芥川賞の選評のなかで井上靖が「作品全体に鳴っているようなものの ある」と書き、「半島で生きたある時期の人たち」が「それぞれよく刻まれている」(22) とまで持ち上げたのは、貧しい朝鮮女性の代名詞とも言える「砧《きぬた》」という記号をタイトルに用いた李恢成の策略にまんまとひっかかったと言ってもいいだろう。小説のなかには確かに「砧をうつ女達」が登場する。「数えで六ツ」になった主人公を「つれて」、「ほとんど十年ぶり」(二〇八頁)の里帰りを果たす途上での半島の光景だ。しかし、張述伊《ジャンスリ》自身は、「砧をうって一生を過ごすような邑《むら》の娘達と同じようにはなりたくな」(二〇六頁)いからこそ、内地日本へと向かった女性と設定されている。(23)にもかかわらず、タイトルの力は大きく物をいい、「砧」の音は、張述伊の死を悼む義母の「身勢打鈴《シンセタリョン》」の背後にまで通奏低音として鳴り響いて、それがまさに絶大な音響効果を発揮しているのである。

いずれにしても、「砧をうつ女」は、作中の会話の多くが朝鮮語であったと想像できるように書かれており、(24)その意味でも「サロイヤン・モデル」への接近がいつしか実現されている。強いて違いを言えば、サロイヤンはアルメニア語の音響性に言葉を与えるときに、女性ではなく、男たちの言語使用をとりわけ称揚する傾向があり、そのぶん「一世」の女性に注目することは少ないのだが、「砧をうつ女」の場合には、「一世」のなかでも、とくに女性への傾斜が強い。

もちろん、「砧をうつ女」において奇跡的に実現した「サロイヤン・モデル」は、李恢成の初期小説群のなかで、それこそ「片手間仕事」(25)と言われてもおかしくはない一種の突然変異の結果だという見方も捨てがたい。

文壇デビュー期に李恢成が描いた「一世」たちは、男の場合でも、かならずしも「またふたたびの道」や「人間の大岩」(一九七二)に描かれた作家自身の父親と想像させるような「一世」ばかりではない。それこそ『伽倻子のために』には、日本人と結婚して、べつの日本人女性の産んだ娘を養子にとり、その娘に日本語で朝鮮の民話を話して聞かせるというような、屈折した「一世」の朝鮮人男性が印象的な形で登場する。

また、これは李恢成自身が人生のなかで出会ったさまざまな在日朝鮮人女性の印象に肉付けが施された結果なのだろうが、その表象にも一定のバランスを配慮したカタログ化が試みられている。

「先生の故郷はどこですか」

父親ははじめ朝鮮語で訊ねたが、通じぬと知ると、そう日本語で問い直した。

「……よく知りません。たしか忠清道とかです」

「――そうですか。うむ。……申姓のようデスが、それはドコデスカ？」

「……」

「トーサン、いまの若い人にそれ言う、無理テスヨ。もう昔のことタカラ」(26)

「青丘の宿」（一九七一）のなかの一場面だが、主人公の「二世」にはどうやら朝鮮語では会話が続かないと悟ったらしい「一世男性」が、そこそこの日本語でたたみかけてくるのに対して、ずっと訛りの強い日本語でその妻が口をはさみ、主人公に助け舟を出すのである。

あるいは「わが青春の途上にて」（一九六九）には、「朝鮮人聚落」に住まう職場仲間が泥酔したのを介抱して、その家まで送り届けた主人公が、その母親からもてなされる場面がある。

ほとんど足首まで届くほどの長い裳《チマ》をはいた春治の母親が出てきた。

「入って御飯でもたべていっておくれ。国では乞食が過ぎていっても呼んで、あるものを出すんだよ。それなのにうちの春治を親切にしてくれた人をそのまま返すって法もないよ」

朝鮮語で語りかけるその言葉にはやさしさが感じられた。[27]

つまり、大江健三郎や金石範との座談会で語っていたことにも通じることだが、李恢成は日本語小説のなかで朝鮮語を神秘的に響かせるだけでなく、「一世」たちを包んでいた十人十色のバイリンガル状況を、そのつど効果的に描き出そうとする。これは、米国のアルメニア系や日系人にとって、アルメニア語や日本語が「母国語」としての「威厳」をふりかざす傾向に彩られていたのに対して、日本の敗戦=解放後に「民族教育」の確立と定着が急がれたにもかかわらず、朝鮮語を「母語」とする「一世」に対しても、また日本語に依存する傾向を強めつつある「二世」に対しても、なかなか「母国語」の教育が徹底しないままに時代が流れていった在日朝鮮人の言語事情が大きく作用していると考えられる。[28]

もちろん、「二世」たちの言語的な同化が急速に進んだのは、米国であろうと、日本であろうと、事情は似たり寄ったりであっただろう。[29] しかし、サロイヤンの次のような文章を目の当たりにするとき、「移民国家」であることを押し隠すどころか、誇ろうとしさえする米国の空気と、植民地主義帝国日本、そしてその時代の流れをそのまま引きずってしまった戦後日本の空気とのあいだに、大きな開きがあったことは認めざるを得ない。

これは、短編集『わが名はアラム』(一九四〇)に描かれる、カリフォルニア州フレズノにおける学校風景だ。

舌を動かしてはいけません、とミス・ダフニーが言った。私は腹がたったが、舌を口からたらして、動かさなかった。いつも私に滑稽なしぐさを期待している、メキシコ人、日本人、アルメニア人、ギリシャ人、イタリア人、ポルトガル人、ふつうのアメリカ人の男の子や女の子がお腹を抱えて笑った。（「恋の詩に彩られた美しくも古めかしいロマンス」八五頁）

移民の多様さ、彩りの豊かさもさることながら、逆にマイノリティでない子どもたちが「ふつうのアメリカ人」plain American としてひとくくりにされてしまうような教室風景を、日本において想像することは、今も昔もきわめて困難だ。それどころか、サロイヤンが拠点を置いていたカリフォルニアでは、次のようなユーモラスな会話までが英語で交わされてしまうのだから、それはもう驚嘆するしかない。

ぼくは、アメリカ人じゃないよ、と、私は言った。

わかってる、と、インディアンは言った。おまえはアルメニア人だ。おれは覚えているよ。おれがきいたので、教えてくれたんだ。おまえはアメリカで生まれたアルメニア人だ。おまえはまだ十四歳なのに、自動車を運転する方法を知っている。おまえの顔の色はおれのようにあさぐろいが、おまえは典型的なアメリカ人だよ。（「オジブウェイ族、機関車三十八号」一六五頁）

みずからが「アルメニア人」であることを強調したいがために「アメリカ人じゃないよ」と言い切

るような民族意識は、かりに英語で話す場合でも、米国のマイノリティには珍しいことではないだろう。しかも、ネイティブ・アメリカンまでひっくるめて、「アメリカで生まれた」というだけで「典型的なアメリカ人」だと言えるような環境を根づかせてきたのが米国なのであったとすれば[30]、「二世文学」が「一世」を描くに際して、「サロイヤン・モデル」なるものがスムーズに通用しえたのは、米国ならではのことがらであり、かりにそのモデルをそのまんま日本にもってこようとしても、一筋縄ではいかなかったはずだということである。

「砧をうつ女」においてさえ、主人公の母が、郷里に戻ったのちに樺太まで連れ立ってきたその実父と義母の二人がほとんど日本語を覚えようとせず、朝鮮語一辺倒ですませていたという事情が作中で大きな重しとしての役割を発揮しているとは言えても[31]、同じく「一世」である主人公の両親たちは、もはや「サロイヤン・モデル」ではとらえきれない、ゆらぎに満ちた「バイリンガル性」にどっぷりと浸かっていたのだ。

4 在日朝鮮人史のなかの「一世女性」

竹田青嗣の『〈在日〉という根拠』(一九八三)以来、「在日朝鮮人二世」の文学は、アイデンティティをめぐる葛藤から成り立っているという解釈が主流になってきたが、かりに「二世」たちのアイデンティティなるものを考えるにしても、それは「一世」たちとの関係構築という場のなかで絶えずゆらぎつづけるものであったはずだ。そして、いかに心して「母国語」を身につけようとも、日本語の「呪縛」から逃れようにも逃れられない「二世」は、「一世」が背負っている「母語」の影を、時には愛おしいもの、また時としては得体の知れないものとして感じるのである[32]。

そうしたなかで、「一世」の、とりわけ女性への「深い共感」をいかに語るかという実験を企てた李恢成のような作家の場合、まさに「民族の娘」としての「オモニ」という、ある種のステレオタイプがそこに作動していることから目を背けてはならないだろう。

在日朝鮮人の「二世文学」において、「一世女性」が描かれることはあっても、それが名前付きで描かれることは、案外、稀である。その意味でも「砧をうつ女」の「張述伊」は別格だが、名のない「一世女性」が多いなか、実名でその名を後世にまで残すことになった女性としては、呉己順《オギスン》さんという存在がある。

「一九二〇年もしくは一九二二年の生れ」で、内地への移住は「六、七歳[33]」の頃だったという彼女は、戦後、一家で韓国籍をとり、日本と韓国の国交関係樹立後に息子二人を韓国の大学へと送り出されたのだが、もしその二人が軍政下の韓国でスパイ容疑を受けて逮捕・収監されていなければ、おそらく名もないひとりの「オモニ」で終わっていただろうと思われる。ところが、その彼女に試練の月日が訪れた。

息子二人の投獄という悲劇の後、彼女が始めたことのひとつは、「文字の手習い」だった。「監獄通いの旅で、どうしても自分の住所と名前だけは書かないわけにいかなかったからだ[34]」。そして彼女は「いつの間にか〔……〕新聞の見出しを読みとるよう」になり、「ケストナーの『飛ぶ教室』や『ユンボギの日記』などを読むよう」にもなる。[35] どうやら日本語の読み書きを優先的に始められたようだ。

そして、いざソウルへと赴いた彼女には、またもや試練が待っていた。はじめて西大門の拘置所に息子を訪ねていった彼女は、通じるはずの「母国語」が通じず、途方に暮れた。「自分は言うのやけど、相手の言葉聞くのでけへん。今考えたら、なんであんなにわからなんだのやろ[36]」というありさまだったようである。

そんな彼女も次第に「母語」を足がかりにして現地の「母国語」を理解するようになるのだが、そんな彼女が住む京都の家には、獄中の息子たちからそれぞれ手紙が届きはじめる。その手紙は、最初の一通（一九七二年一〇月一五日付、徐勝から妹宛て[37]）を除いては漢字混じりのハングルで書かれていたようだが、徐勝と徐俊植という二人の息子の安否を気遣いながら、日本に残った弟の京植、妹の英實さんらが「オモニ」を囲み、それを音読するという家庭的な営みが、日課のようにしてくり返されたのだと思われる。

そうした日々が続くなか、呉己順さんは長い闘病生活を経て、一九八〇年五月に亡くなられた。獄中で母の死を知った二人は、徐俊植が一九八八年、徐勝が一九九〇年になってようやく釈放され、それぞれの道を歩むことになるが、これは、息子二人の投獄という経験が、文字ひとつ読めなかった「一世女性」をしてさまざまな意味での言語習得へと赴かせた一個の事例として考えることができる。

おそらく「一世女性」のなかで、どのようなタイプを典型と呼ぶにしても、それは類型化の誹《そし》りを免れないだろう。しかし、少なくとも「在日一世」のなかで、呉己順さんのような「一世女性」に対する「深い共感」は、在日朝鮮人のみならず、彼ら彼女らを支援した日本人の輪のなかで、広く共有されるものになっていった（徐勝・俊植兄弟の救援活動に身を投じた市民の輪は、確実に民族的出自の枠を越え出るものであった）。

そして、李恢成が描いた数々の「一世女性」もまた、「民族の娘」のカテゴリーを構成する名もない一人ひとりとして、さまざまなバリエーションをもって描かれたのだった[38]。

その後、在日朝鮮人の日本語文学のなかには、李良枝や柳美里らが登場して、それまでの男性作家に特徴的だった「一世女性」のイメージに対し、一定の中和作用がはたらくようにはなっているが[39]、少なくとも「二世男性」の日本語文学にかぎっては、そこに「一世女性」の表象が洪水のようにあふれかえっていることは確認しておくべきだろう。「砧をうつ女」の張述伊やその義母は、そうした表象を担った最も印象的な事例だということになる。

5 「サロイヤン・モデル」の崩壊

一方、米国の「日系文学」においても、トシオ・モリへと受け継がれた「サロイヤン的」な抒情は、戦後にもある程度までは受け継がれた。『母が教えてくれた歌』（一九九四）のワカコ・ヤマウチなどは、その典型例だと言えよう[40]。しかし、こういった流れを「日系文学」の主流から傍流に追いやってしまうほど、衝撃をまきおこしたのが、ジョン・オカダの『ノー・ノー・ボーイ』[41] *No-No Boy*（一九五七）だった。

そこにあって、「二世」が「一世」に対して抱く感情は、もはや「深い共感」などではありえず、かといって、単純に憎悪や軽蔑とも名づけられない複雑なものである。戦後の「日系アメリカ人」にとって、一種の「恥部」だとも言えた「兵役拒否」の問題に正面から向き合おうとしたこの作品は、東京のチャールズ・タトル社から一度出版はされたものの、当初は黙殺に近い扱いを受け、ようやくその評価が高まってくる一九七〇年代に、ジョン・オカダはもはやこの世の人ではなかった。しかし、さまざまな読みを促すこの小説は、「二世文学」の「一世」表象にまったく新しい形式をもちこんだという意味でも、じつに画期的な作品であった。[42]

小説は、真珠湾攻撃後の米国で徴兵に応じなかったがために刑務所送りとなった「二世」の主人公が、四年ぶりにシアトルに戻ってくる場面から始まる。「一世」である両親もまた、大戦中は「敵性国民」として囚われの身であったのだが、解放後、収容所からそのまま西海岸に戻っていた家族は、前もって手紙を書いて住所を知らせてきていた。「ほとんど英語をしゃべらないに等しい」spoke virtually no English（p. 7）両親に育てられたイチローにとって、日本語はなるほど「母語」には違いなかったが、それを足場に「母国語」と呼べるところまで読み書き能力まで身につけていたかというと、そうではなかった。だから、手紙は「分かりやすい簡単な字」simple Japanese characters（p. 6）で書かれていた。

そして、両親が営なむ「食料品店」に足を踏み入れた彼は「穏やかな口調の日本語」gently spoken Japanese で迎えられた――「おお、イチローかい、良く帰って来たな」Ya, Ichiro, you have come home. How good that you have come home!（Ibid.）というわけだ。

「収容所での二年、刑務所での二年」Two in camp, two in prison（p. 1）を終えて、ようやくシアトルに帰り着いたイチローは、手紙に示された住所へと向かう最寄りのバス停からの通り道、すでに何人もから呼び止められていた。

まず「イッチー」と呼びかけてきたのは、同じ「二世」のエトーという男で、「わんさかジャップが海岸地帯に戻ってきているぜ」Lotsa Japs coming back to the Coast（p. 2）と、ひとごとのように言う。兵役を拒絶した後ろめたさを抱えるイチローは、そんな若者の前では小さくなっているしかない。「腐った私生児」Rotten bastard と呼ばれようが、「今度はしょんべんひっかけてやる」I'll piss on you next time（p. 4）と罵られようが、返す言葉がない。

かと思えば、ビリヤード場には「ニグロども」Negroes がたむろしていて、イチローを見ると「トーキョーに帰れ」Go back to Tokyo, boy（p. 5）と言いたい放題だ。

そんなイチローを「良く帰ってきたな」という「穏やかな口調の日本語」が迎えるのである。しかも、イチローを兵役拒否に向かわせた張本人であったと言えなくもない母親は、「あんたが帰ってきて、あたしは鼻が高いよ。あんたみたいな子をうちの子と呼べるだなんて、鼻が高いじゃないか」I am proud that you are back. I am proud to call you my son（p. 11）と「鼻が高い」を連発する。

『ノー・ノー・ボーイ』は、兵役拒否者の物語ではあるが、別の角度から見れば、イチローと、それこそ「岩」rock（p. 12）としか呼びようがない母親とのあいだの葛藤と確執の物語である。彼はアメリカ合衆国という国家と、日本国籍を持ち、日本語以外はほとんど話そうとしない母親とのあいだで股裂きにされた存在なのである。であればこそ、風呂場で命を絶った母を悼んで、彼は「母さんが可哀そうだ」I feel sorry for you と思う。「死んだからではなく、母さんが知ることのなかった幸福を思うと可哀そうでならない」Not sorry that you are dead, but sorry for the happiness you have not known（p. 186）と。そして、母が死んだことで、彼は「いくばくかの心の平安を覚える」I feel a little peace（p. 187）というのである。

こうして、トシオ・モリらの日系アメリカ文学に引き継がれた「サロイヤン・モデル」は、見るも無惨に崩れ去っていく。そして、何より日系社会のなかで、「書記日本語」の肥大が、まず「サロイヤン・モデル」の継承を困難にしているのである。

この小説のなかで不気味なまでの存在感を示すのは、愛国者の母親のもとにブラジルの友人から届いた「くねくねした達筆な日本語に蔽われたぺらぺらの和紙一枚」a single sheet of flimsy, rice paper covered with intricate flourishes of Japanese characters（pp. 13-14）なのだ[43]。日本の敗戦を「デマ」propaganda（p. 14）として決めつける狂信的な「一世」たちの日本人移住地をまたいだ日本語使用が、なまじ兵役を拒んだイチローの誤った「愛国心」を証明してしまうかのように思われ、イチローにはそれが恐ろしくてたまらない。したがって、米国に対して「忠誠心」を示すことを拒んだイチローは、だからといって日本に対して「忠誠」を示したわけではない。むしろ、彼は米国に対しても日本に対しても「忠誠」を証すことを拒んだという意味で、単に冗語的・吃音的に倍加されたそれではなく、二つの方向に向かって「ノー」を発する「ノー・ノー・ボーイ」No-No Boy[44]なのであった。したがって、その決断を一方的に「鼻が高い」と受けとめてしまう母親に対する彼の恐怖心は、ある意味で自然なものであった。

しかも、よりによって弟のタローが、兄の選んだ道をあてこするかのごとく、高校を中退してまで米軍への入隊を希望し、露骨に母親に対する反抗を試みる。そうした弟を筆頭に、イチローを見下すような表情を示す「二世」の群れに囲まれて、イチローが唯一、親近感を覚えるのは、四肢に障害を持った友人ら、ほんのわずかの「二世」だけだった。

もちろん、『祖国のために死ぬ自由』のE・L・ミューラーが述べているように、日米開戦後の収容体験を経る前、「二世の〔……〕大半は成長するにつれて両親の言語、文化、食べ物に温かい感情を持てるようにな」り、「両親の祖国を思えばこみ上げるものがあるという点においては〔……〕他のエスニック・グループの人々と何ら違いはなかった」[45]。しかし、収容体験を境に、そうした「温かい感情」には大きな変化が兆すことになる。米国西海岸の日本人・日系人に対する「敵性外国人」としての扱いに対して「一世」の多くは日本語の「シカタガナイ」「ガマンスル」(三六頁)で局面を乗り切ろうとしたのだが、他方、「二世」の、とくに適齢期の青年たちは数々の「踏み絵」の前に立たされた。『ノー・ノー・ボーイ』のイチローにとっては、米国への忠誠を誓うことと、徴兵に応じること、その二つが踏み絵の最たるものであり、それに「ノー」を発してしまったことが、その後の運命を決定づけたのだが、同じ踏み絵に対して「イエス」で応じた「二世」は、両親の「祖国」(＝母国)に対する「忠誠」をきっぱりと撥ねつけたのであり、「両親の祖国を思」って、かりに「こみ上げるものがあ」ったとしても、「イエス」と言うことで、それを嚥み下すしかなかったのが、彼らだった。また、米国政府に対して、同国民としての権利を主張する闘争に立ちあがった「二世」の場合は、みずからの日本語能力を用済みにしてでも、ひたすら英語を武器として闘うことで、「米国臣民」としての十全な権利を手にしようとしたのである。

ところが、「二世」を襲ったこうした数々の「踏み絵」をよそに、「一世」たちは、収容所のなかで、「俳句を習いたきゃそれもできる。そして、歌ったり、賑やかにして、慰安会のようなものもできるし、生け花も」（五〇頁）[46]と、あたかもそこが一種の福利更生施設ででもあったかのごとく、生活を謳歌しさえした。[47]そして、なかには、「祖国」である日本のために働くことができない不甲斐なさに苦しむ代わりに、日本での兵役を猶予されたまま米国に来て、いまだに務めを「果たしてないんだから、戦争の期間に、別のところへ囲われても、それはいいじゃないか」と思うようにしたという男性もいた（五一頁）。それが、イチローの両親もまたひょっとしてそうであったかもしれない「一世」の姿だった。米国の「一世」は、せっかく築き上げた財産を没収されるなど、不当な扱いを受けてはいたが、少なくとも精神的な自由という意味ではゲスト待遇を受けていたと言ってもよい。しかし、このことが「一世」と「二世」のあいだにかえって大きな溝を穿った。植民地支配による差別や強制、またその後の南北分断による悲劇はあったかもしれないが、在日朝鮮人の場合、こうした種類の溝が、世代間に横たわることは稀だったのと対照的だ。

そして、結果的に日本語の読み書き能力にしがみつき、それに依存しつづけた「一世」は、イチローのように米国からの兵役要請を拒み、また日本語に「穏やかな」何かを感じつづけた「二世」に対して、口でいくら「鼻が高い」と言ってはみせても、信頼が置けなくなっていった。

そして、小説のなかばで、ついにイチローにも親と渡り合う局面がやってくる。「岩」のような母親はもちろんだが、腫物をさわるようにそんな母親をもてあます父の「弱さ」weakness（p. 112）に業を煮やしたイチローは、思わず声を荒げてしまう。

「あんたはジャップなんだろう。あんたなんかに何が分かる？　おれってなんてバカなんだ。あんたなんてゼロだよ。何も分かっちゃないんだ。オレのことも、母さんのことも。タローが隊に入らなくちゃならなかった理由だって、どうせ分かりゃしないんだ。バカ野郎なんだよ。父さんなんて、大バカ野郎だ！」

"You're a Jap. How can you understand? No. I'm wrong. You're nothing. You don't understand. You're nothing. You don't understand a damn thing. You don't understand about me and about Ma and you'll never know why it is that Taro had to go in the army. Goddamn fool, that's what you are. Pa, a goddamn fool!" (p. 115)

この箇所は何の断りもなく普通に英語で書かれている。(48)イチローを迎えた両親の言葉が「穏やかな口調の日本語」であったことからも分かるように、イチローと両親（あるいは両親が懇意にしている「一世」）の会話は、基本的に日本語ベースであったと想像できるのだが、まさにその流れを断ち切るようにして、こうした暴言が吐かれる。ここでは対応する日本語のない「ジャップ」Jap という言葉が中に挟まれていることからも分かるように、とうとう堪忍袋の緒を切らしたイチローが、堰を切ったように英語でまくしたてたと考えるのが適切だろう。しかも、息子にここまで罵倒された父親は、ふつうなら激昂するところだが、そうはならなかった。しょげかえった父親は、ただ「かわいそうな母さん」Poor Mama と口ごもるだけだった。それが英語だったか、日本語だったかは誰にも分からない。

イチローの家族のなかで、母と弟はそれぞれにモノリンガル志向が強いという意味で、言わば両極にいたが、イチローと父親とは、バランスを欠いてはいたものの、それなりにバイリンガルだった。したがって、二人のあいだでは、いつコードスイッチングが起こってもおかしくはなかったのだ。

そもそも、日本語を使っているかぎり、「二世」が親を罵倒するなどということは、めったにはありえない。逆に、英語を使えば、親子の壁など、案外あっけなく、脆いものだったりする。『ノー・ノー・ボーイ』が、「サロイヤン・モデル」をひとたまりもなく瓦解にまで至らせた理由としては、ひとつには「一世」が占有する「書記日本語」の威圧感があったとして、もうひとつに、家庭内の会話における共通言語の転倒という現象がありえた(49)。

もちろん、「一世」がしがみつこうとする「母(国)語」と、「二世」が着実に第一言語として身につけ始めていた居住国の「国語＝公用語」とのあいだの溝をどう架橋するかという課題は、すべてのマイノリティが等しく直面するものだろう。『ノー・ノー・ボーイ』は、この横の広がりに関しても、繊細な注意を払う小説になっている。

たとえば、イチローが刑務所で一緒だったイタリア系で同じ「二世」の青年から聞いた話を想起する場面がある。

「〔……〕それはやつが三五歳の時のことで、四年間刑務所にいて保釈で家に戻ったときのことらしい。〔……〕やつは昔からそうだったみたいにキッチンテーブルに着いて、おふくろさんの顔を見て、おやじさんの顔を見て、そしたら、さっさと平らげて逃げ出そうなんて気をなくしたらしいんだ。親に話がしたくて堪らなくなって、一晩中話しこんで、泣きたいくらい幸せな気分になったそうだ」

"(…) it was when he was thirty-five and he went home on parole after four years in prison. (…) He sat at the kitchen table like he'd been doing all his life and he looked at his mother and then at his father and he no longer had the urge to eat and run. He wanted to talk to them and they talked all through that night and he was so happy he cried. (p. 138-139)

はたして、そのイタリア人が親と「一晩中」何語を使って話したのか、詳しいことは分からない。しかし、「岩」のような母親が亡くなってからのイチローは、まるで梃子《てこ》でも動かなかった重しが取り除かれたがごとく、父親に向かって打ち解けていく自分を感じることになる。この意味で『ノー・ノー・ボーイ』は、体を張って世代間の和解を阻止してきた、「怪物」的な「民族の娘」と言ってもいいかもしれない母親との闘争と、その死がもたらした遅ればせながらの父子和解の物語でもある。そして、その和解は、決して「祖国」としての日本との和解などではなかった。単に米国に住み、不器用ながらも生き延びていこうとする「一世」との和解だった。そして、そのときかりにバランスのとれたバイリンガル同士ではないとしても、何らかのバイリンガルである自分らを受け入れつつあったイチローと父親は、彼らなりのコードスイッチングの技を身につけていくだろう。少なくとも、この小説は、「一筋の光明」a glimmer of hope（p. 250）が見出される形で締めくくられている。

そして、『ノー・ノー・ボーイ』は、狂信的な日本主義者だった母を核にしてセメントで固められてしまったような「日本人共同体」がいったん解体した地点から、イチローが「個」としての再出発を決意するまでの主人公の歩みを描く小説としても秀逸である。

「〔……〕政府からジャップ呼ばわりされて、やいのやいの文句を言ってたくせに、そこから出てきたら、またぞろ集まって、それじゃあ、ほらみろ、おれたちジャップだぞって言っているようなもんじゃないか」

「べつに連中だけじゃないよ、ケン。ユダヤ人だって、イタリア人だって、ポーランド人だって、アルメニア人だって、みんなコミュニティくらいは作ってるぜ」

「そりゃそうだ。だけど、そんなことじゃあ埒が明かない。最悪だよ。〔……〕」

"(…) They screamed because the government said they were Japs and, when they finally got out, they couldn't wait to rush together and prove that they were."

"They're not alone, Ken. The Jews, the Italians, the Poles, the Armenians, they've all got their communities."

"Sure, but that doesn't make it right. It's wrong. (…)" (p. 164)

両親たちの「祖国」に対して、また自分たちの「国」に対して「ノー」の姿勢は崩さず、しかしあくまで「個」としてそこに生きることを「肯定」しようとするこの小説[49]は、しかし、そうした境地に達するプロセスのなかで、母をはじめとする何人もの日本人・日系人の悲劇的な死をくぐり抜け、他のマイノリティ系アメリカ人の衝突や出会い直しを必要とした。「サロイヤン・モデル」が「一世」の「母語」を美化しつつ、米国の多言語・多文化主義的な傾向を同時に承認するものであったとした場合、そうしたスタイルをいったん受け入れた「日系文学」が、そのいずれに対しても「ノー」をつきつけるもうひとつの「アメリカ文学」へと脱皮していく上で、これは避けては通れない通過点であった。ここで、少なくともジョン・オカダは、サロイヤンとはまったく異なる「二世文学」の形式を生みだした。

「移民国家」である米国では、サロイヤンにかぎらず、「二世文学」の傑作が続々と誕生しつつあった。『ノー・ノー・ボーイ』が発表された一九五〇年代は、ユダヤ系アメリカ文学の全盛期でもあった[50]。しかし、「二世の言語」である「母語」から自由になれず、しかし人種主義のはびこる米国社会に対して「ノー」で答えるしかない苦境に立たされた「二世」の苦しみを、『ノー・ノー・ボーイ』ほど、正面からクローズアップした作品を、私は寡聞にして知らない。

そして、在日朝鮮人文学と比較した場合にも、似たようなことが言えるような気がするのである。その理由のひとつに、敗戦後、朝鮮籍保有者に日本国籍を与えることを一方的(そして確信犯的)に自重した日本政府に対する潜在的な「ノー」が在日朝鮮人社会の感情の基盤にあったとして、「一世」たちの「母（国）語」は、イチローの場合ほど、「二世」にとっての重圧としては機能しなかった。それはむしろ民団や総連系の「母国語イデオロギー」として「二世」に重たくのしかかった。ましてや、日本語であれ、韓国＝朝鮮語であれ、「達筆」をあやつれるほど、ハングルや漢字に習熟した「一世」自体が、そのなかでは一握りにすぎなかった。それこそ、韓国＝朝鮮語の読み書きなら、民族意識に目覚めた「二世」の方が「一世」よりも勝っていたのが、彼ら彼女らだった。この意味で、イチローの母に相当するような「オモニ」の存在は、ありえたとしても、それは例外にとどまり、またかりに「オモニ」が「民族愛」を体現することがあったとしても、それは「流されないで」というような遺訓を残して死んでいった張述伊や、「朝鮮人てなんにも悪いことしてへんのやし、悪うないのやで」[52]と言って子どもに言いふくめた呉己順さんのような形に留まっていた。しかも、そうしたありがたい「母の言葉」が、「二世」以降の脳裡では、どちらかといえば「日本語」として記憶されていく流れにあったのである。

注

I　バイリンガルな白昼夢

（1）『静かな大地』（毎日新聞社、二〇〇三）の池澤夏樹が、今からでも遅くないと定着を試みたのは、アイヌ語をただの「異言語」としてではなく、第二の「母語」（＝隣人としてのフチのことば）として受け入れる和人少年の物語の創造と定型化であった。

（2）小川正人『近代アイヌ教育制度史研究』北海道大学図書刊行会、一九九七、八二～四頁。

（3）クロード・アジェージュ『絶滅する言語を救うために――ことばの死とその再生』（Claude Hagège, *Halte à la mort des langues*, Éditions Odile Jacob, 2000）、糟谷啓介訳、白水社、二〇〇四、二四八頁。

（4）河野本道『アイヌ史　概説』北海道出版企画センター、一九九六、一〇四頁。

（5）『アイヌ神謡集』からの引用は「知里真志保を語る会」発行の復刻版『炉辺叢書　アイヌ神謡集（知里幸惠編　大正十二年八月十日　郷土研究社版）』（第二刷、二〇〇三）を用いた。同書からの引用は本文中に頁数だけを記す。

（6）一九世紀の英国や米国の奴隷解放論者が注目した逃亡奴隷、もしくは解放奴隷の証言は「スレイヴ・ナラティヴ」の名で総称されることが多いが、この場合も、元奴隷が「著者」author、これを書物にする上で仲立ちしたものが「編者」editor と表記されることが多かった。

（7）『あいぬ物語』からの引用には、『アイヌ史資料集　第六巻　樺太編』八分冊のうちの「二」（北海道出版企画センター、一九八〇）を用い、本文中に頁数のみを記す。

（8）前掲『近代アイヌ教育制度史研究』の中で、小川正人はみずからの探究が「対アイヌ教育史」にとどまりがちなことを遺憾とし、真の「アイヌ教育史」が書かれるべき未来から決して目を逸らすべきではないと希望を語っている。「「アイヌ教育史」像の構築なしには、「対アイヌ教育史」もまたリアルな分析を得ることはできない」（同書、二七頁）。本研究もまた、これを単なるアイヌ文化衰退期のバイリンガズム研究に終わらせるのではない方策を夢見る試みである。

（9）言語学者、金田一京助のインフォーマント活用法に関して、安田敏朗は、これを「日本帝国大学言語学」という大プロジェクトの一部とみなす立場から、台北帝大の言語学者が関わった『原語による台湾高砂族伝説集』（一九三五）における「口授者」「説明者」、さらに日本人巡査などの「補助者」らによる協働作業と比較対照する方法を試みている（「知里幸恵と帝国日本言語学」、西成彦・崎山政毅編『異郷の死——知里幸恵、そのまわり』人文書院、二〇〇七）。この比較によれば、山邊安之助は、アイヌ語の書き取り能力こそ欠如していたものの、「口授」から「説明」までを自分でこなすことができ、「補助」を必要としない、きわめて使い勝手のいいバイリンガル・インフォーマントであった。しかし、アイヌ語のローマ字表記法まで自力で確立できた知里幸惠までいくと、彼女はまさしく「自己完結しているインフォーマント」（一八六頁）なのであり、バイリンガルとしては完璧に近い存在だった。つまり、彼女はもはや「インフォーマント」ではなかった。しかも「序」をまで彼女が書いている以上、『アイヌ神謡集』は、彼女による「編訳書」に他ならず、「知里幸恵にとっては、自ら翻訳し表現していくことが、意識しなかったにせよ「日本帝国言語学」のくびきから逃れる唯一の手段〔……〕だったのである」（一八七頁）。

（10）丸山隆司『〈アイヌ〉学の誕生』彩流社、二〇〇二、二四四頁。

（11）「金田一と知里と——アイヌ学の発端（中）」（『藤女子大学・藤女子短期大学紀要』二七号、一八九〇）は、丸山の前掲書に資料として再録されている（「横書きパート」一～一一頁）。

（12）北道邦彦『知里幸恵の神謡　ケソラプの神・丹頂鶴の神』北海道出版企画センター、二〇〇五、一二七頁。

（13）「知里真志保の日本語訳におけるオノマトペに関する試論」（『立命館言語文化研究』一六巻三号、二〇〇五）

のなかで、佐藤＝ロスベアグ・ナナは、『あいぬ物語』における片仮名ルビの形式を、知里真志保がアイヌ語の表記方式として踏襲した事実に注目している。『アイヌ民譚集』（一九三七）の段階では、ローマ字表記のアイヌ語と日本語訳を左右に配置する『アイヌ神謡集』の形式を踏襲していた知里真志保が、「樺太アイヌの説話」（一九四四）では、日本語本文に片仮名で適宜アイヌ語を添えるルビ活用方式に切り替えた。佐藤＝ロスベアグは、これを、「知らない間に読者がアイヌの物語、言葉の世界へ誘われ」（二一一頁）ていくとでも言いたくなるようなパフォーマティヴな効果を意図した結果であるとし、アイヌ語本文と日本語訳を「対置」する方法を最終的に採用した金田一に対する、それが知里真志保からの異議申し立てであった可能性を示唆している。知里真志保によるアイヌ伝承の翻訳に見られる「パフォーマンス性」については、やはり佐藤＝ロスベアグの『文化を翻訳する——知里真志保のアイヌ神謡における創造』（サッポロ堂書店、二〇一二）のなかでも幅広く展開されており、「ルビ」が果たし（え）た効果については、「ルビも異化効果を発揮する」（二一三頁）と書かれている。

(14) 藤本英夫『知里幸恵——十七歳のウェペケレ』草風館、二〇〇二、三〇六～七頁。

(15) 藤本、前掲書、三〇五頁。なお、そこには「和訳は大塚一美」として試訳が添えられている——「ズタズタに殺す／いつも／のように、の如く／私の手／親／違う、そうじゃない／下に／いそがす／ように／したあげくに／互いの戦争」。ただし、ここでは、田村すず子『アイヌ語辞典』（草風館、一九九六）を適宜参照しながら、〈atoid ronnu〉は〈atuyta ronnu〉、〈shinai〉は〈sinnai〉、〈tushimak〉は〈tusmak〉と解して「大量殺人」「ちがう」「先まわり」の意味に解した。

(17) 「虎杖丸別伝」、『金田一京助全集』第九巻、三省堂、一九九三、四一一頁。

(18) 『銀のしずく　知里幸恵遺稿』草風館、一九八四、一四三～四頁。以下、ノート「おもひのまま」からの引用は、本文中に「おもひのまま」と記した上で『銀のしずく』の頁数のみを記す。

(19)「ウェン・ユク=人食い熊」、萱野茂『アイヌ語辞典』〔増補版〕二〇〇二、九八頁。
(20) 中井三好『知里幸恵――十九歳の遺言』(彩流社、一九九一)では、「アカム」に「だんご」という補注(二七一頁)、また富樫利一『銀のしずく「思いのまま」 知里幸恵の遺稿より』(彩流社、二〇〇二)では、同じく「アカム」に「竹などが密生して重なり合う」との注記(五七頁)が施されている。
(21) 格清久美子は、この未発表小説が書かれた背景をたどりなおしながら、脱稿直後に、バチェラー、もしくは養女の八重子に一読された可能性について触れている。しかもそこでの否定的な評価が、この作品が生前未発表のままに終わった結果につながるという。「未発表作品「風に乗って来るコロポックル」――宮本百合子とアイヌ民族」、岩淵宏子・北田幸恵・沼沢和子編『宮本百合子の時空』翰林書房、二〇〇一、一二三~九頁。
(22)「風に乗って来るコロポックル」からの引用は、新漢字・新仮名表記に統一した『宮本百合子全集』第一巻(新日本出版社、二〇〇〇)所収のものを用い、本文中に頁数のみを記す。
(23) たとえば、鳩沢佐美夫の「証しの空文」には、病弱だった主人公の青年を案ずるあまり、祖母(や母)が伝統的な民間療法や内地から来た新興宗教の力にすがろうとしたさまが描かれている。一九四〇年代の話としてである(『沙流川』草風館、一九九五)。もっとも、キリスト教を信仰する母方の肉親の庇護の下で育った知里幸恵が、どれくらい伝統的な民間医療に依存していたかどうか、そこまでは明らかではない。
(24) 格清は前掲論文の中で、心理描写に用いられた象徴技法を「主人公の空想的世界をリアルに表現するためのものであった」といい、「アイヌ民族の「滅亡の意識」を表象するため」という古典的な解釈を遠ざけている(一二七頁)。
(25) 大谷洋一「異言語との闘い」、『岩波講座 日本文学史⑰ 口承文学2 アイヌ文学』岩波書店、一九九七。同書からの引用は本文中に頁数のみを記す。

(26) 知里幸恵以降のアイヌ系表現者たちは、『アイヌ神謡集』の「序」から大きな励ましを受けていた。「「強いもの！」それはアイヌの名であった／昔に恥ぢよ　覚めよ　ウタリ！」（『コタン』草風館、一九九五、五二頁）と歌に詠んだ違星北斗は、「おお亡びゆくもの……それは今の私たちの名」（傍点引用者）という知里幸恵の概嘆と、「二人三人でも強いものが出て来たら」（傍点引用者）というその祈念との未来への継承者でなくて、何だっただろう。しかし、違星北斗やバチェラー八重子が採用し、森竹竹一へと受け継がれていった二言語併用の創作法が、すでに東京時代の知里幸恵に端を発するものであったことを、後続の皆は知らされなかった。以下に、森竹の詩「熊祭り」の後半部を引いておく。

〔……〕
やがて東の空はしらむ頃
カムイ（仔熊の霊）は
ヌサ（祭壇）の上なる
シンダ（乗物）に遷さる
オッカヨ（男）はオンガミ（拝み）
メノコ（女）はリムセ（踊）する
『祈詞の一節』
「ラッチタラ　「安らかに
カムイ、コタン　神の国
エコ、ホシビワ　へ、戻り
スイ　更に

エエッ、ナンゴルナ」　　お前は訪れなさい」

父なるアイヌの
厳な送別《わかれ》の祈詞に
カムイは昇りゆく高きみ空に
お、彼方に見ゆる暁の星
歓喜《よろこび》に満たされし
コタンの夜は明けてゆく（『北海道文学全集』第十一巻、立風書房、一九八〇、七九～八〇頁）

（27）のちに岩波文庫から『朝鮮詩集』として、『アイヌ神謡集』と同じ「赤帯」（外国文学）の一冊として刊行されることになった『乳色の雲　金素雲訳詩集』（河出書房、一九四〇）では、金素雲が「編者」であり、かつ「訳者」でもある。しかし、「著者」のない『アイヌ神謡集』と、朝鮮詩人の文字作品を下敷きにした『乳色の雲』とを同一には扱えない。

Ⅱ　植民地の多言語状況と小説の一言語使用

（1）神谷忠孝・木村一信編『〈外地〉日本語文学論』世界思想社、二〇〇七、三一頁。
（2）第二次世界大戦後の「脱植民地化」のプロセスにおける、旧「宗主国言語」の地位変化については、「台湾や朝鮮などにおける日本語の地位もまた、フランス語やオランダ語と同じく、急激な低下をせまられた」と述べた（拙稿「脱植民地化の文学と言語戦争」『日本台湾学会報』一六号、二〇一四、一二八頁）。とくにアジア地域を意識して、英語圏との差異を強調した文脈である。

(3) 私はかねがね「外地」概念の拡張を主張してきた。南北アメリカの「日本人移住地」をも「外地」に含めようと提起した論文のなかで、私は北海道(および沖縄県)について、以下のように書いた——「北海道や沖縄(旧蝦夷地と旧琉球王国)を「外地」もしくは「植民地」の名で呼ばない理由は、これらの地域が戦後も日本領にとどまり、内地人居住者に引揚げが促されないまま、日本語の一言語支配が日に日に進行しているという点以外に何もない」(「外地の日本語文学再考」『植民地文化研究』八号、二〇〇九、二五二頁)。

(4) 津島佑子『あまりに野蛮な』(講談社、二〇〇八)は、二人のヒロインを交互に登場させる作品だが、一九三〇年の「霧社事件」が植民地台湾の日本人を震撼させた、その余韻も覚めやらないなか、夫の就職に随行する形で台湾に移り住んだ内地人女性の日常を描いたパートでは、その日常が基本的に「日本語だけで成り立っていた」(上巻、一〇二頁)としつつも、内地人集落の隣人から「チヤ、ボ、ラ、ン、がギナ連れて片手にコモリガサゴアムツアンヤー」などという「台湾語入門用の面白い歌を教はつた」というようなエピソードが各所にさしはさまれている。ちなみに、その意味は「お、ば、さ、ん、が子供を連れて片手に雨傘、わ、た、し、や、わ、か、ら、ん、よ」であるらしい(上巻、一六三頁。強調引用者)。他方、残りのパートでは、現代の日本人女性が、台湾のなかでも「原住民」の多い山岳地帯を旅行する。

(5) 『定本 佐藤春夫全集』第五巻、臨川書房、一九九八所収。同書からの引用に際しては、以下、本文中に頁数のみを記す。

(6) 『華麗島文学志』(明治書院、一九九五)の島田謹二は、「佐藤春夫氏の『女誡扇綺譚』」のなかで、かたやポーやピエール・ロチにまで遡る影響論的研究に先鞭をつけ、かたや同時代の「外地文学」の一例として、オーストラリアの女性作家ヘンリー・ヘンデル・リチャードソン(筆名)の小説を挙げながら、対比論的な比較文学の可能性をも示唆している。なお、「ルイジアナの複数言語使用状況」と、ハーンらの文学との関係については、拙稿「「南部文学」の世界性について」(『耳の悦楽——ラフカディオ・ハーンと女たち』紀伊國屋書店、二〇〇四）を参照されたい――「「帝国の養子」となることを拒もうとする人間の物語を悲劇として描くしかない絶望の文学――これをたとえば「南部文学」と読んでみることも可能だろう」（二四二頁）。

（7）台湾の土着的な民話に取材した「魔鳥」（一九二三）には、いわゆる「原住民」の言葉が何箇所か露出しているし、「蕃人」の集落の点在する山岳地帯を舞台とする「霧社」（一九二五）では、「土音であるから意味は判らない」ものの、通りかかる男女の声に「旅情」（前掲『定本　佐藤春夫全集』第五巻、一二〇頁）を誘われる主人公を中心に据えつつ、「蕃語を操る」内地人の「茶屋の女房」（一二一頁）や「蕃人から彼等の言葉を習ふこと」を「面白い」と感じているという「警手」の少年（一二八頁）の姿を、「ポチハホントニカワイイナ」（一二六頁）と唱歌を歌う「蕃人の小学校」の子どもたちや「タバコ頂戴ヨ」（一三一頁）と言い寄ってくる現地女性と同じ比重で作品全体にちりばめ、こうしてアクセントを施すなど、当時の台湾奥地における言語状況を立体的に描き出している。

（8）呂赫若の本名は、呂石堆といい、「赫若」という筆名は、作家を目指すにあたって強い影響を受けたとされる朝鮮人日本語作家、張赫宙の「赫」から一字をもらった可能性があるという巫永福の説が、垂水千恵『呂赫若研究』（風間書房、二〇〇二、七四頁）に紹介されている。実際に、「牛車」という作品は、作風的に、張赫宙の「餓鬼道」（初出『改造』一九三二年四月号）や「追はれる人々」（初出『改造』一九三二年十月号）に列なるものがある。また、その出自については、それをどこまで重視すべきか、難しい問題であるが、客家系に属していたと言われている。少なくとも、『客家《ハッカ》の女たち』（澤井律之訳、国書刊行会、二〇〇二）の「解説」のなかで、彭瑞金は「台湾文学史の二〇年代から頼和を除き、三〇年代から龍瑛宗・呂赫若・呉濁流を除き、四〇年代から鍾理和を、五〇年代から鍾肇政を、六〇年代から李喬を除いたとしたら、いったいどのような様相を呈しただろう」と書き、人口の一割強を占めるにすぎない客家系台湾人の「台湾文学史」に対する寄与の相対的な大きさを強調しているのである（二七七頁）。

（9）黄英哲編『日本統治期台湾文学　台湾人作家作品集・第二巻〔呂赫若〕』緑蔭書房、一九九九より。同書からの引用に際しては、以下、本文中に頁数のみを記す。

（10）前掲『呂赫若研究』のなかで、垂水千恵は、比較的作品の少ない一九三七年から四二年前半までを「文学的空白と音楽・演劇活動」の時期と呼んでいる（二二六～四四頁）が、かりに創作意欲の衰えがあったとしても、純然たる「空白」があったとは考えにくく、呂は一九四〇年に東京に出て、東宝声楽隊に関わることになるが、この時期も文学に対する関心は失っていなかった。したがって、創作面での「空白」は、その後の創作熱に向けた充電や助走を意味したと考えるのが妥当だろう。

（11）この読みについては、拙稿から核心部分を引用しておく――

「隣居」〔……〕は、台湾人しか住まないような町外れに引越してきた一組の日本人夫婦が、子供に恵まれないために悩みつづけ、台湾人の少年を養子に取ろうと画策する話である。物語は、この日本人夫婦の隣人である台湾人学校教師の立場から語られ、作中の会話は基本的に日本語でなされている（これはローカリズムを売りにした台湾の日本語文学では珍しいことだ）。台湾人の生活習俗を精密に描き出すという呂赫若の手法を考えると、この作品はモチーフの上ですぐれて写実的な「皇民化文学」だとひとまずは言える。「皇民化」とは、血縁や血統を越えて、大日本帝国の臣民に対して「天皇の赤子」であることを強いる政策に他ならなかったからだ。しかし、この作品を「皇民化文学」とだけ読んで終わらせることは、どうみても間違いだろう。これは台湾人の子供がひとり日本人家庭にもらわれていく過程を描くことによって、「皇民化」の何であるかを寓話として描き取った「皇民化」を問題化する作品なのである。台湾人でありながら国民学校の教師として、日本人夫婦と台湾人夫婦の間の調停に関与することしかできない境界的位置に立つ話者の設定も、台湾人知識人の自画像として、じつに巧妙である。

「合家平安」（初出『台湾文学』一九四三年四月）は、子供のいない家庭に養子にもらわれてきた少年が幼くして養母に死なれ、その後、養父が再婚したために、継子扱いを受けるという話だが、養父が阿片に溺れて経済的に破綻していくと、こんどはたかられる側にまわり、最後は同居話まで持ちかけられて閉口するという展開になる。養父にたかられる男の話だというだけなら、夏目漱石の『道草』を思い起こせば済むことだが、そうではない。これをも敢えて「皇民化文学」として読むなら、これまた痛烈な植民地主義批判だということになりはしないか。清国から日本への養子縁組を経て、植民地統治下で粘り強く生き延びようとした台湾の民衆は、養子縁組制度を逆手に取られて、経済的・文化的に搾取され、疲弊していく危険と背中合わせで生きるしかなかった。

しかも、この小説は、被害者としての養子の立場からだけではなく、阿片に溺れる家父長やそれを取り巻く妻子の側にも視点を置いた話法が用いられている。「合家平安」とは貰い子に冷たくあたりながら、しかしその貰い子にすがろうとする阿片中毒者が口にする虫のよすぎる御題目なのだ。「皇民化文学」の装いの下で「皇民化」批判を遂行する呂赫若のしたたかさは、よくぞ、その含意を見抜かれずにすんだものだと驚嘆せざるをえない。「柘榴」（初出『台湾文学』一九四三年七月）に至ると、こんどは台湾の伝統的な養子縁組制度が民俗学的な精密さをもって描き尽くされ、日本文学に、養子文学は少なくないといくら言ってみたとしても、これを超えるものはまずないと言ってよいだろう。

「思うに養子は正統な継承を阻まれたものが、何とか自分の存在をつないでいくための手段ではないでしょうか」――垂水千恵は「柘榴」を評して、こんなふうに語ったことがある（『立命館言語文化研究』一三巻三号、二〇〇二、三一頁）が、卓見だと思う。この時期の作家呂赫若はリアリストというより、はるかにシンボリストだった。

貧困故に嫁がもらえず、招かれ夫（＝「招夫」）となって婿入りするしか結婚する術のなかった三人兄弟の長男が、弟一人を作男に出し、もう一人をも他家の養子（＝「螟蛉子」）に出すことで一家離散する。ところが、その末弟が精神錯乱におちいり、狂死を遂げたのを機に悔い改めた長兄は、弟の位牌を両親の位牌と合祀（＝「合炉」）するとともに、亡き弟の祭祀をあずかる後継者として自分自身の次男坊を養子（＝「過房子」）に差し出そうと決意するのである。

台湾人作家にとって、養子文学の試みは家父長的な日本文学への全面的な依存を意味するものではまったくなかった。捨て身の実験としての養子文学こそが、植民地人による日本語文学の形なのであった。太平洋戦争期の呂赫若が、日本敗北後の台湾をどのように予想していたかどうか、いまから遡っても知ることはむずかしそうだが、「隣居」から「合家平安」を経て「柘榴」まで、ほんの短期間に踏破したその養子文学の実験には、彼が「光復」後の脱植民地化を想定していたとしか考えられないほどの反時代性があふれている。（「呂赫若の養子的戦略」、藤井省三・黄英哲・垂水千恵編『台湾の〈大東亞戰爭〉』東京大学出版会、二〇〇二、二〇五〜八頁）

（12）前掲『日本統治期台湾文学　台湾人作家作品集・第二巻』所収の黄英哲編「略歴」より（四一〇頁）。

（13）『呂赫若日記』印刻、二〇〇四。「手稿本」からの引用に際しては、旧仮名づかいを残しつつも、漢字は新字体に改めた。

（14）松枝茂夫訳の『紅楼夢』は、岩波文庫版として一九四〇年から刊行が始まっていた。ただし、全十四冊が完結をみるのは一九五一年。

Ⅲ　カンナニの言語政策

（1）小説「カンナニ」からの引用は、『文学評論』一九三五年四月号に掲載された初出からとし、引用にあたっては、同誌の頁数を本文中に記すこととした。この初出は、池田浩士編『湯浅克衞植民地小説集　カンナニ』（インパクト出版会、一九九五）に復刻されている。

（2）森崎和江『慶州は母の呼び声』（一九八四）からの引用は、ちくま文庫版『慶州は母の呼び声』（一九九一）を用い、以下同書の頁数を本文中に記す。

（3）日本の植民地文学を、西洋列強のそれと比較する「比較植民地文学」の構想については、『越境する言の葉　日本比較文学会創立六〇周年記念論集』（日本比較文学会編、彩流社、二〇一一）所収の拙稿「日本語文学の越境的な読みに向けて」を参照されたいが、植民地生れ・植民地育ちの宗主国系の子どもが、現地の子どもたちに対して、優越感ではなく、劣等感や疎外感を感じてしまうケースとしては、たとえばジーン・リースの『サルガッソーの広い海』*Wide Sargasso Sea*（一九六六）がひときわ注目に値する。そこに美談で終わるようなエピソードはいっさい描かれず、主人公の白人少女は、アフリカ系の少女から「昔の白人は、今は白い黒んぼでしかないし、黒い黒んぼのほうが白い黒んぼよりずっとまし」（池澤夏樹個人編集『世界文学全集Ⅱ-20』小沢瑞穂訳、二七九頁）と言われ、完膚なくやりこめられる。

（4）初出における伏字や削除の経緯、および戦後の再編集版の成立過程については、前掲『湯浅克衞植民地小説集　カンナニ』所収の池田浩士による「解題」（五二六〜七頁）に詳しい。

（5）前掲『湯浅克衞植民地小説集　カンナニ』の「解説　湯浅克衞の朝鮮と日本」のなかで、池田浩士は「カンナニ」の「前半部分」だけを取り上げながらも、「湯浅克衞が直面していた困難な問題の本質を、きわめてするどく衝いている」（五九二頁）として、中野重治の作品評（『都新聞』一九三五年三月三一日付「文芸時評」）の全文を引いている。「彼ら〔＝龍二とカンナニ〕は幾つかの点で、大人も及ばぬ子供達であり、民族の運命を肩にしている」と書いた中野重治は、さらにふみこんで、ここには「子供の世界の中の民族―階級闘争が、全くの子供らしい日常生活の中で進んでゐる」とも書いている（五九一頁）。

（6）金素雲編訳『乳色の雲』（一九四〇）に寄せたエッセイ「朝鮮の詩人等を内地の文壇に迎へんとするの辞」のなかで、佐藤春夫は次のように書いている――「卿等の廃滅に帰せんとする古の言葉を卿等が最も深く愛しようと思ふならば、宜しく敢然として日常の生活から拋棄し去つてわづかに詩の噴火口からこれを輝やかな光とともに吐くに如くはあるまい。若し夫れたゞ一人のホーマー、一人のゲーテ、一人の杜甫、一人の人麻呂が卿等の間に生れさへすれば、その詩篇のために卿等の失はるべき言葉も世界に研究せられて千古に生きるを妨げないであらう」（『朝鮮詩集』岩波文庫、一九五四、二二八頁）。植民地朝鮮の学校で朝鮮語教育が全面的に停止されたのは事実であっても、その言語を「廃滅に帰せんとする」ものとして位置づけたこの文章は、たとえば『アイヌ神謡集』の「序」のなかで、アイヌの口頭伝承や言語そのものの未来を想像しながら、「それらのものもみんな果敢なく、亡びゆく弱きものと共に消失せてしまふのでせうか」と自問した知里幸惠のペシミズムを不用意になぞったものなのだろうか。植民地官僚でさえ、朝鮮語をここまで瀕死に追いこまれた状態にあるとは理解していなかっただろう。佐藤春夫の名誉を傷つけることになるかもしれないが、ここでは、日本人が用いたシンボリックな朝鮮語観として、敢えて「廃滅」という言葉を流用した。

（7）これは、私が戦後のドイツ語作家、ヨハネス・ボブロフスキの小説『レヴィンの水車』*Levins Mühle*（一九六二）を論じるなかで、かつてドイツ語とポーランド語の二重言語使用が常態であった「西プロイセン」で、まずはプロイセンの統治、そして第一次世界大戦以降のポーランド統治下で、リレー式に強化された「国語」の一言語支配を形容した表現である（拙稿「多言語的な東欧と「ドイツ人」の文学」、高橋秀寿・西成彦編『東欧の20世紀』人文書院、二〇〇六、一九一頁）。しかし、この「国語へゲモニー」は植民地主義一般にも応用できると考えて、ここに用いた。

（8）大津留厚『ハプスブルクの実験――多文化共存を目指して』春風社、三八～九頁。なお、引用文は「オーストリア国民の人権に関する基本法（一八六七年第一四二号法）（憲法）」の「第一九条」である。また、同書では、多言語国家の軍隊内部で、指揮系統と多言語性との関係についても詳説されていて、軍内部の「指揮語」（「前へ進め」など）および「服務語」（＝軍務で用いる言葉）はドイツ語と定められていたが、連隊内の会話や教練で使われる「連隊語」は「構成する兵士たちの母語」と決められたという（同書、七〇～一頁）。大日本帝国は土壇場まで植民地臣民の徴兵を自重・敬遠していたし、こうした軍隊内部の言語問題に苦慮した形跡はないと思われる。

（9）『植民地朝鮮における朝鮮語奨励政策――朝鮮語を学んだ日本人』（不二出版、二〇〇四）の山田寛人は、一九三〇年の国勢調査にある「在朝日本人五二万七〇一六人のうち〔……〕日本語と朝鮮語の読み書きができる者は三万二七一四人（六・二％）だった」（一一頁）背景をさぐりつつ、一に警察官、二に普通学校教員、三に金融組合理事というふうに、職業に応じたバイリンガル率の高さを論じている。

（10）『〈他者〉としての朝鮮　文学的考察』（岩波書店、二〇〇三）の渡邊一民は、「感動をとおして、三・一独立運動の輪郭がくっきりと見えてくるところに「カンナニ」を「カンナニ」たらしめているものがある」（四八頁）と書いている。本書では、戦後にようやく公開された小説の後半部分を度外視する立場をとったため、こうした作品評価に与するものではないが、敢えて補足すると、同じく「三・一独立運動」の余韻が醒めやらぬなかで書かれた中西伊之助の「不逞鮮人」（一九二二）まで含め、日本人がこの紛争鎮圧を描こうとするときに、朝鮮人女性の犠牲者にことさらに光をあてる傾向（それは朝鮮半島においても事情が似通っているかもしれない）については、追究の余地があるだろう。米国の韓国系女性表現者テレサ・ハッキョン・チャが『ディクテ』（一九八二）のなかで、「韓国のジャンヌ・ダルク」との呼び声の高い柳《ユ》寛順《グアンスン》にスポットライトをあてたのとはまた違った文脈がそこにはあるはずである。ちなみに、池内靖子は、『ディクテ』における柳寛順の描き方について、「国語と国民の構築やそれへの欲望、絶対的同一化と回帰という観念に還元的に翻訳してしまう」ような読みを退けつつ、そのテクストが「失われたものを再現・提示・表象することの不可能性の感覚に貫かれたもの」であることを強調している（「境界に立つということ」、池内靖子・西成彦編『異郷の身体――テレサ・ハッキョン・チャをめぐって』人文書院、二〇〇六、二七頁）。本書が試みているのもまた、水準は異なるが、カンナニを単純に「三・一独立運動」の「殉教者」とみなすことを回避しようとする読みである。

（11） 敗戦後に湯浅自身が再編集した「完全版」（『カンナニ』大日本雄弁講談社、一九四六）では、伏字の部分が次のように復元されている――「家を潰された。持つてゐた田畑はいつの間にか新しい地主のものとなつてゐた。」ただし、「教へるからと」の後ろには補充なし。

（12） ここでの「私《ウリ》」は、「私ら《ウリ》」の方がより正確かもしれないが、そこには目をつぶるとして、前記「完全版」では、これらのルビが落ちて、ただの「お前と私は……」になっている。ここで私が初出にこだわりたい理由のひとつに、こうした「完全版」に見られる味気なさがある。

（13） 第二次世界大戦末期から、ポツダム協定を経て、一九五〇年あたりまでの東欧地域におけるドイツ人の「追放」Vertreibung に関しては、佐藤成基『ナショナル・アイデンティティと領土――戦後ドイツの東方国境をめぐる論争』（新曜社、二〇〇八）に詳しい――「ドイツの東方領土、およびその他の中東欧地域の広い範囲（チェコスロヴァキア、バルト諸国、ロシア、ポーランド、ハンガリー、ユーゴスラビア、ルーマニアなど）から、大量のドイツ人（それはドイツ国籍を持ったドイツ領内のドイツ人だけでなく、国籍をもたない民族的ドイツ人も含む）が戦火を避けて避難し、あるいは暴力的に居住地から追放され、あるいは組織的な方法で「移送」させられた」（五〇頁）。

（14） 小倉進平「日本語の海外発展策」『日本語』一巻一号、一九四一年四月、一二頁。なお、本引用は安田敏朗『「言語」の構築――小倉進平と植民地朝鮮』（三元社、一九九九、一二八～九頁）からである。

（15） 小倉進平「緒言」『国語及朝鮮語のため』ウツボヤ書籍店、一九二〇、一頁――本引用も安田前掲書（六三頁）からである。
（16）金沢庄三郎「朝鮮語研究の急務」『国学院雑誌』一四巻一号、一九〇八年一月、四四～五頁――本引用も安田前掲書（四八頁）からである。
（17）朝鮮総督府が下したこれらの規則は、あくまでも朝鮮語習得の「奨励」であって、「義務」の明示ではなかった（安田前掲書、五一頁）。ただ、この「奨励」が一定の成果をあげていた点については、山田寛人の前掲書を参照。湯浅や森崎の父親たち、その同僚には、比較的高い確率でバイリンガル日本人が含まれていたはずである。
（18）歴史学では成田龍一や浅野豊美ら、社会学・移民研究では蘭信三らの研究が先駆的だが、文学研究では、朴裕河の「引揚げ文学論序説――戦後文学のわすれもの」（『韓国日本学報』八一輯、二〇〇九、一二一～三〇頁）が、ある意味で本格的な研究に向けての画期的な第一歩である（増補版が「おきざりにされた植民地・帝国後体験――「引揚げ文学」論序論」として、平田由美・伊豫谷登士翁編『「帰郷」の物語／「移動」の語り――戦後日本におけるポストコロニアルの想像力』平凡社、二〇一四に収録）。
（19）後藤明生『夢かたり』中公文庫、一九七八、一二八頁。詳しくは、拙稿「後藤明生の朝鮮」（木村一信・崔在喆編『韓流百年の日本語文学』人文書院、二〇〇九）を参照されたい――「この種の文学は、日本と同じく敗戦国として東プロイセンをはじめとするかつての「生活圏《レーベンスラウム》」を失った戦後ドイツ人の文学や、脱植民地化の二〇世紀を生きることになった旧植民地出身の西洋人の文学にも相似形を見出すことができるだろう。その意味で、後藤明生の朝鮮は、ギュンター・グラスのダンツィヒであり、カミュのアルジェリアであったというわけである」（二一一～二頁）。
（20）新木安利『サークル村の磁場――上野英信・谷川雁・森崎和江』海鳥社、二〇一一、五五頁。なお、森崎庫次については、本書と『森崎和江コレクション　精神史の旅5』（藤原書店、二〇〇九）所収の「自撰年譜」から多くを教わった。

(21) 森崎が朝鮮からの引揚者であったわりに、朝鮮語の知識に乏しい内地人であったことを逆に強調する形で、佐藤泉は、朝鮮人であったにもかかわらず、朝鮮語を「奪われた側の息子」としての金時鐘と、「奪った側の娘」の森崎を並置し、二人が「逆の方向から、しかしともに深々と植民地を生き」たと論じている。そして、二人は「個人史の感覚を『日本語』に対して差し向けるべき問いとして、かろうじて形にした」というのである(「いかんともしがたい植民地の経験」、青山学院大学文学部日本文学科編『異郷の日本語』社会評論社、二〇〇九、七六〜七頁)。なにがしかの形でバイリンガルであった植民地出身者の日本語を見るにあたって、むしろその「単一言語使用」に着目する佐藤の視点は、金時鐘ばかりでなく、朝鮮出身の在日日本語表現者全般の特徴を考えるときにも有効だろう。バイリンガルな人間は、単純にバイリンガル性のなかにどっぷりと浸かるのではなく、むしろ、そのいびつなバイリンガル性を「傷」として描き出すために、一言語を酷使する方法をとる場合がある。そして、森崎に特徴的なのは、一方で、遅ればせながら韓語＝朝鮮語の回復に情熱を燃やしながら、他方では「異言語」としての日本語の酷使にもたずさわるという二つの営みに、同時に、しかし異なる水準で取り組んだ点にある。これこそ、李恢成や李良枝などの韓語＝朝鮮語および日本語との関わり方にも通じる、決して重合することのない二重性なのだ。

(22) 『屋根の上のバイリンガル』(筑摩書房、一九八八)のなかで、沼野充義は「君はすごいねえ、バイリンガルだねえ」と褒められて、「はい、そうです」とぶっきらぼうに答えた多民族国家出身の女性のエピソードを引き合いに出しながら、それは「バイリンガルなど褒め言葉にもならない」状況が世の中には存在する上に、「バイリンガル」という言葉が「共通の公用語を満足に話せない知的に劣った少数民族」のイメージにさえ結びついて、「差別語のような響きを持っていた」からだと説明を施していた(一八〇〜二頁)。

（1）『〈外地〉の日本語文学選③朝鮮』（黒川創編、新宿書房、一九九六）や『韓流百年の日本語文学』（木村一信・崔在喆編、人文書院、二〇〇九）に補遺として掲載されている「年譜」を見るかぎり、先立つ事例としては高浜虚子の「朝鮮」くらいしか挙がっていない。

（2）『緒土に芽ぐむもの』改造社、一九二二、七九頁。以下、同作品からの引用は同書からだが、原文は総ルビとなっているものを、本書では必要最小限にとどめた。

（3）朝鮮出身の日本語作家として、最初期の重要な作家であった張赫宙は、第Ⅱ章注（8）でも触れたように、台湾の呂赫若のような作家にも影響を与えたと言われるが、「ルビ」を多用しながらの朝鮮語の再現にきわめて積極的であった、とくに初期のその作風は、台湾の日本語作家には、とうてい考えられないほどだ。また、「迫田農場」（初出『文學クオタリイ』二号、一九三二年六月）には、内地日本人が面白半分に朝鮮語で「牛岩村《ソバウドンネ》が一等賑かだな《チェリチヨッタ》」などと、「巧みな朝鮮語」で話しかけてくるという場面もある（南富鎭・白川豊編『張赫宙　日本語作品選』勉誠書房、二〇〇三、五三頁）。しかし、これこそまさに中西が編み出した形式を朝鮮人作家が踏襲し、敷衍した好例であったと考えてよいだろう。

（4）渡辺直紀「中西伊之助の朝鮮関連の小説について――特に表記言語と人物の遠近化の關係を中心に」『日本學』第二二輯、東國大學校日本學研究所、二〇〇三年一二月、二五六頁。

（5）「槇島はそれをふと見ると、一種の凄愴さが犇《ひし》と彼に薄《せま》つた。そして咄嗟に、（二八号ぢやないか？）と彼は思つた。すると彼は、何者かに自分の心臓をざくりと刺されたやうな気がした。」（五六三頁）

（6）『改造』一九二二年九月特大号「小説」篇、七頁。以下、「不逞鮮人」からの引用は同誌からで、頁数のみを本文中に記す。

（7）渡辺、前掲論文、二四九頁。

(8) 『汝等の背後より』改造社、一九二三。以下、同作品からの引用は同書からで、頁数のみを本文中に記す。
(9) 「詳細年譜」『金石範作品集Ⅱ』平凡社、二〇〇五、六〇八頁。
(10) 『文學藝術／문학예술』(在日本朝鮮文学芸術家中央委員会)の「編集人」として名前が挙がっているのは同誌一三号(一九六五年五月)から一六号(一九六五年一一月)まで。また「화산도」の連載は、同誌一三号(一九六五年五月)から二三号(一九六七年六月)までである。
(11) ちなみに、アルジェリア独立戦争をフランス語で描いたマムリの『阿片と鞭』*L'Opium et le bâton*(一九六五)や、アンゴラ独立戦争をポルトガル語で描いたペペテラの『マヨンベ』*Mayombe*(一九八〇)などとの比較可能性をさぐるのも興味深い。
(12) 作家自身が「私の分身ですね」と語っている(『金石範《火山島》小説世界を語る!』右文書院、二〇一〇、一五一頁)。
(13) 『火山島』全七巻、文藝春秋、一九八三〜九七。以下、同作に関しては同版からの引用で、ローマ数字で巻数、アラビア数字で頁数を本文中に記す。
(14) 「日本語は国土とともに国語を奪われた朝鮮の幼児の柔らかい脳髄を強姦した」(金石範『新編 在日の思想』講談社文芸文庫、二〇〇一、一三二頁)。
(15) 梁石日の『血と骨』(幻冬舎、一九九八)でも、コードスイッチングの描き方はほぼ同じである。Aは前半が日本語の大阪弁で、後半が朝鮮語。Bには言語に関する指示がないが、会話文は朝鮮語のはずである。

A 職人たちは、今度は八人がかりで金俊平を制止し、一人が田辺職長を抱きかかえて社長宅に逃げ込んだ。

「金さん、落ち着いとくなはれ」

金俊平の片脚にしがみついている根本が冷静になるように呼びかけた。

「警察沙汰になるのはまずい。警察は朝鮮人を信用しない。あんたが豚箱に放り込まれる」同じ済州島出身の高信義が朝鮮語で言った。日本に在住している朝鮮人にとって、特にこういう状況での朝鮮語は妙に効果があった。同胞の連帯感に訴えかけるものがある。高信義の朝鮮語のひとことで、激昂して張りつめていた金俊平の表情がゆるみ、全身にみなぎっていた力がしだいにぬけていった。（一三頁）

B　一人の老女が「アイゴー、俊平じゃないの。わしを覚えているかい？」と言って近づいてきた。郷《くに》にいた頃、近所に住んでいた海女のシンセン婆さんだった。

「ああ、覚えてます」

と、金俊平は頷いた。（一六頁）

(16)　日本の敗戦、朝鮮の解放の日に十七歳の朝鮮人少年だった金時鐘にとって、日本敗戦＝朝鮮解放がもたらした「反転」は、青天の霹靂だった――「朝鮮文字ではアイウエオの「ア」も書けない私が、呆然自失のうちに朝鮮人へ押し返されていた」（『「在日」のはざまで』平凡社ライブラリー、二〇〇一、一三頁）。それは、右利きの人間がいきなり左手に庖丁を持てと言われるような二刀流の「反転」だったはずである。他方、朝鮮生れの作家、後藤明生は、朝鮮時代をふり返りながら小説を書くにあたって、「鞭打っていた日本人がやがて鞭打たれることになった敗戦による逆転」を「考えに入れる」ことの重要性を説き（「わたしの内なる朝鮮」『文學界』一九七一年七月号、一九頁）、代表作『挾み撃ち』（一九七三）では、まさにこの持論そのものを作品化している。しかし、いかに敗戦国民であったとしても後藤から日本語が奪われたわけではなかった。朝鮮語の習得を強要されたわけでもない。いつしか片ことなりに身につけていた朝鮮語がいざという局面で物を言うことならあったかもしれないが、「国語」としての日本語が傷つけられることはなかった。

(17)『地底の太陽』集英社、二〇〇六。以下、同作品からの引用は同書からとし、本文中に頁数のみ記す。

(18)『火山島』によると、前年の春先に会った彼女は、朝鮮語を話すことはできたものの読み書きができないオモニたちにハングルを教える立場に立ち、自分は自分で「母国語」の習得に懸命で、その座机には「朝鮮の教科書よりはずっとりっぱ」な「朝鮮語の教科書が二、三冊置いてあった」(Ⅱ - 九一頁)とある。

(19)「私の『火山島』には夢がたくさん出てきます。〔……〕無意識の世界というものは感知できないけれども、確実に存在する。小説なら小説が、全体を書こうとするならば、無意識の世界も書かなくてはならない」(金石範「文学的想像力と普遍性」、青山学院大学文学部日本文学科編『異郷の日本語』社会評論社、二〇〇九、二五～八頁)。

(20)ポーランドでデビュー作『ゴライの悪魔』דער שטן אין גאָריי(一九三五)を刊行後、そのまま米国に移住。終生、東欧ユダヤ人の言語であるイディッシュ語で書き続けた。戦後の米国を舞台にして、ホロコースト・サバイバーを描いた作品も少なくなく、『敵・愛の物語』שׂונאים – די געשיכטע פֿון א ליבע(初出一九六六)には、相前後して渡米してきたホロコースト・サバイバー同士の再会場面がちりばめられている。彼ら彼女らが会話にあたって「リンガ・フランカ」に用いるのは、言うまでもなくイディッシュ語である。

(21)異郷の地にあって祖国ポーランドの崩壊を夢想する戯曲『結婚』*Ślub*(一九五三)や、ドイツ軍占領期を背景にした小説『ポルノグラフィア』*Pornografia*(一九五七)などがある。アルゼンチン時代のゴンブローヴィッチの作風については、拙著『エクストラテリトリアル――移動文学論Ⅱ』(作品社、二〇〇八)所収の「在外ポーランド人作家にとってのポーランド」を参照されたいが、そこで私は「出来事のなかで自分が傍観者なのか、役者なのか、役者を操る監督なのか、その不確定性をこそ描こうとする後期ゴンブローヴィッチの手法にあって、その舞台がポーランドであることにはほとんど意味がない」(一六五～六頁)と書いた。さまざまな「異郷の地」に身を置きながら、「郷里」に襲いかかった惨事を小説形式で再現してみせるには、資料や証言の収集が不可欠だが、そうした素材を小説へと加工するためには、さらに幾度も幾度も「夢」という装置をくぐらせるしかなかった。ゴンブローヴィッチがアルゼンチンの地にありながら、ポーランドを舞台とする小説を書きつづけたのは、ポーランドのことを現実によく知っていたからではいささかもなく、「悪夢」を通してしばしば「帰郷」を果たしていたからだ。『火山島』の場合も同じではないかと思うのである。

(22) 例えば、エドウィジ・ダンチカは、ハイチ生れ、米国育ちの英語作家だが、祖父母や両親の世代が一九三七年にサント・ドミンゴ島で勃発したハイチ人虐殺の記憶を掘り起こした『骨狩りのとき』*The Farming of Bones*(一九九八)などの作品を残している。みずからは事件の当事者ではなかった作家が、歴史的な大災厄の小説化を試みたケースとして、金石範に通じるものがある。総じて、カリブ海地域のアフリカ系作家たちは、数百年のスケールで歴史を遡りながら、奴隷船の記憶、奴隷制社会の記憶に言葉を与えようとする。しかも彼ら彼女らは、郷里を離れたヨーロッパや北米の地にあって、その移住地の言語で書くのである。それは旧宗主国の言葉を「酷使」することで「復讐」を果たそうとする場合もあれば、ダンチカのように、いままさに亡命ハイチ人社会の急成長を経験しつつある近隣の大国の言語を「酷使」する場合もある。じっさい、『骨狩りのとき』が描く虐殺事件は、当時のドミニカ共和国の実権を握っていたトルヒーヨ大統領の政策に沿った反共・人種主義的なもので、背後に米国の存在があったことは今や明らかである。

(23) 金石範は自身の文学について、次のように語ってもいる――「私は済州島の事件を体験してはいません。もし私が、日本文学の私小説的な影響を受けておれば、たぶん『鴉の死』のような作品は出てこなかった」(「文学的創造力と普遍性」、前掲『異郷の日本語』一四頁)。また、金時鐘は、金石範との対談のなかで、その文学の要諦を次のように要約している――「事実が真実として存在するためには、その事実が想像力のなかで再生産されなくてはならない。それが客体化された事実、つまり文学なんだ。石範兄が『鴉の死』から

『火山島』の完結まで四〇年かけて著わせたのは、四・三事件の事実を自分の思いのなかで再生産していけたからなんですね」(金石範・金時鐘『なぜ書きつづけてきたか　なぜ沈黙してきたか』平凡社、二〇〇一、一八一〜二頁)。

(24)「虚夢譚」(一九六九)、『金石範作品集I』平凡社、二〇〇五所収、一五五頁。

(25)郭南燕編『バイリンガルな日本語文学』(三元社、二〇一三)は、「外国人がなぜ日本語で書き、何を表現し、読者からどのような反応を引き起こしたのか。植民地の作家の日本語創作にどのような政治性と文学性があるのか。「日本語」と「文学」にとってどのような意味があるのかをめぐって」の「討論」(一三頁)を下敷きにした論集だが、「支配の言葉・融和の言葉」の中川成美は、「「日本語文学」とは、そこから排除されてしまった言葉への飽くなき追求なくしては存立しないのではないか」(三〇九頁)と書いている。

V　在日朝鮮人作家の「母語」問題

(1)多和田葉子『エクソフォニー――母語の外に出る旅』岩波書店、二〇〇三、六一頁。

(2)同書、六一〜二頁。

(3)金石範は、長篇『火山島』のなかで、「解放」直後にソウルに渡った若い主人公・南承之にこう語らせている――「ボードレールの訳詩集を片手にしながら、革命運動に身を投じている青年たちが多くいるのを知っている」(I - 五四頁)。ただし、その「訳詩集」が堀口大學訳であったか、金億(김억)の訳であったか、それはさほど重要なことではないだろう。

(4)作家・リービ英雄の「母語」は、ひとまず英語がそれだと言って間違いではなさそうだが、「ブルックリンの、ユダヤ系の家庭に生まれた父」と「ポーランド系の炭鉱夫の長女として生まれてウェスト・バージニアで育った母」(リービ英雄『国民のうた』講談社、一九九八、一三〜四頁)という両親それぞれの出自を考えれば、少なくとも、親たちの「母語」にはイディッシュ語やポーランド語が混じっていたはずである。また、この家族とともに、五、六歳で台湾に移住した彼にとっては、早い時期から「北京官話」が耳に親しい言語のひとつだったようだ。「満州エクスプレス」（初出一九九六）の主人公は、台湾から米国に帰国したばかりの時代をふり返りながら、そこでは「みな」が「父と母が話すのと同じ言葉しか話さなかった」（前掲書所収、一二六頁。強調引用者）ことに驚かされたという。つまり、台湾で少年時代を過ごした少年にとって、言語生活は「父と母のしゃべることば」と「国民党《ナショナリスト》の老将軍たちのことば」（三八頁）の二色に彩られ、二分されていたのだ（したがって、後にあらためて中国語を勉強し始めたリービにとって、それはただの「外国語」ではなかった）。この種の「母語」の「分裂」ともいうべき事態は、リービ英雄から創作の手解きを受けたという台湾人作家・温又柔の日本語小説においても主題のひとつである。国境を越えた人間の移動が盛んになった今日、「エクソフォニー」は「足し算」ではなく「割り算」としての様相をあらためて示すようになってきている。

（5）李恢成以前にも、植民地朝鮮出身の金史良は、一九三九年と四〇年に芥川賞候補者となり、また在日朝鮮人二世の金鶴泳は、一九六六年に「凍える口」で文藝賞を受賞していた。なお、このあと日本国籍を持たない芥川賞受賞者としては、一九八八年下半期の李良枝、一九九九年下半期の玄月、二〇〇八年上半期の楊逸らの名前がつづく。また、一九九六年上半期にはリービ英雄、同年下半期にはデビット・ゾペティが同賞の候補者となった。

（6）そこはそもそも「無主の地」であった以上、千島樺太交換条約も日露間の一方的な取り決めであり、日露戦争後の日本統治をも筆者は「占領」と呼ぶべきだと考えている。

（7）「年譜」、李恢成『流域へ（上）』講談社文芸文庫、二〇一〇、二八三頁。

（8）その経緯は後の『百年の旅人たち』（講談社、一九九四）に詳細に書かれることになる。

（9）エッセイ「容疑者の言葉」（初出一九七二）には、「日本語で小説を書こうと心をきめ」る一九六四年ごろまでの一時期、李恢成にとって日本語は「一種のタブー」であり、彼は「大学を卒業した年から七、八年〔……〕できるだけこの言葉を使うまいとし」、「母国語をつかおうと努力していた」と書いている。「当時、母国語に接近していくのは新鮮な喜びであった」という（『可能性としての「在日」』講談社文芸文庫、二〇〇二所収、一三三頁）。

（10）以下、「またふたたびの道」および「砧をうつ女」からの引用には、『またふたたびの道／砧をうつ女』（講談社文芸文庫、一九九一）を用い、本文中に頁数を記す。次章における「砧をうつ女」に関しても同様。

（11）そこには товарищ《タバリシチ》 や господин《ガスパジン》 のようなキリル文字までが登場する（一二九頁）。

（12）この小説を発表後、李恢成はこれを読んだ「在日同胞」たちから「ジョジョ」の由来について、さまざまな種明かしを受けたという。「曹操」の字をあてて「才気煥発で奇策縦横な子供の愛称」だとの説や、「祚祚」の字をあてて「仕合せな子孫」だという説などであった（『可能性としての「在日」』一五〇頁）。

（13）中山大将「韓国永住帰国サハリン朝鮮人——韓国安山市「故郷の村」の韓人」、今西一編『北東アジアのコリアン・ディアスポラ』小樽商科大学出版会、二〇一二、二二九頁。しかし、日本植民地主義をくぐり抜けた朝鮮人の場合には、「母語」そのものが「分裂」していた可能性を考えることが重要だと思う。李恢成もエッセイ「日本語との関わり」（初出一九七二）のなかで、「何が一番いやなのか」と聞いて、「自分の観念が朝鮮語と日本語に分裂することだ」と「答え」た「ある朝鮮人学生」の思い出を「戦時中」の記憶としてふり返る「ある日本の詩人」に言及している（『可能性としての「在日」』所収、一五五頁）。

（14）「何年経っても祖父は倭語を覚えなかった」（七二頁）。なお、李建志は『朝鮮近代文学とナショナリズム』（作品社、二〇〇七）のなかで、「母語」とは別に「祖母語」という言葉を用いている、「母語」が二言語に分岐しているとき、「母国語」の響きにたどり着くには、さらに世代を遡っていくしかないのである。同書の

「第2章　「母語」と「祖母語」の狭間にあるもの」では、李恢成における「朝鮮語」が、金城哲夫の「沖縄ことば」や鳩沢佐美夫の「アイヌ語」と並置して論じられる。

(15)「身世打令」の漢字をあてることの多いこの言葉を作家が「身勢打鈴」と表記した裏にどんな思惑があり、また特に「打鈴」という当て字が日本においてどのような波及効果を生んだかについては、下記論文に詳しい——金貞愛「拡散する〈身勢打鈴《シンセタリョン》〉」『第26回国際日本文学研究集会会議録』国文学研究資料館、二〇〇二。

(16) ちなみに、李恢成より十年年長で大阪生れの金石範は、日本の敗戦間際に済州島の土を踏み、そこで「日本語の通らぬ、朝鮮語しか通らぬ世界がある」ことを「発見」した、作家の分身とも言える朝鮮人二世を主人公に据えた連作『1945年夏』（筑摩書房、一九七四）を、「砧をうつ女」とほぼ同時期に書き継いでいた（引用は同書二四頁）。「母語」が二分されている状況は初期の在日朝鮮人の大多数に共通するものであったと言えよう。そんな彼らにとって、植民地朝鮮は徐々に日本語が通じない世界ではなくなりつつあったのだが、しかし、朝鮮人の「母語」が朝鮮語以外ではありえない場所として、その土地は「発見」されたのだった。

(17)「シバラ」씨발아は、女性器を意味する「シバル」씨발を使った女性に対する罵倒表現。

(18) 李恢成は、自分たち親子がサハリンから内地へと脱出した理由として、父親が「協和会の役員をやっていたから、それで居づらくなって」と、後に語っている。「逃げ切れずに捕まった人は、シベリヤとかあちこちに送られた」のだという（朴亨柱『サハリンからのレポート』民濤社編、御茶の水書房、一九九〇、一五四頁）。この「協和会狩り」について、『地上生活者〈第1部〉』（講談社、二〇〇五）にも詳しい記述があり、「日帝《イルジェ》の走狗《チュグ》」が決まり文句であったという（一九九頁）。

(19) 前掲『可能性としての「在日」』一五〇頁。『地上生活者〈第1部〉』にも、主人公が国民学校にあがった入学式の日、母は「小紋の和服に黒の羽織姿であった」とある（八六頁）。

(20) 「母の嘆きを挿入することで植民地化された「民族」の悲しみを「母」の不幸な境遇を通して語ろうとする」（朴裕河『ナショナル・アイデンティティとジェンダー』クレイン、二〇〇七、三二五頁）。同書で、朴は、李恢成に見られる「女」に「民族」を「代弁」させる傾向（三二七頁）を指摘しつつ、それを「民族の娘」というキイワードを用いてあらわしている（三二六頁）。この問題は、第Ⅲ章注（10）で触れた「朝鮮人女性の犠牲者にことさらに光をあてる傾向」とも深く結びつくと考えている。女性の「犠牲者化」という問題である。

(21) 朴裕河の前掲書、および金貞愛の前掲論文（注(15)）はいずれも、「流されないで」が後になって母をふり返る話者の「想像」にすぎないことを直視している。しかも、作品をしっかりと読み返せば、「どこまで流されていくの。下関でたくさんよ。それを本州から北海道、さらに樺太へと――。当身《タンシン》（あなた）の生き方もそれにつれて流れているのよ。何で協和会の役員なんか引き受けるの」（二二二頁）と夫に詰め寄ったという母の姿も、やはり架空の「想像」であることが明らかだ。そして、そうした母の口調さえもが話者の「想像」にすぎなかった以上、それが何語でなされたかはますます特定不能になる。「当身《タンシン》」という表現から、それが内地人風の日本語でなかったと話者が「想像」したということだけが明らかなのである。

(22) 「四万三千人の朝鮮民族の人々のうち、戦前来からの樺太居住者は五パーセントにも充たないし、日本国家の都合による強制連行者が九割以上である」（三田英彬『棄てられた四万三千人』三一書房、一九八一、九頁）。

(23) 朴裕河、前掲書、三二七頁。

(24) 引揚げ作家（特に小林勝）とバイリンガリズムについては、原佑介「日本人植民者の戦後文学における二重言語空間――小林勝の植民地小説と朝鮮語」（『立命館言語文化研究』二五巻二号、二〇一四）を参照されたい。また、『諸君』の一九七九年七月号に組まれた「特別企画　日本のカミュたち」（本田靖春編）については、朴裕河「おきざりにされた植民地・帝国後体験」（伊豫谷登士翁・平田由美編『「帰郷」の物語／「移動」の語り——戦後日本におけるポストコロニアルの想像力』平凡社、二〇一四）に詳しい。

(25) 同作品からの引用には、『私のサハリン』（講談社、一九七五）を用い、本文中に頁数のみを記す。

(26) 一九七六年、飛行機に乗ってサハリンから日本の新潟まで渡ってきた五四歳の朝鮮人は、「三十年来、ほとんど使ったことがなかったにしては、日本語が存外、すらすら口をついて出た」という（三田、前掲書、一九～二〇頁）。

(27) 後の「流民伝」（初出は「流離譚」一九八〇、『流民伝』河出書房新社、一九八〇所収）には、これに似た状況を背景にして、「一九六六年の正月」（同書、二五頁）に「共和国」の従兄から手紙をもらい、それは「親愛なる従弟へ、と母国語によって書き出され」（二六頁）とある。主人公は、「大学生になってから母国のことばをまなんだ」だけだが（四四頁）、それでもなんとか手紙が読めた。しかし、日本に残ったその従兄の長兄と弟へは、「日本語に直して」（三四頁）やらなければならないのだった。しかも、同小説では、この二人もまた、その後、新潟から「共和国」に渡ることになる。このあたりの経緯は、エッセイ「韓国国籍取得の記」（初出一九九八、前掲『可能性としての「在日」』所収）に書かれている。だが、そこには「私の従兄弟三人が八〇年前後に政治犯として次々に逮捕され、拷問を受けて死んだ」（九八頁）という衝撃の事実も書きつけられている。

(28) 「へっ、こったら学校が」と、日本語で「民族学校」を小バカにする生徒に対して「黄《ファン》先生」は、真顔になって、「何がおかしい。こんな立派な学校がどこにあるか。これは朝鮮人が三十六年間かけて血と汗で建てた学校なんじゃ。どんなに大きい日本の学校より立派なんじゃぞ。それが分からぬと何を覚えてもだめだ」と言うのだった（一八頁）。もちろん朝鮮語である。ちなみに、三田英彬によれば、日本統治下の翼賛組織「協和会」にとってかわるように、「再占領」後のサハリンでは、「朝鮮居留民会」なるものが自主的に結成され、「民族学校」の立ち上げはその流れで実現したものらしい（前掲書、八八〜九頁）。また、教科書は「北朝鮮から〔……〕持ってきた」ものを「ガリ版印刷」して使いまわし、教員からは「日本の教育を受けた人を除いた」という（崔吉城『樺太朝鮮人の悲劇――サハリン朝鮮人の現在』第一書房、二〇〇七、二五四頁）。なお、前掲『地上生活者〈第１部〉』によれば、かつての「郵便支局跡」に「民族学校」が開かれるのは、一九四五年の「十二月一日」（一八〇頁）で、「私のサハリン」に登場する「黄《ファン》先生」が、そこには「皇甫錫国《ファンボソククク》」の名前で登場する。彼は「民族主義者」の汚名を着せられて、「豊原の監獄」に「二年近くぶちこまれていた」（二〇二頁）というから、まずはその経歴が彼にとって勲章になったのだろう。ところが、祖国の「解放」を謳歌した皇甫先生の栄光の時代は長続きせず、しだいに「ソ連系朝鮮人」が幅を利かせ、それまで掲げられていた「太極旗」が「降ろされ」るところまで来てしまうと、彼は「その職から追われ」（二〇五〜七頁）、「シベリアのどこかの収容所」に送られてしまうのである（二一〇〜一頁）。「民族主義者」は二度にわたって拘束を余儀なくされたことになる。もし日本への脱出が遅れていた場合、かつて「協和会の幹部」であった主人公の父親を襲っていたかもしれない運命と、皇甫先生の運命は、奇しくも折り重なっていた可能性が高いのである。

(29) 注（9）に挙げたエッセイ「容疑者の言葉」には、「母国語による創作を思い立」ってから、「言葉の壁につき当」るまでのプロセスも書かれている。「文学言語となると自分がいかに母国語から疎外されているかを痛感させられた」というのである（『可能性としての「在日」』所収、一三五頁）。

(30) 『地上生活者〈第１部〉』にもサハリン時代をふり返ったエピソードのなかに、片ことのロシア語が散見される。たとえば、「日本軍がシベリアから撤収したときサハリンにいっしょに逃げてきた」（一九九頁）とされる家庭に育ったらしいコリアンの餓鬼どもが、どさくさにまぎれてロシア語で罵ってくる場面がある――「馬鹿野郎《ドラーカ》、犬畜生《サバーカ》、おまえらのおっ母をやっちまえ《ヨッボイノマーチ》……」（二〇一頁）。しかし、よくよく見ると、「犬」

собака との語呂合わせに「愚か者」дурак が格変化させられていたり、「母ちゃんとやってみろ」Ёб твою мать の途中に朝鮮語の「おまえ（の）」너がはさまっていたり、表現にちょっとした破格が生じている。

(31) 梁明心は、李恢成のなかでサハリンの持った意味を論じながら、「生まれて初めて自分が「朝鮮人」であることを実感」した場所だとしている。日常的に朝鮮語を耳にし、また慶尚南道の母の郷里を訪ねたことがあったにもかかわらず、それらの幼児体験は、嘘のようだが、まだまだ本格的な「朝鮮人」としての目覚めを促すものではなかったのだ（「李恢成文学における「サハリン」――『またふたたびの道』から『百年の旅人たち』へ」『神戸大学国文論叢』四一号、二〇〇九、四一頁）。

(32) 李恢成自身は、大学でロシア文学を学んだ。彼は、韓国の雑誌『말』一九九五年一二月号誌上におけるインタビューで、シン・ジュニョン（신준영）からの質問に答えながら、「ロシア文学を専攻しようとした動機といえば、ロシアのツァーリズム体制下に沢山の苦痛を経験したロシアの農民たちの精神がサハリンまで流れつき苦悩を経験するしかなかったわれらの朝鮮の同胞たちの心と通じるところがあるような気がしたからです」（梁、前掲論文、四〇頁、引用文は梁による翻訳）と述べているが、サハリンに残してきた血縁者との交流に役立つかもしれないという実利的な計算も、その選択の背後ではたらいていた可能性がある。

(33) 『サハリンへの旅』（一九八三）は、まさにサハリンと日本に分かれ住んだ「トライリンガル」な朝鮮人同士の再会の実録である。

(34) 同じ時期、日本を中継点としてサハリンと韓国のあいだでも文通が実現していたことについては、三田の前掲書『棄て去られた四万三千人』（注(22)）に言及がある（一〇頁）。

(35) 『サハリンへの旅』には、「別れたときには〔……〕日本語しかしゃべれなかった」はずの、この義姉が、三十四年ぶりに再会した一九八一年には「慶尚道訛りのきつい朝鮮語を使っていた」と書かれている（講談社文芸文庫、一九八九、九六頁）。

(36)「コンラッドの英語は、グローバル化する英語であると同時に、局地的に「死語」となる危機に瀕している少数言語としてもまた表象される」（拙論「コンラッドの英語、コンラッドのポーランド語」、『エクストラテリトリアル　移動文学論Ⅱ』作品社、二〇〇八、一三四頁）。

(37)『百年の旅人たち』には、ディアスポラ朝鮮人と境遇を同じうするユダヤ系ソ連人のシャバラという男が登場するが、三田英彬によれば、これは李恢成の兄・龍成がサハリンで通訳をしていた時代に知り合ったユダヤ人をモデルにしたものらしい（前掲書、一一四～五頁）。後に、李恢成はこうした過去をふり返りながら、『地上生活者〈第1部〉』には、主人公一家の密航を助けた「上級大尉《スタルシー・カピタン》」として「ボリス・ジャボジンスキー」（ジャボチンスキーの聞き間違えか?）の名を示している（二六一頁）。

(38)『流域へ』（一九九二）の李恢成や、『ノレ・ノスタルギーヤ』（二〇〇三）の姜信子らは、「リンガ・フランカ」としての朝鮮語を媒介させることで、「高麗人《コリョサラム》」の足跡をもとめ、ペレストロイカ後、そしてソ連邦崩壊後の中央アジア地域を精力的に訪ね歩いた。

(39)「死者の遺したもの」（初出一九七〇）は、父の死を契機として総連と民団に分かれて属する兄弟間で深まった葛藤と懊悩に光をあてた小説だが、総連・民団合同の葬儀を提案してきた総連支部副委員長の次の提案がどのような言葉でなされたかは、あまり明らかでない――「かかる同胞分裂の悲劇《ビグック》をなくしていくためにこの際お父さんの葬儀を共同葬としたい」（『われら青春の途上にて』講談社、一九七〇所収、二二六頁）。たぶん朝鮮語だろう。

(40)崔吉城の前掲書では、当時の内地日本人の朝鮮人観が次のように要約されている――「朝鮮人はロシア語を喋り、夜になると飛行機に青や赤の懐中電灯で信号を送るソ連のスパイであり、日本人を裏切り、武器を赤軍に渡し、ソ連側に密告している」（一四四頁）。たしかに、一九三〇年代には、満洲やサハリンなど「ソ連の国境地帯では朝鮮人の独立運動が熾烈」で、「朝鮮語、ロシア語、日本語、中国語に堪能だった」朝鮮人をソ連邦側が「日本に対する諜報活動に〔……〕利用した」のも事実だったようだ。しかも「朝鮮人と日本人の区別がつきくにかった」こともあって、ソ連邦側は「本気で朝鮮人を信じようとはしなかった」（一八五頁）のである。一九三七年に断行された極東朝鮮人の中央アジアへの強制移送は、ソ連邦側に住む朝鮮人の労働力に対する期待よりも、極東地域の安全保障を視野に入れたものだった。ちなみに同じスターリン独裁時代には、ウクライナやベラルーシのユダヤ人の一部が、やはり間諜の疑いをかけられて、極東ハバロフスク近郊の「ビロビジャン自治区」に農業移民として強制移送された。

なお『地上生活者〈第4部〉』（講談社、二〇一二）には、母を亡くした直後の冬の出来事として、みなで凧上げをしているところに巡査が「駆けつけてき」て、「沖合のロスケの潜水艦が凧から何かの信号を受けとっていたかもしれない」との容疑で、「外祖父が警察署に連行された」（八頁）とのエピソードが記されている。

(41) ソ連軍の真岡上陸を受けて、その直後、内陸の瑞穂村では「ロスケのスパイ」とみなされた朝鮮人に対する日本人の虐殺行為もはたらかれている。この事件は、ソ連邦の法廷にかけられ、一九四七年二月二十六日に七名の首謀者が銃殺刑に処されている。このあたりは、崔吉城の前掲書や、林えいだい『証言　樺太朝鮮人虐殺事件』（風媒社、一九九二）に詳しい。

(42) 注(37)にも挙げた李恢成の兄・龍成は、「ソ連軍が占領する前から、ロシア語を学んで」おり（三田、前掲書、一一三頁）、弟の恢成よりもずっとハイレベルの「トライリンガル」だったようだ。であればこそ、「再占領」後、ただちに「通訳」が務まったのである。しかも、彼ならば露日・露朝という三重の通訳が可能だっただろう。この兄は、『地上生活者〈第2部〉』（二〇〇五）にも「ロシア語がわが身を助けてくれたよ」と述懐する、その分身が登場する（三八三頁）。

(43) 「またふたたびの道」に登場する義母の連れ子であった「トヨ子」が、この「私のサハリン」には「里子」

の名前で登場する。

（44）日本人、そして日本人の配偶者である朝鮮人に対してだけ、例外的な「引揚げ」を進めた占領期日本政府の責任については、高木健一『サハリンと日本人の戦後責任』（凱風社、一九九〇）に詳しい。たとえば、日本人の引揚げを準備した「ソ連地区引揚げに関する米ソ協定」には、引揚げ対象者として「日本人捕虜」と「一般日本人（一般日本人のソ連邦よりの引揚げは各人の希望による。）」が挙げられていたにもかかわらず、この時点でまだ日本国籍を保有していた（その国籍が国際法によって失われるのは、一九五二年四月二十八日以降である）はずの朝鮮人たちが「一般日本人」のカテゴリーには含められず、これには「ポツダム宣言」を「引用」してまで、彼らを「日本公民とみなさないように公式に要請」した日本政府による水面下の工作があったというのである（一三四頁）。もちろん、日本で「解放」の日を迎えた朝鮮人が、その後も「日本人＝日本国民」であると感じつづけていたかどうかは別問題である。たとえば、さきに挙げた「流民伝」の主人公は、「在サハリン同胞を「日本人」と、見立てて」まで、日本政府に「戦後処理」を求め、「日本に帰国」させようとするタイプの帰還運動を「不愉快」に感じている（前掲書、一一六頁）。

（45）『伽倻子のために』（一九七〇）では、「エルサレムをめざすユダヤ人」と「白頭山をめざす若者達」が対比され（八八頁）、またそこには「共和国」に渡る同胞との別れに際して「牡丹峰《モランボン》で会いましょう」との言葉を交わす場面もあらわれる（二二九頁）。なお、以後、『伽倻子のために』からの引用には、一九七五年の新潮文庫版を用い、本文中に頁数のみを記す。

（46）今西一編の前掲書（注（13））では、現在、ソウル近郊の安山《アンサン》市に住むサハリンからの引揚者に対するインタビューが日本語で行われており、李恢成と同じ一九三五年生れの高昌男という男性は、日本の敗戦後、サハリンに新しくできた朝鮮学校にしばらく通ったあと、「ロシア学校七年生にあがった」ら、「言葉が通じず、「日本の辞書で勉強して、ようやく七年生を終」わったと語っている（二七〇頁）。彼はその後、モスクワの大学を卒業するのだが、二〇〇〇年に「帰国」してから九年の後、彼は「永住帰国者老人会会長」を務めるほどでありながら、なおも韓国語には何かと不自由しているという。

（47）「半チョッパリ」の主人公は、「浅草の朝鮮人の店」で「父には開城人参酒、母には同じ朝鮮産の蜂蜜」を買い求め、家族の住む「K県S町」に帰省する（『砧をうつ女』文藝春秋、一九七二所収、一四八頁）。それでも海辺の町を郷里とするあたりが、原風景としての真岡をわずかに想起させる。

（48）『伽倻子のために』での「生母」の記憶は「子供の縫い物」をするときのような映像の記憶が中心だ（三二頁）。

（49）「またふたたびの道」によるセンセーショナルな日本文壇デビュー以前にも、李恢成は、日本語の小説を少なくとも三作発表しており、これらについて、金貞愛の研究が先駆的だが、「ディアスポラ作家李恢成とアイデンティティ――「つつじの花」から「青丘の宿」へ」（『社会文学』二二号、二〇〇五）では、「日本語」と「母語」（もしくは「母国語」）に揺れる在日朝鮮人二世の若者というテーマが、当時の作品においていかに重要であったかが論じられている。なお、同論文には、「つつじの花」（『新しい世代』一九六六年一月号）において、主人公が「家庭教師」につく朝鮮人少年は、「日本人学校から朝鮮中学へ転校する」設定になっており、朝鮮学校から日本の高校受験をめざす「青丘の宿」の少年とは対照的であったと書かれている。

（50）後に金石範は、『火山島』という超大作を書き上げ、そこで、作家自身と同世代の済州島女性として李有媛という女性を肉太に造形することになるが、李恢成は李恢成で、「自分がちょうどサハリン島（樺太）から日本に渡ってきた頃〔……〕知り合いの人に連れられ日本に密航してきた」（『伽倻子のために』一四三頁）という崔明姫の姿を印象的に描いている。

（51）新潮文庫版『伽倻子のために』における西郷竹彦による「解説」（同書、二四二頁）。

（52）李恢成自身がサハリンで「民族教育」を受けていたことは「私のサハリン」だけでなく、『地上生活者

〈第1部〉』に詳しいが、札幌時代に主人公一家が間借りしていた旅館は「民族夜間学校」として使われるようになり、主人自身、「父親からずる休みしないように〔……〕釘をさされていた」とある。ただ、まだ十四歳だった主人公は、「またもや民族教育か」と、どうやらこれには「うんざり」だったらしい（三一四頁）。

(53) 戦後の日本で「朝鮮放送」に耳を傾けたなかには、朝鮮人ばかりでなく、朝鮮帰りの日本人もいた。「朝鮮語の放送がきこえてきた。／朝鮮語であることはすぐわかった。わたしはあたかも、自分がラジオのスイッチを捻ったのはこの放送をきくためでもあったかのように、朝鮮語の放送をききはじめた。〔……〕しかし、話の内容は皆目わからなかった。わたしはこの三十年の間に、朝鮮語をきれいさっぱり忘れてしまっていた」（後藤明生『夢かたり』中公文庫、一九七八、一〇四頁）。

(54) 『伽倻子のために』のなかでは、伽倻子の養父の「帰化」に絡めて、ラフカディオ・ハーンが引き合いに出される。「みずから日本人になることを望み、仕合せを感じた」ハーンと、在日朝鮮人とでは「訳がちがう」（一一九頁）というのだが、ハーンは英語を覚えたがる日本人妻のセツの学習意欲をはぐらかそうとした。彼は妻がモノリンガルな日本人でいつづけることを望んだのだ。この意味でも両者は対照的だ。ハーンとセツについては、拙著『耳の悦楽――ラフカディオ・ハーンと女たち』（紀伊國屋書店、二〇〇四、一三一～一四頁）を参照されたい。

(55) 『伽倻子のために』における「ヤドカリ」の比喩は、東京都内を転々とする自分を「ヤドカリ」になぞらえたもので、「巻き貝の貝殻に住んでいて育つたびに殻を替えていく」（九四頁）というふうに比較的説明が容易だが、第Ⅳ章の注(24)で触れた、金石範「虚夢譚」（初出一九六九）の「やどかり」は、「無数のやどかり」という群れの形をとり、「私のはらわたをちぎり取って食べ」るという他者性、そして肉食動物としての獰猛さを秘めている。そして、その「比喩」ではない「ファンタスム」を「ソラゲ」소라게（＝貝の蟹）ではなく、日本語の「やどかり」の名でしか呼べないことが、その「他者性」をいっそう増幅させるの

だ。

(56) 山下英愛は「朝鮮総連の組織で働く夫」とともに「家庭を持った母」が「総連分会の夜間学校に通い、朝鮮語も習った」ことをふり返っている(『ナショナリズムの狭間から』明石書店、二〇〇八、二二頁)。これは決してレアなケースではなかっただろう。

(57) テッサ・モーリス=スズキ『北朝鮮へのエクソダス』(田代泰子訳、朝日文庫、二〇一一)には、「一九五九年から一九八四年まで」にわたる「九万三千三百四十人」の「帰国者」の内訳として、「八万六千六百三人の朝鮮人と、その配偶者あるいは扶養家族である日本人六千七百三十人と中国人七人」という数字が挙がっている(二七頁)。また同書には、「帰国」の途に着こうと新潟行きの列車に乗りこむ車中の風景を再現しながら、「いろいろな国語や訛《なま》りが入りまじって聞こえる。日本語と朝鮮語、農村の会話のゆったりとしたリズム、専門職階層の話す闊達な抑揚……」とも、過去を再構成しながら書かれている(一三頁)。

(58) 竹田青嗣『〈在日〉という根拠』国文社、一九八三、五四頁。

(59) 徐京植『植民地主義の暴力』高文研、二〇一〇、一九五頁。同書のなかで、彼は「非=母語」という言葉を使い、「外国語」という言葉を避けた理由を、「すべての人にとって「母語」と「母国語」が一致しているとは限らない。これと同じ理由で、すべての人にとって「外国語」は「母語」ではないとは限らないからである」(二三六~七頁)と補足説明している。

(60) 徐京植、前掲書、一九六頁。この事例を読むと、ドナウ河をはさんでルーマニアと国境と接するブルガリアの小都市ルスチュク(「ルスチュク」はトルコ語の名で、ブルガリア語では「ルーセ」)に生まれたユダヤ系作家・思想家のエリアス・カネッティのケースが思い出される――「両親は自分たち同士ではドイツ語で話したが、それについては私は何ひとつ知ることを許されないのであった。私たち子供や、あらゆる親戚や友人に対しては、両親はスペイン語で語った。〔……〕家にいる農家の少女たちはブルガリア語しか話さず

〔……〕しかし私はブルガリアの学校には行かずじまいで、六歳のときルスチュクを去ったので、それをすぐさま完全に忘れてしまった」。そして、その後、ウィーンで経歴を積んだ彼はいつしかドイツ語を最も身近な言語と考えるようになり、「初期の時代のあらゆる出来事はスペイン語もしくはブルガリア語で生起した」が、「当の出来事は、私の内部では、のちに大半がドイツ語に翻訳された」と書くことになる（『救われた舌』岩田行一訳、法政大学出版局、一九八一〔*Die gerettete Zunge*, 1977〕、一四頁）。このようなケースではもはや何語が「母語」で、何語が「母国語」なのかを特定しようとしてもまったく不可能である。

(61) 以下、多和田葉子『旅をする裸の眼』からの引用には、講談社文庫版（二〇〇八）を用い、本文中に頁数のみを記す。

Ⅵ 「二世文学」の振幅

(1) 「あなた朝鮮半島に対して、肉体的な愛着ってありますか？〔……〕いま自分は祖国に帰ったという感動はありましたか？」と、みずからにとって朝鮮半島が望郷の地であることを得意がるかのような調子で質問をぶつけてくる五木寛之に対して、李恢成は気の弱い少年のごとく、次のように答えるだけだ――「そういう記憶がいくつかあるだけで、〔……〕小林勝さんとか、ああいう〔……〕いってきた人が、秋空の澄み渡った空とか、マクワウリだとか、〔……〕アカシアだとかいわれると、なんとなく羨ましくなってどうしても行かなきゃいけないという気を持ちます。だけど、六つのぼくに祖国感のありようがないわけですね」（「ぼくらにとっての〝朝鮮〟――体験をいかに作品にするか」『文学界』一九七〇年十一月号）。

(2) 『三田文学』一九七〇年三月号、一〇二頁。

(3) 同書、一〇三頁。

(4) 同書、一〇二頁。

（5）同書、一〇五頁。
（6）金石範『ことばの呪縛――「在日朝鮮人文学」と日本語』筑摩書房、一九七二所収、一二四頁。
（7）同書、一三三頁。
（8）同書、一三八頁。
（9）前に引いた『三田文学』誌上の座談会のなかで、柄谷行人は「アメリカには在日朝鮮人という感じに似たものとしてまずニグロとユダヤがありますね」（九八頁）と言い、ボールドウィンやマラマッドの名前を挙げ、李恢成はこれに呼応するようにフォークナーの『サンクチュアリ』*Sanctuary*（一九三一）の読後感を語るなどしている。また、そこでは、柄谷が李恢成「われら青春の途上にて」について「あそこに小松川事件の李珍宇みたいなのが出てくる」（九六頁）とコメントするのだが、これに対しても、忘れたころに、遠い応答のようにして、「その作品世界からいろいろと金嬉老のことや自分のことを考えさせられ」（一〇五頁）たと語り、在日朝鮮人文学のマイノリティ性について考えるときに、「犯罪」がひとつの切り口になりうることを示唆する流れになっている。また、同座談会の余韻を引きずった『文学』誌上の座談会では、ラルフ・エリスンの『見えない男』*Invisible Man*（一九五二）が話題に上っている。在日朝鮮人文学と同時代のアメリカ文学との比較は、当時の潮流のひとつであったと言っていいと思う。
（10）*Encyclopedia of Japanese American History: An A-to-Z Reference from 1868 to the Present*, Updated Edition, Los Angels: The Japanese American National Museum, 2001, p. xvii.
（11）詳細については、水野真理子『日系アメリカ人の文学活動の歴史的変遷』（風間書房、二〇一三）の「第一章」などを参照されたい。
（12）水野の前掲書の「第三章」・「第四章」には、日本語雑誌『収穫』*Harvest* に英文欄が設けられたり、日系人のための雑誌『カレント・ライフ』*Current Life* が創刊されたりといった一九三〇年代の動向が丁寧に書かれている。

(13) トシオ・モリ『カリフォルニア州ヨコハマ町』*Yokohama, California* 大橋吉之輔訳、毎日新聞社、〔新装版〕一九九二、「訳者あとがき」二〇三頁。以下、同書からの引用に際しては大橋訳を用い、本文中に頁数のみ記す。

(14) 水野の前掲書「第五章」では、モリとサロイヤンのあいだの書簡にまで触れながら二人の友情が描かれている。

(15) ウィリアム・サロイヤン『わが名はアラム』*My Name Is Aram* からの引用は、晶文社版（一九九七）の清水俊二訳を用い、本文中に各編のタイトルと頁数を示す。

(16) Lawrence Rosenwald, *Multilingual America*, Cambrige, UK : Cambridge University Press, 2008. そこでは、アルフレッド・メルシエやジョージ・ワシントン・ケーブルが中心に扱われているが、ルイジアナの英語作家で言えば、ケイト・ショパンの多言語趣味がきわめて特徴的である。これについては前掲『耳の悦楽』所収の「「南部文学」の世界性について」を参照されたい。

(17) サロイヤンと在米アルメニア人政治団体との関係などについては以下の研究が参照になる。Nona Balakian, *The World of William Saroyan*, Associated University Presses, 1998. これによれば、サロイヤンが初期の短篇を投稿した『祖国《ハイレニク》』Հայրենիք /Hairenik は二〇世紀初頭にボストンで創刊されたもので、最初はアルメニア語だけだったが、一九三二年以降、英文欄が設けられ、サロイヤンがシラク・ゴリアン（Sirak Goryan）の名で短篇を寄せたのは、この英文欄だったとある（p. 47）。

(18) エレイン・キム『アジア系アメリカ文学』*Asian American Literature : An Introduction to the Writings and Their Social Context* 植木照代・山本秀行・申幸月訳、世界思想社、二〇〇二、二一二頁。

(19) サロイヤンが序文を寄せており、またそのタイトルは明らかにシャーウッド・アンダソンの『ワインズバーグ・オハイオ』*Winesburg, Ohio*（一九一九）へのオマージュである。

(20) 前掲の大橋訳では、日本語で交わされたと思しき会話文に関しては、モリ一家が広島県人に類別されることを受け、「アメリカちゅうたら、世界の裏側にある国じゃろうが」（一三頁）というふうに広島方言を駆使して翻訳されているものの、そもそもの英文では平板な英語にすぎない。

(21) モリのなかには、日本語でと思われる手紙をやり取りするエピソードや、「居間の中」に「日本語と英語の雑誌や書物がおいてある」（二四頁）ことなどが、わずかにだが出てくる。

(22) 『芥川賞全集⑨』文藝春秋、一九八二、三四七頁。

(23) 『座談会　昭和文学史五』（集英社、二〇〇四）に収められた座談会「在日朝鮮人文学」のなかで、朴裕河は「「砧の音」は労働にすぎないので、そこに叙情を感じてほしくない」と言い、「その労働が嫌で逃げたにもかかわらず、その母親を悼む小説に「砧をうつ女」というタイトルを与えたのには「美化」が潜んでいると指摘する（二九五頁）。

(24) 母の死を学校で聞かされた兄弟が交わす「すぐ病院さ来いってよ。わかるべ」（一四頁）は、樺太ならではの「浜ことば」だと思われるが、方言色の強い日本語で書かれている箇所の大半は、朝鮮語、もしくは朝鮮語と日本語のちゃんぽんであったと考えられる。

(25) 芥川賞の選考委員のあいだでも総じて好評だったなかで、中村光夫が「鮮やかすぎる作りものにた印象を与える」と言って、「できすぎた失敗作」だと難じたり、吉行淳之介が「新しい文学の担い手の一人である筈の氏が、こういう傾向の作品で受賞しては、困るとおもった」と言ったりしているのは、「砧をうつ女」で李恢成が用いた「一世」のとくに女性を美化する手法に対する違和感なのだろう。また、「片手間仕事」は大岡昇平の選評にある表現である（前掲『芥川賞全集⑨』三五〇頁）。

(26) 『青丘の宿』講談社文庫版、一九七四、一八〜九頁。

(27)『わが青春の途上にて』講談社、一九七〇、九二頁。

(28) 外村大は『在日朝鮮人社会の歴史学的研究』(緑蔭書房、二〇〇四)のなかで、一九三〇年代の朝鮮人集住地区の言語状況に関する、次のような文章を史料から引いている――「彼等は同じ朝鮮の子供等と遊んでいても、朝鮮語は少しも使わない。彼らに聞いてみたところ、朝鮮語をよく話せないというのである。彼等は家の中に於て遊ぶ時間よりも、外へ出て遊ぶ時間が多い。彼等は親たちと話しをする時間よりも、友達同士で話しをする機会が多い。かくして彼等は国語を段々覚えて行くと同時に、朝鮮語は段々と忘れて行くのである」(一七三頁)。同じ状況は李恢成が育った日中戦争期の樺太(=サハリン)にも見られたと思われる。

(29) 注(28)における引用の「朝鮮」を「日本」、あるいは「アルメニア」に置き換え、「国語」を「英語」に置き換えても、そこに大きな開きはなかったはずだ。

(30) 水野は、論文「第二次世界大戦前の日系二世と『アメリカニズム』」(『アメリカ研究』二〇号、一九八六)のなかで米山裕が用いた「国際的アメリカニズム」と「百パーセント・アメリカニズム」の切り分けに沿って、一九三〇年代の「二世」作家が依拠しようとしたのが、その前者であったと論じている(前掲書、二五七頁)。

(31)「何年経っても祖父は倭語を覚えなかった」(七二頁)。「倭語《ウェマル》」は日本語のこと。この祖父らはサハリンのソ連軍による再占領後は、現地に残って、少なからずロシア化されていったようである。

(32) 在日朝鮮人文学における「一世男性」の表象に関しては、李恢成が書いた「またふたたびの道」や「人間の大岩」の父親像から『血と骨』(梁石日)の金俊平まで、連綿と受け継がれるのだが、このことについて、ここでは立ち入らなかった。

(33) この略歴は、『朝を見ることなく――徐兄弟の母呉己順さんの生涯』(呉己順さん追悼文集刊行委員会編、現代教養文庫版、社会思想社、一九八一)によった。

（34）徐京植編訳『徐兄弟　獄中からの手紙』岩波新書、一九八一、二六頁。
（35）前掲『朝を見ることなく』一七一頁。なお、『ユンボギの日記』とは、一九六四年に韓国で刊行された李潤福の日記（原題は『あの空にも悲しみが』저 하늘에도 슬픔이）のことで、翌年には日本語訳も出まわるようになったため、彼女が読んだのはその太平出版社版の塚本勲訳だったと思われる。息子たちが子どもの頃に読んだまま、「押入れの隅で埃をかぶっていたものだ」ったという。
（36）同前、六〇頁。
（37）前掲『徐兄弟　獄中からの手紙』三二～四頁。
（38）同じく名もない「在日一世」でありながら、在日朝鮮人史のなかに重たく刻みこまれている女性の一人として、「小松川事件の李珍宇」の母親の存在がある。注の（9）でも引用文中に名前の出た李珍宇に関しては、父親の名前が李仁龍であったこと以外、多くは知られていないが、その母親が言語障害を持つ「オシ」であったことについて、読売新聞の記事に言及がある（一九五八年九月三日）。ただ、文学好きだった彼は、朴寿南と頻繁に書簡を交わし、それらは『李珍宇書簡集』（新人物往来社、一九七九）に収められている。ただし、家族とのあいだに文字でのやりとりがあったかどうかについては不明。母が「まずしい差し入れをもって来ていた」ことだけが、上記新聞に記載されている（同書、三三頁）。
（39）柳美里『八月の果て』（二〇〇二）は、在日朝鮮文学のなかで、日韓の二言語併用形式を積極的に試みた画期的な小説のひとつであるが、これには水村美苗『私小説 from left to right』（一九九五）が切り拓いた新しいスタイルの影響が否定できないだろう。
（40）そこでの「一世女性」の描き方は、男性作家のそれよりは、はるかに「同情」や「共感」に近く、「美化」する傾向には走らない。表題作「母が教えてくれた歌」では、ヴィクトローラ（＝蓄音機）で何度も何度も日本の歌を流し、その歌詞を英語に訳してくれる母親が登場する（Wakako Yamauchi, *Songs My Mother*

Taught Me, ed. by Garrett Hongo, The Feminist Press at The City University of New York, 1994, p. 34)。

(41) John Okada, *No-No Boy*, University of Washington Press, 1976. 以下、同書からの引用に際しては、本文中に頁数のみを記す。

(42) 生前の編集者宛て書簡のなかで、オカダは「合衆国で急速に消滅してゆく一世のことを急いで書きたい。もしアメリカ史において彼らのことが忘れ去られてしまうようなことがあるのなら、私には悔いが残るであろうから」と語っていた (Frank Chin et al., eds. *Aiiieeeee!: An Anthology of Asian American Writers*, Howard University Press, 1974, p. 211) なお、訳文としては次のものを用いた――洪育生『アジア系アメリカ文学――アイデンティティーの生成』山口書店、二〇一〇、三頁。

(43) 他方、父親は日本から届いた、救援を求める「分厚い手紙の束」(p. 37) をかかえこんで、おろおろしている。

(44) 「ノー・ノー・ボーイ」とは、一九四三年二月に政府が「収容所」に隔離された日系人向けに作成準備を始めた質問表のうち、男性収容者全員を対象にした第二七問の「あなたは、配属先がいかなる場所であろうとも、アメリカ合衆国の軍隊における戦闘任務につくことに合意しますか」、および第二八問の「あなたはアメリカ合衆国に対する無条件の忠誠を誓いますか。そして、国内外の武力によるいかなる攻撃からもアメリカ合衆国を忠実に守りますか。また日本の天皇やその他の政府、勢力、組織に対する忠誠と服従をやめることを誓いますか」の二つに対して「ノー」と回答した者、もしくは質問事項の一切答えなかった者」を本来意味した (E・L・ミューラー『祖国のために死ぬ自由――徴兵拒否の日系アメリカ人たち』*Free to Die for Their Country*、飯野正子監訳、刀水書房、二〇〇四、六九〜七〇頁、および八一頁)。

(45) ミュラー、前掲書、六頁。

(46) 北村崇郎『一世としてアメリカに生きて』草思社、一九九二。以下、同書からの引用に際しては、本文中に頁数のみを記す。

(47) 戦前からの朝鮮籍保有者で、「日本で犯罪を犯し、刑期を満了した刑余者」、および戦後の日本に非合法でやってきた「密航者」を収容する施設として長崎県に設けられた大村入国者収容所を考えてみると、多くの点で戦時下米国での日本人・日系米国人の収容と似通った面もある。しかしながら、韓国に「送還」もしくは「追放」するという名目があったにしては、「収容者」に韓国・朝鮮語の教育を施すなどの配慮はまったくなく、そこでは「同民族でありながら、かたや日本語を話し、かたや韓国語を話す」という事態が野放しにされていた(朴順兆『韓国・日本・大村収容所』JDC、一九八二、一一頁)。似通ったことは一九五〇年代末から始まった「帰国事業」についても言え、戦後日本は、朝鮮人の「母国語」に対して、戦時下の米国とは比較にならないほど、言わば一分の敬意も払わなかったのである。それは「民族学校」に対するさまざまな弾圧にも通じるものであった。ただし、朴順兆の同書によれば、大村収容所でもスポーツなどは許されていたという。

(48) じつは、この小説のなかで日本語がむき出しになるのは、日本語を「母語」とはしないアメリカ人が、「ニホンゴワカリマスカ」Nihongo wakarimasu ka? (p. 149) と、イチローに向かってわざわざ日本語で話しかけてくる場面のみだ。日本語での会話もまた、ほとんど何の断りもないまま英語で書かれている。この点に関して、酒井直樹は、「この小説のある部分ははじめから「翻訳小説」として書かれたことになる」と述べている(「遍在する国家」、『死産される日本語・日本人』新曜社、一九九六、一〇八頁)。

(49) 「砧をうつ女」のなかで、父親が母を罵倒する場面でのコードスイッチング(「シバラ、出て行け。お前の血筋がそうなんだろう」二二五頁)が、ある種の緊迫感を与えているくらいだろうか。

(50) 酒井直樹は、前掲論文を下敷きにした「多民族国家における国民的主体の制作と少数者の統合」(『岩波講座 近代日本の文化史7 総力戦下の知と制度』岩波書店、二〇〇二)のなかで、「同一性の危機ではなく、同、一性という危機」を克服すべきものとして語ろうとしているのが『ノー・ノー・ボーイ』だと述べている。

（51）従軍して戦場で片脚を失った結果、最後には病院で死を迎える「ケン」（＝ケンジ）や、同じ「ノー・ノー・ボーイ」のフレディーらの相次ぐ死。

（52）注（9）でも触れたように、「在日朝鮮人文学」の台頭を受けて、日本でまず参照されたのは、アフリカン・アメリカンとユダヤ系の文学であった。日本では、一九五四年六月に神戸で発足した「黒人研究の会」が、きわめて先駆的な役割を果たし、米国のマイノリティ文学の代表格としての「黒人文学」への関心を基点に、次第にそれは「アフリカ文学」への関心（高橋徹「ある南ア黒人暴動の断面」『黒人研究』一三号、一九六〇年九月）や、ユダヤ系マイノリティ文学との連続性への関心（岡節三「ユダヤ系作家の作品にみるユダヤ人と黒人」同、三九号、一九七〇年四月）へと拡大していった。また、同会は早くからサルトルやエメ・セゼールにも注目し、英語圏に限定しない広がりを見せていた。他方、リチャード・ライトやラルフ・エリソンなどを続々と翻訳したみせた橋本福夫のような翻訳家が、チュツオーラ、そして今度はマラマッドへと順々に手を伸ばしていったことも、日本におけるアメリカ文学の幅広い受容に大きく貢献したと言える。そして、「在日朝鮮人文学」の流行は、そういった翻訳文学の受容と、ぴったりシンクロナイズしたのだ。ただ、『ノー・ノー・ボーイ』との同時代性に目が向けられた形跡は、まだ見つかっていない。

（53）前掲『朝を見ることなく』四二頁。

あとがき

一九七七年、私が東京大学大学院の「比較文学・比較文化専攻」へと進学を決めたとき、思いつくまま研究課題に掲げたのは「複数言語使用地域の文学」なるものであった。その頃、流行病にかかったように愛読していたカフカやベケット、ジョイスやゴンブローヴィッチ、さらにカミュらが、何らかの形で「複数言語使用地域の作家」としてひとくくりにできるという、安直な思いつきではあったのだが、それから四十年近い歳月を経た今になっても、自分はそこで着手したテーマから一歩も外に出てはいないと痛切に感じる。

「比較文学・比較文化」という研究領域だと、文学研究のなかでも、とりわけ「複数言語」に精通した「エリート」たちが研究対象になる。鷗外然り、漱石然り、ラフカディオ・ハーン然り、芥川然りである。彼らは言語を跨ぎながら、日本語、あるいは英語で主要な作品を書き残した。その結果、日本の比較文学研究は、とくに西洋語に精通した日本の文学者たちを縦横無尽に論じることで、膨大な成果を積み上げてきたと思う。

しかし、当初の私は、そうした「複数言語使用エリート」たちの文学と、「複数言語使用地域の文学」のあいだの区別に対して、さほど自覚的ではなかった。言ってみれば、同じ「バイリンガル」でも、「エリート」的なそれと、むしろ影のうすいそれとがあるということにはまだ気づいていなかったのだ。

　そんな私が、世界史を背景にした「バイリンガリズム」の振れ幅に少しずつでも気づくようになったのは、ゴンブローヴィッチ研究を「亡命者」や「移民」の文学研究の一部として考えるようになった一九八〇年代、そしていわゆる「ポストコロニアル批評」の隆盛を目の当たりにして、宮澤賢治文学に登場する動物たちの「人間語使用」に注目した一九九〇年代だったと思う。

　同じ時期、個々の作家研究のなかでも、プラハのドイツ語作家カフカが、ハプスブルク帝国領「ベーメン」という植民地的な言語状況のなかから登場したということ、カミュもまたフランス領「アルジェリー」出身の作家だったということ、ジョイスがどこまでゲール語に通じていたかははっきりしないが、しかし、彼が先祖をたどれば英語ではなくゲール語を話す家系に属していたこと、そういったことが、作家研究ばかりでなく、作品研究の面においても、少しずつ重視され始めていた。

　そして、さらに「ポストコロニアル批評」に触れたことで、私は、彼ら作家自身の来歴ではなく、彼らが小説を書くにあたって、多種多様な「バイリンガル」たちを描きこむことを余儀なくされていったことにこそ注目すべきだと考えるようになった。作家の言語能力ではなく、作品が背景とする「多言語世界」の様態に対して、彼ら作家が、どう向き合ったかを考えること。

　そんなある日、一冊の本に出会った。本書でも何度か引用した社会言語学者、クロード・アジェージュの『絶滅する言語を救うために――ことばの死とその再生』だ。そこには、次のような一文があった――「いかにその民族語に愛着を持っていたとしても、バイリンガルの話し手によって話される民族語の方が、その言語しか使わない話し手によって話される民族語よりも、危機におちいる度合が大きい」。

もしも私が「複数言語地域の文学」というテーマを掲げる比較文学者でなければ、それほどぴんとこないまま、読み流してしまった文章であったかもしれない。しかし、カフカからカミュまで、私が愛読した二〇世紀作家たちは、チェコ語であれ、ゲール語であれ、あるいはイディッシュ語であれ、ベルベル語であれ、時代の逆風のなかで「消滅」の危機に晒されていた言語の響きと無縁に生きることはできなかった。彼ら作家が、それらの言語にどれだけ精通していたかどうかなど、もはや問題ではない。じっさい、その主人公たちは、ドイツ語や英語やポーランド語やフランス語の「モノリンガル」であるかのようでさえある。しかし、彼ら作家がかりに執筆にあたり、また会話に際し、「その言語しか使わない話し手」であったとしても、ある種の「民族語に愛着」を持っていながら「バイリンガル」であるがためにその「民族語」が「危機」におちいる時代潮流に呑まれかかっている人びとと日々隣り合わせで生きていた現実を度外視してよいはずがない。それは作家研究のレベルで重要なだけでなく、「世界文学」という枠のなかで彼らの文学を位置づける上でも、目を逸らしてはならない歴史的現実だと思うのだ。

そして、翻って日本語文学に目を向けたとき、宮澤賢治はさておき、まさに一時的にでも「消滅の危機」に晒され、場合によってはアイヌ語のように現実に「極めて深刻」な状態にある「民族語」の存在を間近に感じていた表現者たちは、多数派とは言えないまでも、決して少数ではない。植民地出身の日本語作家は、数々の「バイリンガル」の痕跡を作品から消し去ることができなかった。

また海外の「移住地」にあって、「民族語」の「継承」に失敗した日本人・日系人の存在も無視してはならないだろう。本書は、そうした思いを温めるなかで書き継いだ六篇からなる。

◆

「フランスの哲学者」であったジャック・デリダは、アルジェリアのユダヤ人家庭に生れ、世が世であれば、アラビア語やベルベル語を身につけていてもおかしくない出自であったにもかかわらず、結果的に、植民地主義帝国フランスの強い影響下で、フランス語の暴力的な支配に屈して、フランス語使用者となるに至った自分自身をふり返りながら、『他者の一言語使用』*Le Monolinguisme de l'autre* (Éditions Galilée, 1996) という一冊を残している。

ここでの「他者の一言語使用」とは、植民地主義が「宗主国の言語」をともなって暴力的に植民地の言語環境に介入し、まずは現地語話者を二重（あるいは三重）言語話者に仕立て上げたあげく、そうやって生みだされた複数言語使用者を、みるみる「二級国民」「三級国民」へと貶め、ゆくゆくは「他者の言語」による「一言語使用」へと絡めとっていこうとした歴史的プロセスを暗示させる言葉である。

本書、第Ⅰ章から第Ⅵ章までの論考で、私はこのデリダの「告白」をつねに意識しつづけてきたが、しかし、敢えて論のなかで敷衍するという形はとらなかった。

私は、明治以降の日本帝国主義の歩みが、「非＝日本語話者」に「日本語」を「強要」し、「他者の一言語使用」という一種の暴力的なイデオロギーとして作動した「日本語」（＝国語）が、いつしか周辺民族にとってさえ、その「母語」（もしくはその一部）になっていったさまを記述する上で、さしあたって、この「他者の一言語使用」という用語をもってくる必要を感じなかったからである。

さらに、第Ⅳ章で対比的に用いた「足し算としてのバイリンガリズム」と「割り算としてのバイリンガリズム」という対概念の有効性を優先したということも事実である。『他者の一言語使用』のなかで、デリダは「引き算」soustraireという言葉を用いている。そもそも、今日「アルジェリア」と日本で呼ばれている地域は、フランスの植民地統治以前、現地語のベルベル語と、「コーランの言語」として権威づけられた正則アラビア語、およびその地域方言、さらにはフランスによる領有に至る前に統治語であったオスマン語（トルコ語）が錯綜する「複数言語使用地域」だった。ところが、そこへ「宗主国の言語」としてフランス語が土足で上がりこんだ結果、現地の言語環境は一変することになったのである。

もっとも、ベルベル語やアラビア語を「母語」とする住民の多くは、その土地を離れないかぎり、「母語」を失うことはなく、それを継承しつづけたのだが、デリダのようなユダヤ教徒の家庭では、継承しつづける言語そのものが日常語としては脆弱だった上に、一八七〇年に施行された「クレミュー法」によって、ユダヤ教徒だけが本国人並みの「フランス市民」として優遇されたため、彼らはそもそも「他者の言語」でしかなかったフランス語を「国語」として受けとめた。その帰結として、「そう、私はひとつしか言語を持っていない、だが、それは私のものではない」*Oui, je n'ai qu'une lingue, or ce n'est pas la mienne*（p. 15）と「告白」する以外にない事態がデリダたちに降りかかったのだ。

同書のなかで、デリダは「他者の言語」であるフランス語を執筆言語として用いながら、しかし、それでも「自分たちの言語」を保持しつづけているモロッコのハティビら、アラブ人作家の事例、あるいは、同じくユダヤ教徒の家庭に生れ、ドイツ語はやっぱり「他者の言語」でしかなかったものの、そのドイツ語で書く以外の可能性を奪われたカフカらの事例に言及しつつも、基本は自分自身の個別事例に立ち返ることで論を進めている。そして、そういった流れのなかで、彼は「〔フランス語以外の〕アラビア語やベルベル語、およびその文字表記＝エクリチュールへのアクセスが断たれた」l'accès (…) barré à la langue et à l'écriture de tel autre - içi l'arabe ou le berbère（p. 70）状態を指して、それらを「引き算された言語」la langue soustraite の名で呼び、その言語がいつしか自分にとって「異質＝異邦的なもの」étrangère（p. 71）となっていった歴史過程を読者に向かって想起させたのだった。

たしかに、ここで用いられている「引き算」という概念は、植民地主義的な暴力を考えるとき、十分に示唆的である。北海道（＝旧「蝦夷地」）からアイヌ語が急速に消えていったプロセスは、まさに「引き算」と呼ぶにふさわしく、また植民地朝鮮で「朝鮮語の廃滅」が近未来に想定されていた現実もまた、「引き算」の脅威が現実的なものであったことを示している。また、本書の第Ⅴ章や第Ⅵ章で扱った「在日朝鮮人文学」や「日系文学」の事例に絡めて言うなら、「二世」たちの「母語」から「継承語」としての韓語＝朝鮮語や日本語が消え去っていくプロセスもまた、ディアスポラ状況が惹起した「引き算」と呼ぶのが妥当だろう。

しかし、デリダが「引き算」という概念を用いるにあたって念頭に置いていたのは、その「引き算」が起こる以前には、あらかじめ「複数言語使用」が日常として存在したという現実である。つまり「一言語使用者」monolingue に対して、それでも「引き算」という惨事が及ぶということは、さしあたり想定されてはおらず、人間はそもそも「一本の舌」を用いながらも多様な言語を話すことができる知的な生き物であるという暗黙の前提がある。じっさいに、「植民地支配」は、「足し算」もしくは「割り算」の形で、植民地住民の言語能力を「一」から「多」へと増殖させていくことで成果を上げたのである。そして、潜在的には複数言語使用者でありうる能力を持つ人間個体の集合に対して、おもむろに暴力的な「引き算」の脅威をちらつかせるのが、「国民国家」であり「植民地支配」だった。

しかも、「一」から「多」へと向かわせる力として猛威をふるった植民地主義は、それに追い討ちをかけるような「引き算」の脅威の高まりとともに、当然のことながら、その「引き算」に抗する「言語ナショナリズム」を刺激した。アイヌにおいて、こうした「言語ナショナリズム」の成長は、未発達なまま、今に至っているが、少なくとも、台湾や朝鮮半島の「植民地支配」は、「台湾諸語」（あるいは華人の言語としての「普通話《プートンファ》」）の「威厳」を高めようとする運動、また「韓国併合」以前にはいったん「国語《クゴ》」の名で呼ばれていた「韓語（＝朝鮮語）」の地位奪回のための「民族運動」を促した。デリダが自分たちアルジェリアのユダヤ教徒の事例を想定しつつ示しているような、「引き算」に対抗するにあたって拠り所となる言語が手元にない状況（ユダヤ教徒であった以上、「ヘブライ語」にしがみつくという手はあったし、また東欧のユダヤ教徒にならって「イディッシュ語」という選択肢がありえたのだが）は、植民地主義の暴力性を如実に示すという意味では、きわめて象徴的なものではあるものの、一般的な事例というよりは、特異例に近かった。つまり、「植民地支配」との闘争は、まさに「引き算」をめぐる闘争の形をとったのである。

私が本書のなかで、知里幸恵からジョン・オカダへと至る表現者たちの表面的な「一言語使用」の背後に、うごめく複数言語使用を読みとろうとしたのは、まさに「引き算をめぐる闘争」を、それぞれの局面のなかに仔細に立ち入って観察してみたいと考えたからである。その闘争は、たしかに民族的・集合的なものでありえたが、それは、それらの民族に帰属する一人ひとりが、人生の折々に直面しなければならない孤独な闘争でもあった。そして、そうした個人個人の言語的な生に肉迫するにあたって、私は未来に想定される「引き算」を考えるよりも、まずは「バイリンガル」(あるいは「トライリンガル」)という状態にフォーマット化された個人それぞれに、可能なかぎり接近したかったのだ。

もちろん、その個人は「他者の一言語使用」に屈服し、いずれは「モノリンガル」へと変貌していくかもしれない。場合によっては、デリダがそうしたように、「他者の一言語使用」に屈服させられた人間として、みずから「告白」することになるかもしれない。そして、その上で、あらためてそれが「外国語」ででもあるかのように、自発的(つまり「足し算」式)に「継承語」の再習得を志すかもしれない。

しかし、知里幸恵がそうであったように、また呂赫若の短篇「隣居」に出てくる「まだです」という言葉が指示しているように、「引き算」を未遂のものとして留め置こうとする個々人の抵抗をこそ、私はここでは最大限尊重したいと思った。

人類が今にも尾を引いている「植民地主義」なるものの蔓延に向き合っていく上で、言語的な「足し算」や「割り算」、そして「引き算」に対して植民地主義が及ぼした数々の暴力を、その罪状のひとつとして数え上げることは、ことのほか、重要なことに思える。デリダが『他者の一言語使用』のなかで展開した議論は、単にマグレブ世界に生じた過去の事例を想起するために役立つだけではなく、それこそ、英語という「他者の一言語使用」が、これからの地球上で及ぼしうる諸効果を予測するためにも有益なはずである。植民地主義がそうであったように、「グローバル化」もまた「言語戦争」をひきおこす。そして、そのつど、「足し算」や「割り算」が進行し、しかも、おもむろに「引き算」のプロセスが作動しはじめるのである。

「足し算」であれ、「割り算」であれ、人間が複数言語使用者になっていくことは、それが痛みを伴うほどの強制力によって引き起こされるものでないかぎり、手放しででも祝福すべきことである。ただ、そうした「一」から「多」へと向かわせる傾向のなかで、逆に「多」から「一」へと言語能力を絞りこんでいこうとする「他者の一言語使用」との闘いは、その専横を阻止するために不可欠な闘いである。本書が、過去に遡りつつ、まさに「一」から「多」、あるいは「多」から「一」への移行の途上に身を置いた人びとの「夢」や「憂鬱」に、あらためて思いを馳せるための一助になるならと思う。

二〇一四年十月十日　京都市

西成彦

【付記】

本研究は、直接的には、科学研究費・基盤研究（C）「比較植民地文学研究の基盤整備」（二〇一一〜一四年度、研究代表者：西成彦、研究課題番号：二四五二〇四一一）の研究成果の一部であるが、過去へと遡れば、科学研究費・基盤研究（A）「モダニズムの世界化と亡命・移住・難民化」（二〇〇六〜〇九年度、研究代表者：西成彦、研究課題番号：一八二〇二〇〇九）、さらには同・基盤研究（B）「現代世界における言語の多層化と多重言語使用がもたらす文化変容をめぐる多角的研究」（二〇〇一〜〇三年度、研究代表者：西成彦、研究課題番号：一三四一〇一四四）の研究成果を継承するものである。これらの科研費研究に際しては、「日本語文学の越境的な読み方に向けて」（『立命館言語文化研究』第二二巻四号、一七九〜一八六頁）、「日本（語）文学の国境と辺境」（科研費報告書）を代表的な成果として残し、それぞれを次への助走として、科研費研究をつなげてきたが、本書はそれらすべての集大成のひとつだと言ってもいい。

また、これらと並行して、科学研究費・基盤研究（B）「世界文学における混成的表現様式の研究――移民文学を中心に」（二〇〇八〜一〇年度、研究代表者：土屋勝彦、研究課題番号：二〇三二〇〇五六）にも研究分担者として加えてもらい、「海外移住地の日本語文学」を「植民地文学」と連結するための方法を試しながら、「「外地の日本語文学」再考――ブラジルの「外地」性について」（『植民地文化研究』第八号、二〇〇九、二五二〜二六〇頁）なる論文を残すことができた（同論文は、土屋勝彦編『越境する文学』水声社、二〇〇九にも再録）。

他方、上記、科学研究費・基盤研究（B）「現代世界における言語の多層化と多重言語使用がもたらす文化変容をめぐる多角的研究」の成果のひとつとして神谷忠孝・木村一信編『〈外地〉日本語文学論』（世界思想社、二〇〇七）に「外地巡礼」という文章（本書第Ⅱ章注（1）を参照）を寄せた縁で、その後、研究分担者に招かれた、科学研究費・基盤研究（B）「戦前期〈外地〉刊行の日本文学資料に関する基礎的・総合的研究」（二〇〇八

～一〇年度、研究代表者：木村一信、研究課題番号：二〇三二〇〇四二）の研究代表者、及び分担者の皆さんとは、ともに韓国やインドネシアで現地の研究者と交流することができ、そこでの経験や意見交換がさまざまな形で本書には反映されている。

こうした日本学術振興会の財政的支援もさることながら、これまでの共同研究で得た知見や、諸氏からの助言や激励なくして、本書の完成はおぼつかなかった。この間の共同研究のなかで数々の知的刺激を与えてくださった関係者の皆さんへ、この場を借りて、感謝の気持ちを伝えたい。

そして、これは今後の展望にも通じることだが、現在進行中の科研費研究「比較植民地文学研究の基盤整備」は、日本が〈大日本帝国〉時代に関与した植民地支配が副産物としてもたらした「植民地文学」を、英国やフランス、あるいはかつてのドイツ（およびハプスブルク帝国）の「植民地文学」と相互に比較し、また「語圏」を跨いだ諸作品を「交叉的」に読む（前掲「日本語文学の越境的な読み方に向けて」を参照のこと）というプロジェクトである。本書でも、そうした方法を幾度か試み、「注」のなかで今後の展望を具体的に示すなどした。「語圏」なるものは、植民地主義を通して、多くのバイリンガルを生みだしては、場合によっては、植民地の伝統的言語の継承を阻害し、まさしく「引き算」をさえもたらしかねない圧迫の下で成立するものだが、デリダが「他者の一言語使用」としてのフランス語を表現の武器として用いたように、英語圏やドイツ語圏（さらにはスペイン語圏やポルトガル語圏、あるいはロシア語圏など）の作家たちも、バイリンガル状態、もしくは「引き算」を受けた状態で、「他者の一言語使用」を駆使しつつ、数々の作品を生みだしてきたし、これからもますますそうだろう。二〇世紀という「亡命・移民・難民化」の時代を経て「グローバル化」の時代へと突き進んできた「世界文学」は、それこそ「語圏」を跨いだ比較研究に向けて開かれている。したがって、本書は、今後は「日本語圏」に閉じない、もっと自由自在な「比較植民地文学研究」の遂行に向けた助走である。ただ、であればこそ、ここでは、「日本語圏」および「日系アメリカ文学」に限定した論考だけを集めるという方針で各章を書き継いだ。前掲「日本（語）文学の国境と辺境」の枠組を踏襲した恰好である。

　また「比較植民地文学」を方法として適用していくにあたって、言語の「足し算」「割り算」、そして「引き算」という現象への注目は、その切り口のひとつを提供するにすぎず、その他にもさまざまな切り口がある。そういった意味では、かれこれ十余年をかけて練り上げてきた、この研究方法の継続的実践のなかで、「バイリンガリズム」という切り口にかならずしもなじまなかった研究成果に関しては、近いうちに、別途、論集を編む予定でいる。

【初出一覧】

Ⅰ　バイリンガルな白昼夢（西成彦・崎山政毅編『異郷の死――知里幸恵、そのまわり』人文書院、二〇〇七）

Ⅱ　植民地の多言語状況と小説の一言語使用（池内輝雄・木村一信・竹松良明・土屋忍編『〈外地〉の日本語文学への射程』双文社出版、二〇一四）

Ⅲ　カンナニの言語政策――湯浅克衛の朝鮮（『立命館産業社会論集』第四八巻第一号、二〇一二）

Ⅳ　バイリンガル群像――中西伊之助から金石範へ（「小説の一言語使用問題――中西伊之助から金石範まで」『立命館言語文化研究』第二五巻第二号、二〇一四）

Ⅴ　在日朝鮮人作家の「母語」問題――李恢成を中心に（『比較文學研究』第九十九號、東大比較文學會、二〇一四）

Ⅵ　「二世文学」の振幅――在日文学と日系文学をともに見て（『生存学』第七号、生活書院、二〇一四）

著者略歴

西成彦（にし　まさひこ）
1955年岡山県生れ，兵庫県出身。東京大学大学院人文科学研究科比較文学比較文化博士課程中退。熊本大学助教授を経て，現在は立命館大学先端総合学術研究科教授。専門は比較文学。
著書に『マゾヒズムと警察』（筑摩書房，1988年），『ラフカディオ・ハーンの耳』（岩波書店，1993年），『〔新編〕森のゲリラ宮澤賢治』（平凡社ライブラリー，2004年），『世界文学のなかの「舞姫」』（みすず書房，2009年），『ターミナルライフ　終末期の風景』（作品社，2011年），『胸さわぎの鷗外』（人文書院，2013年）など。

JINBUN SHOIN Printed in Japan
ISBN 978-4-409-16096-1 C1095

バイリンガルな夢と憂鬱

二〇一四年一一月二〇日　初版第一刷印刷
二〇一四年一一月三〇日　初版第一刷発行

著者　西成彦
発行者　渡辺博史
発行所　人文書院
〒六一二-八四四七
京都市伏見区竹田西内畑町九
電話〇七五（六〇三）一三四四
振替〇一〇〇〇-八-一一〇三
印刷　㈱冨山房インターナショナル
製本　坂井製本所
装丁　上野かおる
乱丁・落丁本は送料小社負担にてお取替いたします。

http://www.jinbunshoin.co.jp